LOFTY MISSION

崇高使命

白衣战士武汉、湖北防疫抗疫纪实

《崇高使命》编写组　编

新华出版社

谨以此书

献给奋战在防疫抗疫一线的广大医务工作者

图书在版编目（CIP）数据

崇高使命：白衣战士武汉、湖北防疫抗疫纪实 /《崇高使命》编写组编.
-- 北京：新华出版社，2020.2
ISBN 978-7-5166-5072-1

Ⅰ. ①崇…　Ⅱ. ①崇…　Ⅲ. ①新闻报道－作品集－中国－当代
Ⅳ. ①I253

中国版本图书馆CIP数据核字(2020)第028776号

崇高使命：白衣战士武汉、湖北防疫抗疫纪实

编　　者：《崇高使命》编写组

选题策划：许　新　　　**封面设计：**刘宝龙
责任编辑：田丽丽

出版发行：新华出版社
地　　址：北京石景山区京原路8号　　　**邮　　编：**100040
网　　址：http://www.xinhuanet.com/publish
经　　销：新华书店、新华出版社天猫旗舰店、京东旗舰店及各大网店
购书热线：010－63077122　　　**中国新闻书店购书热线：**010－63072012

照　　排：六合方圆
印　　刷：三河市君旺印务有限公司

成品尺寸：170mm×240mm
印　　张：20.5　　　**字　　数：**240千字
版　　次：2020年3月第一版　　　**印　　次：**2020年3月第一次印刷

书　　号：ISBN　978-7-5166-5072-1
定　　价：58.00元

目录

CONTENTS

二、一线直击

——守望相助，无论生死

三、凡人亦英雄

——来自战“疫”前线的医护心声

四、抗疫勇士特写

——守护你们，绝不后退

火线上的中流砥柱

——献给奋战在抗疫一线的医务工作者

这是一组令人动容的数据：

截至2月11日24时，全国医务人员确诊新冠肺炎1716例，其中6人以身殉职。湖北医务人员确诊1502例，其中武汉1102例。

这是一种前所未有的出征：

截至2月14日24时，各地向湖北已派出217支医疗队25633名医疗队员，军队共派出3批次4000余名医务人员。

悬壶入荆楚，白衣做战袍。

“发扬特别能吃苦、特别能战斗的精神，发挥火线上的中流砥柱作用，始终把人民群众生命安全和身体健康放在首位，全力以赴救治患者，打好武汉保卫战、湖北保卫战。”

当疫病肆虐神州，当患者亟待救治，他们牢记习近平总书记的嘱托，奋战在一线，挺身在前沿，在最危险的防疫阵地上昼夜拼搏。

闻令而动：面对未知的病毒，冲锋是义不容辞的选择

“这是我这辈子最大一次挑战！”作为突发公共卫生事件医疗救

治定点医院、武汉金银潭医院院长张定宇这样说。

从医33年，身患“渐冻症”的张定宇，坚强地挺立在新冠肺炎疫情的“暴风眼”。病人激增、医疗资源短缺、手下医务人员“一人当两人使”……他这一仗，打得极其艰苦。

疫情如火，庚子鼠年来临之前，武汉、湖北，乃至全国确诊人数不断攀升。关键时刻，党中央、国务院迅速作出决策部署，强调要把人民群众生命安全和身体健康放在第一位，采取切实有效措施，坚决遏制疫情蔓延势头。

各地医务工作者应声出征，驰援武汉。

“肺科医院！”“第十人民医院！”“华山医院！”……从庚子年除夕夜开始，上海、广州等多地机场的候机大厅内，相继回荡起这样特殊的“点兵”声。

解放军医疗队多箭齐发，来自浙江、上海、江苏、广东、陕西等地的217支医疗队紧急驰援，19个省份对口支援湖北省……此次医疗救援的调动规模和速度，超出以往。

疫情就是命令，党旗高高飘扬在抗疫一线。

“一线岗位全部换上党员，没有讨价还价！”上海市医疗救治专家组组长、复旦大学附属华山医院感染科主任张文宏的一番话，显示了共产党员的担当。

“我报名！”北京大学人民医院各个党支部微信群里，报名请战的人员名单已经接起了长龙。在前线成立的临时党支部里，18名年轻的医务人员在战“疫”火线递交了入党申请书。

医疗界精锐尽出，战胜疫情的决心，不言而喻。

深圳、武汉、北京……84岁的钟南山辗转多地，调查研究疫情防控。

★ 2月10日，在武汉客厅方舱医院，福建医疗队的医护人员在工作中。（新华社记者 熊琦 摄）

目前，他正在科技攻关和科学救治两条战线上奋战。

9所“方舱医院”在武汉投入使用，已收治了5600多名轻症患者。中国工程院副院长、呼吸病学与危重症医学专家王辰2月1日赶赴武汉。这位非典时期担任北京医疗组组长的专家坦陈，“方舱医院是关键时刻的关键举措”，每天都持续工作到凌晨三四点。

“理个光头，削发出征！”“我是去过汶川的，这次必须要去”“我是参加过抗击非典的，这次必须要去”“孩子，妈妈去打怪兽了”……一个个让人热泪盈眶的场景，一个个激励人心的故事，在神州大地传播。

抗击非典、汶川大地震救援、援非抗击埃博拉……从“60后”到“90后”，四代医学工作者无畏付出，迎着疫情坚定前行。

“80后”ICU医生、南方医科大学珠江医院王凯记得，2003年抗

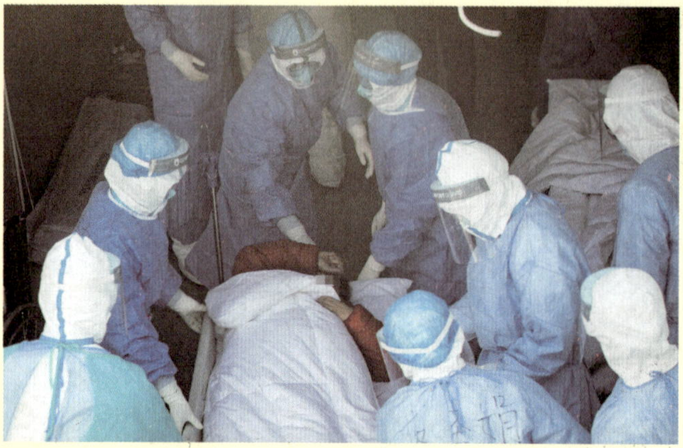

★ 2月4日，医护人员将患者转运至武汉火神山医院病房。（新华社记者 肖艺九 摄）

击非典时，正上初中的自己被奔赴一线的医务工作者感动，立下学医的理想。如今，他主动请战，“到了我奋战的时刻了！”

浙江的驰援队伍里，有很多“90后”年轻医务人员。“很多年轻人都是出征前最后一刻才向家人汇报，家人们肯定会担心，但知道我们是干这行的，早有心理准备。”台州市中心医院呼吸与危重症医学科副主任医师杨希说，自己从他们年轻的脸上看到了使命传承。

一袭白衣，有怎样的魔力，能让一个人不惧生死？

武汉大学中南医院急救中心护士郭琴，刚刚度过了治愈的隔离期，就重回工作岗位。为此，她的父亲在她出发的那天，难过得说不出话。

“我知道他心里是为我感到骄傲的。”提起此事，郭琴哽咽了。

生死相托：肩负如山的使命，用爱心和责任抗击疫魔

2月4日下午，武汉，同济医院中法新城院区。

北京协和医院、北京医院、武汉同济医院、江苏省医疗队联合建设的抗击新型冠状病毒重症加强病房刚刚启用，就迎来严峻考验——

转入的第一位患者极度呼吸困难，氧饱和度只有50%。然而，此

时病房还没有配齐抢救所需的三级防护设备。

“人命关天，等不得！”北京协和医院内科重症医学科主任杜斌冒着暴露的危险，争分夺秒为患者实施气管插管。

呼吸困难缓解，血压降下来了，患者生命体征终于得到维持。同事们连忙接上去，建立中心静脉通路、进行积极循环复苏，患者情况逐渐平稳下来……

生死一瞬。类似的场景，每天都在抗疫一线上演。

用生命赴使命，用生命守护生命——在这场特殊的战“疫”中，白衣天使们用生命诠释了何为“医者仁心”。

有战争就会有伤亡。

在与疫情的阻击战中，一些医务工作者不幸被感染，更有些医生以身殉职，他们当中，有的是医学专家，有的是基层医务工作者，有的去世前还想着回到战斗岗位……

病毒无情，面对危险，他们害怕吗？

“我只想着尽快让病人有呼吸，没时间考虑自己会面临多大风险。

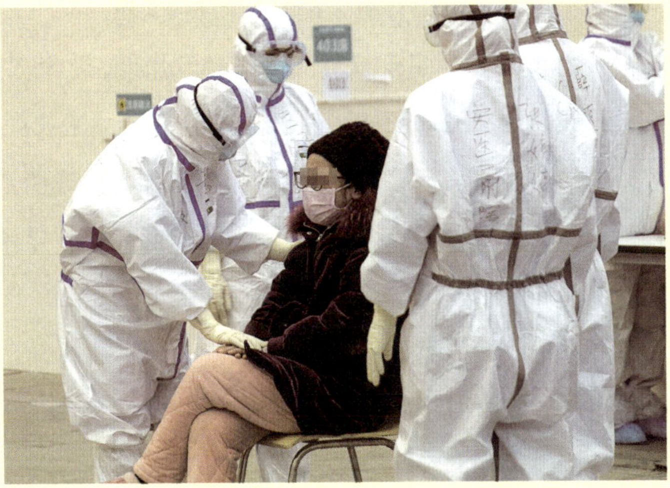

★ 2月10日，在武汉客厅方舱医院，医护人员在安抚一名因精神压力过大而哭泣的患者。（新华社记者 熊琦 摄）

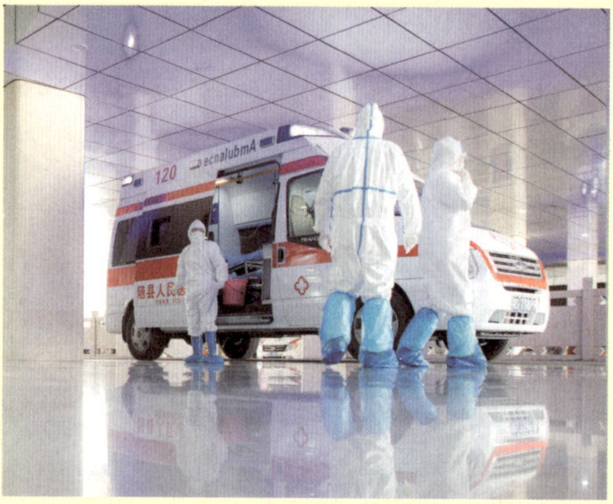

★ 2月9日，在湖北省随州市中心医院，医护人员准备从救护车里接收一名疑似新冠肺炎患者。（新华社记者　肖艺九　摄）

救人要紧，这是我们的职责。”在武汉金银潭医院支援的东南大学附属中大医院重症医学科副主任医师潘纯坦言。

“我们当大夫的，一天到晚面对生死，也看淡生死。但看到还有一些病人救不过来，真的感到很崩溃。”武汉市第六医院呼吸与危重症医学科副主任朱紫阳眼中有泪。

连日来，因为压力太大，中部战区武汉总医院武昌院区感染科副主任张波已经瘦了十六七斤。他说，“所有人都不放弃，因为这是全军在战斗，全国在战斗。”

每一句真切的话背后，都有一颗赤子之心。

“忍着疼，尽量把口罩拉高，避开伤处。”每次进 ICU 前戴口罩和护目镜，对 22 岁的武汉肺科医院护士张美玲来说都很痛苦。

脸上留着许多口罩勒红的印痕，但这还不是最严重的——2 月 5 日，连续值班 12 个小时后，张美玲脚一软摔倒在地，导致左侧上颌骨骨突及左侧鼻骨骨折，医生建议尽快手术。

“ICU 收治的都是危重症患者，一个萝卜一个坑。”她说，不想拖大家后腿，但暂时不能手术也让她暗自担心，不知道以后能不能恢复，会不会影响美观和呼吸……

强忍痛楚，擦干眼泪，无数白衣战士汇成一道道抗击病魔的防线。

这几天，带着近百名新冠肺炎轻症患者在方舱医院跳起舞蹈，新疆医疗队员巴哈古丽·托勒恒出名了。跳了这么多次舞，熟悉她曼妙的舞姿，病人们依旧不知道巴哈古丽的相貌。

“给他们心理关怀、提振信心，鼓励他们勇敢抗击病魔最重要！”汗蒸馆般的工作环境，巴哈古丽的衣服一次次汗透，但患者脸上的笑容却让她倍感振奋。

同样振奋的，还有江西省第一批支援湖北随州医疗队的护士罗艳。

“来随州第 8 天，10 号床的病人在大家努力下病情好转，要从重症病房转回普通病房了。”口罩掩不住罗艳脸上的笑意，“这位病人一直握着我的手不松开，还比着胜利的手势，大家都很开心。”

爱在流淌，生的希望在升腾。

★ 2 月 12 日，两名医护人员在武汉体育中心方舱医院竖起拇指为自己和同伴加油鼓劲。（新华社记者　肖艺九　摄）

“我出舱啦！”挥动着“出院证明”，11日16时50分许，武昌方舱医院28名新冠肺炎患者康复出院。

“感谢白衣天使！”新冠肺炎患者张凤玲说：“医务人员工作比外界想象得辛苦多了。他们不仅用专业知识帮我们消除身体上的不舒服，还给我们提供心理疏导。告别时，我们都流泪了。”

仁心无界：交融彼此的守护，夺取必定会到来的胜利

疫情依然复杂严峻，疫情防控阻击战处在胶着对垒阶段。任务重、风险高、压力大……

“白衣战士”们的安危冷暖，牵动人心。

“各级党委和政府要关心关爱他们，大力宣传优秀典型和先进事迹，帮助解决实际困难和问题，生活、安全、人文关怀都要保障到位。”

习近平总书记殷殷牵挂、谆谆嘱托。

一项项措施火速推进，“国家保障”筑牢坚强后盾——

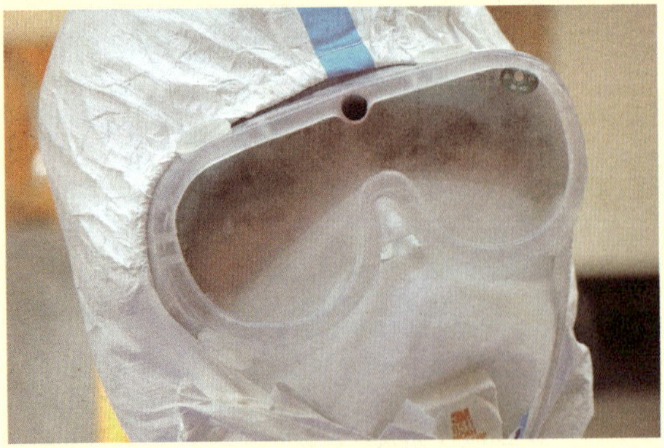

★ 1月29日，北京宣武医院一名医护人员在武汉驻地练习防护技能时护目镜内充满雾气。（新华社记者　才扬　摄）

2月11日，国务院办公厅转发国家卫生健康委、人力资源社会保障部、财政部《关于改善一线医务人员工作条件切实关心医务人员身心健康若干措施》的通知。

从改善工作和休息

条件、维护身心健康、落实人员待遇、提高卫生防疫津贴标准，到加强人文关怀、创造更加安全的执业环境、弘扬职业精神做好先进表彰工作……七大举措，给战“疫”一线医务人员解除后顾之忧。

各省份相继出台政策，“暖心举措”消除后顾之忧——

湖北省全面开启针对医务人员的工伤保险“绿色通道”；

北京市免费为一线医务人员亲属提供临时托养、照护等服务保障；

南京市为赴湖北医务人员“办好十件实事”，包括建好一个“后援团”，享受一次子女就学照顾；

浙江和吉林两省发文明确，要优先保障一线医务人员必需，公职人员不得使用N95口罩……

关怀从社会各界汇聚，“爱心驰援”激发更强斗志——

广大社会组织和个人捐赠踊跃，口罩、防护服、护目镜……大批

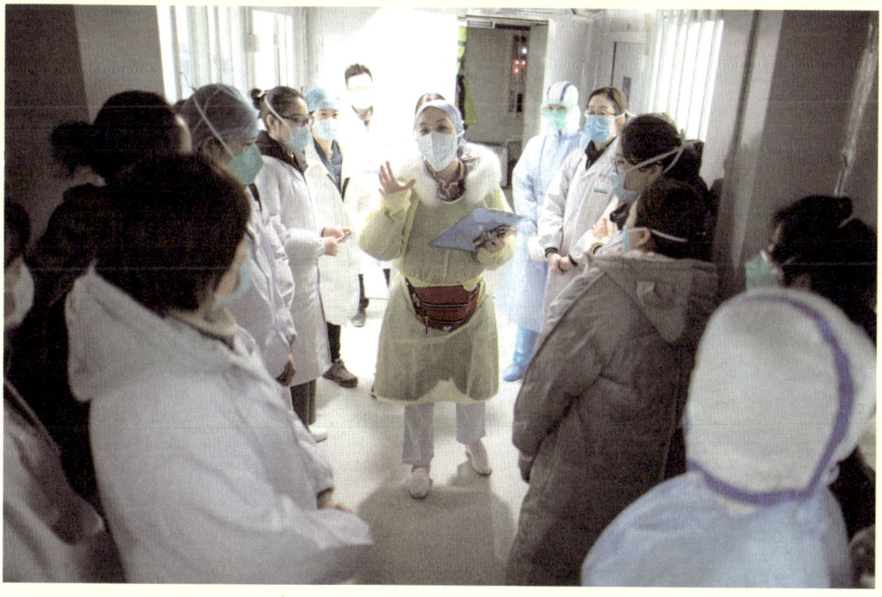

★ 2月8日，护士长孙纯（中）在武汉雷神山医院走廊给护士分配任务，准备迎接转运患者。（新华社记者　肖艺九　摄）

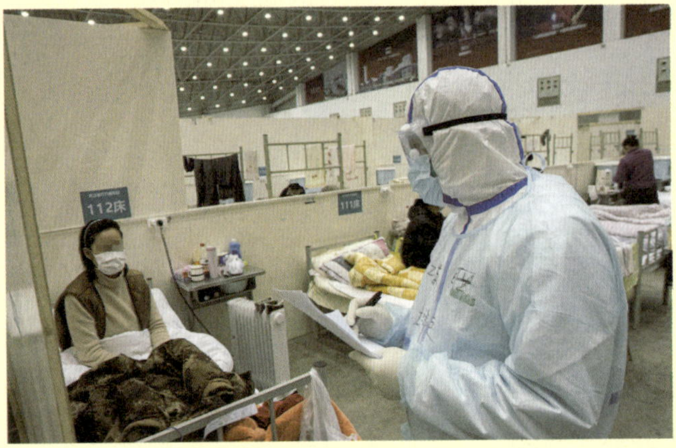

★ 2月10日，在武汉客厅方舱医院，江苏医疗队的医护人员询问患者病情。（新华社记者　熊琦　摄）

防疫物资源源不断，送往疫情防控医院；

爱心企业在武汉、上海、北京成立“医务保障车队”，免费服务一线医务人员；

40余家餐饮企业联手，组建餐饮保障团……

“岂曰无衣，与子同裳。”关怀传递力量，守护交融彼此。

战斗仍在继续，消耗依旧很大，更多物资仍须不断驰援。

“我们的目标不仅要打胜仗，也要保护好医务人员。”毛青说。作为陆军军医大学西南医院全军感染病研究所所长的他，悉心指导着防控感染工作。

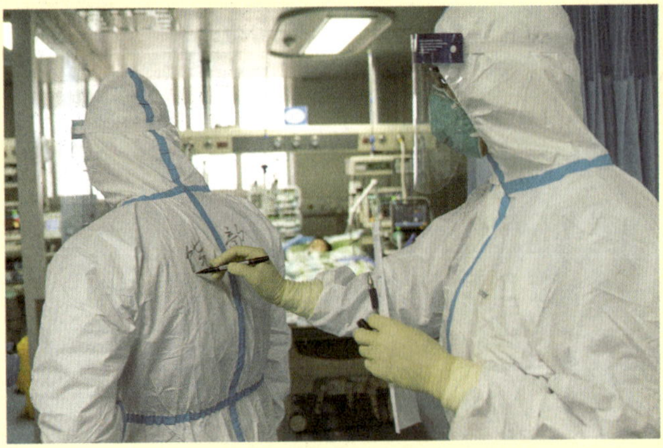

★ 1月24日，在武汉大学中南医院重症隔离病房内，医护人员在隔离服外写下名字，方便相互辨认。（新华社记者　熊琦　摄）

“前线队员的安危，是我们最牵挂的事。”中日友好医院院感办副主任郭丽萍说，“我们进一步完善了防护措施，防护物资也从一开始的短缺、型号不全，到现在逐渐统一，基本满足防控等级需要。大家倍添了勇气和信心。”

战“疫”前线，医务人员的安全更牵动着家人的心。

“这些坚守武汉，奔向武汉的人，也不过是谁家女儿，谁家丈夫，谁家妻子，谁家爸爸。从容奔赴，是因为脚下这片土地值得一个人深爱……”

看到女儿来信，护士刘艳红泪水止不住地流。20天前，她从银川奔赴湖北襄阳，踏上战“疫”之路。此刻，她回复女儿——“万众一心的力量终将是所向披靡的！”

仁心无界，大爱无疆；守望相助，共克时艰。

总攻的号角，正在荆楚大地上响彻。这是一个个“逆行”的身影，这是新时代最可爱的人！我们有理由坚信：再凛冽的寒冬，也阻挡不了春天的到来！

（新华社武汉2020年2月15日电　记者唐卫彬、邹伟、廖君、屈婷、史竞男、黎昌政、侯文坤、李伟、黎云、林苗苗、邱冰清、俞菀、肖思思、顾煜）

一　出征，再出征
——紧急驰援，与武汉、湖北并肩战“疫”

武汉告急！湖北告急！

1月24日晚，解放军从陆军、海军、空军军医大学抽组的3支医疗队共450人乘坐军机出发抵达武汉全力支援。上海、广东、浙江、河南、陕西……各省医疗队紧急驰援。

截至2月13日，军队已派出3批次医疗力量驰援武汉抗击新冠肺炎疫情，共达4000多名医护人员，来自陆军、海军、空军、火箭军、战略支援部队、联勤保障部队、武警部队多个医疗单位。

截至2月14日，各地共派出了217支医疗队，25633名医疗队员支援湖北，不包括军队派出的医疗队和队员。此外，还调集了三个移动的P3实验室，在武汉市有181支医疗队，20374名医疗队员，在其他城市有36支医疗队，5259名医疗队员。

点亮希望　驱魔救人

——全国医护人员驰援湖北的故事

这是一场没有硝烟的战争，敌人是看不见的疫魔。

这是一支挺身而出的队伍，病房就是他们的战场。

2 月 10 日，习近平总书记指出，全国广大医务工作者不忘初心、牢记使命，响应党的号召，义无反顾冲上疫情防控第一线，同时间赛跑，与病魔较量，顽强拼搏、日夜奋战，展现了对党、对人民高度负责的精神面貌。

以集结号为令，一批批医护人员从全国各地赶赴疫情最严重的湖北，源源不断持续增援，在荆楚大地为患者点亮一盏盏希望的灯，谱写着一曲以生命赴使命的壮丽战歌。

出征

“我和其他护士不一样，我是汶川的呀！我必须去！”四川省第四人民医院护士佘沙在请战书中这样写道。

一封封请战书，就是一颗颗滚烫的心。

24 岁的佘沙是 2008 年汶川大地震的幸存者。那时，她还是个不谙

★ 2 月 7 日，四川大学华西医院派出 131 名队员出发奔赴武汉支援，医疗队还携带了大量防护物资、氧气设备等。（新华社发）

世事的小姑娘，但亲身感受到什么是“一方有难八方支援”。

面对湖北暴发的疫情，她毫不犹豫三次请战，2 月 2 日终于如愿，加入四川第三批援鄂医疗队前往武汉战“疫”。

“祖国和人民需要我们，现在是报恩的时候了！”佘沙说。

佘沙是成千上万“逆行者”中的普通一兵。前方疫情很重，感染风险很大，但身上肩负着全国人民的期盼，肩负着党和国家的重托，他们义无反顾笃定前行。

大年初一，湖南株洲市二医院消化内科主任医师姜飞军，与株洲市另外 74 名医务人员一起紧急驰援黄冈。

同事们发现，姜飞军左脚走起路来有些跛。原来，他左脚骨折还没有好，担心报名通不过，就一狠心把脚上的石膏拆了。

对44岁的姜飞军来说，“抗疫”并不陌生。2003年，“非典”汹涌而至，他就主动申请，如同“钉子”一样在病房里坚守了三个月。

一颗颗滚烫的心，就是战场上一颗颗明亮的星。

“在新型冠状病毒肆虐华夏大地的时候，我自愿申请来到疫区，为祖国和人民奉献全部力量。我将竭尽所能，把所学回报给人民，打赢这场战役！”

这是30岁的郭洪亮1月27日在武汉写下的入党申请书。

郭洪亮是辽宁支援湖北医疗队的一名护士，也是小组中最年轻的一个。

“这是我们的责任。”郭洪亮谈起初衷很平淡，“我在重症监护室干了8年，有经验；我年轻，没结婚，负担小，我应该去。”

在最艰苦的地方、最前线的地方、最困难的地方、最容易受感染

★ 2月7日，四川大学华西医院派出131名队员出发奔赴武汉支援。（新华社发）

的地方进行战斗——钟南山院士的一番评价，令人动容。他们不愧是人民健康的“忠诚卫士”。

战斗

1月30日，武汉市蔡甸区人民医院。

“深夜12点开始值班，提前一小时到岗，消毒、穿戴防护服。一直挺着没上厕所、没喝水，等到想看时间，竟已经过去了7个多小时……”

“刚收的患者病情很重，呼吸衰竭合并了严重的休克，血压血氧都很差；我给他做肺复张，进行持续补液抗休克治疗，还给呼吸机换了两大罐氧气，终于在下班前患者排出尿了，好了一些……”

寥寥数语，却是生死时速。这是辽宁省人民医院重症监护室主任医师侯思远讲述的一个值班片段。每一分、每一秒，医护人员在人们看不见的战场上，与病魔搏斗，拼尽全力抢回同胞的生命。

1月31日，武汉市武钢二医院的“红区”病房。

天津市肿瘤医院重症监护科护士张涛，负责责任区内10名感染患者。凌晨3时10分，张涛发现35床患者氧气压力接近低限，立即更换氧气罐，确保氧气供应充足。

“虽然我动作很轻，但患者还是醒了，看着我穿着笨拙的防护服换着氧气罐，轻声说‘谢谢！我感觉好些啦！’”张涛说，“这一刻，我高兴极了，忙累全都忘了。”

有战争就会有伤亡，有牺牲。

在与疫病的早期交锋中，14名医务人员以自身的感染佐证了新型冠状病毒“人传人”的判断；在与疫情的阻击战中，南京市中医院副院长徐辉猝然病逝，湖南衡山县 28 岁药师宋英杰因过度劳累再也没有醒来，李文亮医生去世前还想着回到战斗岗位……

用生命赴使命，用生命守护生命——在这场特殊的战“疫”中，白衣天使们用生命诠释了何为“医者仁心”。

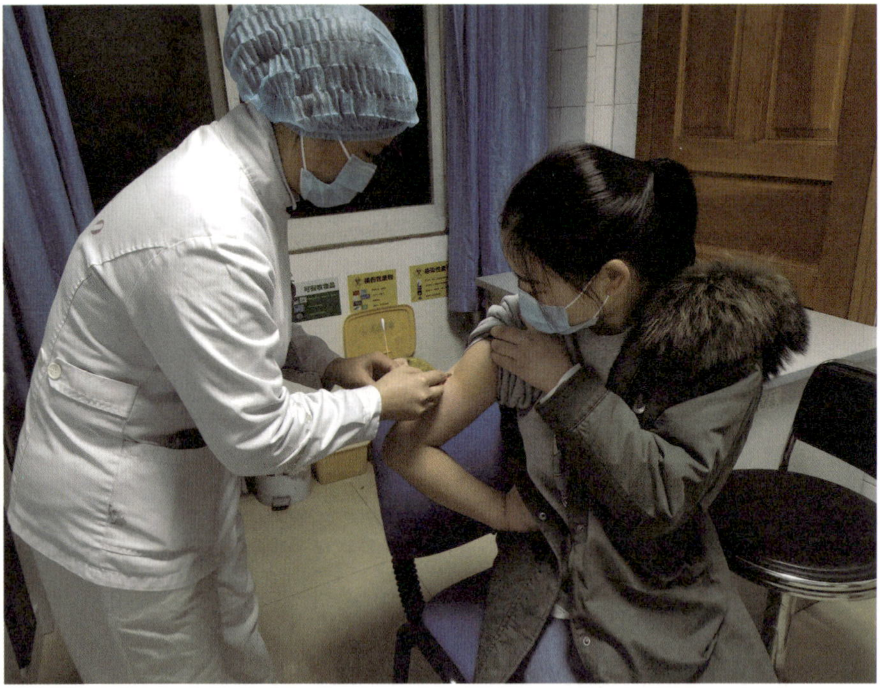

★ 2月3日，四川省第四人民医院护士佘沙在出发前注射胸腺法新，用来增强抵抗力。（新华社发）

希望

一个眼神也有力量，一句话也能燃起希望。

武汉市蔡甸区人民医院。郭洪亮在这里已经工作 10 多天了。他忘不了上岗第一天的那个眼神。

第一天主要是熟悉工作流程和工作环境，掌握用药以及各类仪器的使用，了解病区病人状态。一天下来，郭洪亮说：“患者听出我们的口音不是当地人，我跟他们说是辽宁来的医疗队。”

“隔着护目镜，我也能感受到患者眼神的变化。”郭洪亮说，那是希望的眼神。

在天津医疗队支援的武钢二医院，一位重症患者醒过来后，听到医护人员的北方口音，激动得涌出泪水。“国家派医疗队来武汉了，有希望了！”

一方有难八方支援，医疗队带来的既是人手，更是信心。

鲜花、果篮、掌声……2月6日，黄冈“小汤山”又有4名患者治愈出院。在山东医疗队微信群里，一张张与病愈患者的合影，一个个大大的点赞，让一位位白衣天使们开心地笑起来。

“这一刻，所有的艰辛，都得到了抚慰！”山东省东营市人民医院呼吸科副主任医师耿志英，刚刚送走治愈出院的4名患者，在朋友圈里写下这样的话。

2月4日晚，胜利油田中心医院重症医学科副主任医师胡国鑫在日志中写道：“今天是我在湖北黄冈的第11天，首例危重症病人的脱机拔管，意味着病人病情好转，即将转入普通病房治疗，作为一名重症医生的喜悦心情，相信作为同行的你们都懂……”

对于医护人员来说，没有什么比病人康复更令人高兴了；对于全国人民来说，没有什么比不断增长的治愈病例数更能给人希望了。

来自国家卫健委的统计数据，截至2月10日24时，全国已累计治愈出院病例3996例，10日当天就新增出院病例716例。

就在战“疫”的关键时刻，新一批医疗队员正从四面八方增援湖北，辽宁一个省，24 小时就集结了 1000 名医护人员赶到湖北；“北协和、南湘雅、东齐鲁、西华西”，国内医疗界最顶尖的四大医疗“军团”会师武汉；全国 19 个省份对口支援湖北省除武汉市外的 16 个市州及县级市，全力支持湖北省加强病人的救治工作……

国家卫健委有关负责人表示，相信在全国驰援湖北、驰援武汉的医务工作者共同努力下，新冠肺炎疫情的“拐点”会尽早到来。

这两天，微信朋友圈里一条短视频火了：在武汉客厅方舱医院里，医护人员和患者们跳起了“火红的萨日朗”。歌里唱着：草原最美的花，火红的萨日朗，一梦到天涯遍地是花香……

（新华社北京 2020 年 2 月 11 日电　记者惠小勇、徐扬、董小红　参与记者田晓航、王希、帅才、仇逸、王炳坤、顾小立、闫祥岭、张力元、廖君、肖思思　视频记者惠小勇、萧永航、董小红）

除夕夜，他们这样出征

——空军军医大学医疗队出征武汉疫区见闻

鼠年新年钟声即将敲响，一架从古城西安飞往江城武汉的中国空军飞机平稳着陆。空军军医大学身着迷彩的医疗骨干们，背起行囊，向着武汉一路勇进，成为2020年除夕夜最美“逆行者”。

经中央军委批准，由陆军、海军、空军军医大学抽组的3支医疗队分别从上海、重庆、西安三地乘坐军机出发，于24日23时44分全部抵达武汉机场。

“这次驰援武汉的空军军医大学医疗队，由西京医院、唐都医院、空军第986医院涉及呼吸、感染控制和重症医学等多个科室的骨干组成。医务人员均具有丰富的防控治疗传染性疾病经验，医生的中高职比例达70%，其中一些还执行过抗击非典、抗震救灾、援非抗埃等重大任务。”空军军医大学校长周先志介绍。

西京医院儿科监护室护士李君从事重症监护13年来，先后与同事成功处置多起危重病情，将一名名患病的孩子从死神手中夺了回来。听说医院要驰援武汉，她第一个报了名。

“第一次随军参加国家救援行动，觉得特别神圣。”出征仪式上，李君不敢看前来送行的丈夫和7岁的女儿一眼。登车那一刻，眼泪簌

2020 年 1 月 24 日，空军航空兵某团大型运输机飞抵陕西咸阳机场，机组人员奉命执行空运空军军医大学医疗队驰援武汉任务。（新华社发　李世宁　摄）

簌直流。原本，除夕夜值班后，她将休一个长假，计划好好陪家人过年。

“此次参与救援的医疗队，许多护理人员是技术过硬的文职和招聘人员。救援命令刚一下达，大家就争先恐后地报名，他们身上的血性和担当令人动容。”此次带队的空军军医大学副校长工生成说。

50岁的宋立强是西京医院呼吸与危重症医学科副主任，2003年曾赴北京小汤山医院参加抗击非典的战斗。这次救援，救治经验丰富的他将和5名同事继续坚守重症区。在随队赶往机场的路上，他一边思索救治工作，一边抽空回复亲朋好友的新年祝福短信。

宋立强接到出征命令时，是24日凌晨4点多。天亮后，同是军人的妻子李

▲ 2020 年 1 月 24 日，空军军医大学医疗队受命紧急驰援武汉，这是前来送行的队员家属为队员整理背囊。（新华社发　张昊鹏　摄）

妍一直帮他收拾行囊。此次救援，因专业限制，作为唐都医院心内科主任的妻子无法与丈夫同行。

“当晚，妻子陪两位老人在家过除夕。听说我出征疫区，老人在家里有些担心，但都很支持。”临行前，宋立强给妻子李妍交代的唯一任务就是陪好老人。

熟悉宋立强的人，都很佩服他的业务能力。宋立强说：“在众志成城的抗击行动面前，疫情最终一定会被有效控制的。”

赶赴住宿点，请领医疗物资，协调对接疫情……不知不觉已是大年初一凌晨 4 时。新的一天，新的一年，在忙碌中开始了。

（新华社武汉 2020 年 1 月 25 日电　记者贾启龙）

目的地：武汉！

——国家援鄂抗疫医疗队奔赴疫情防控救治一线特写

1月26日，大年初二。下午1时，在首都国际机场6号楼，由121位医护专家组成的国家援鄂抗疫医疗队开始集结，即将启程奔赴武汉新型肺炎疫情防控一线。

“按照疫情防控需要，我们此次从北京医院、中国医学科学院北京协和医院、中日友好医院、北京大学第一医院、北京大学人民医院、北京大学第三医院6家在京委属委管医院，抽调重症医学科、呼吸科、医院感染科专家组建医疗队驰援武汉。”国家卫生健康委医政医管局副局长周长强介绍说。

北京协和医院医疗队队长、感染内科教授刘正印具有丰富的临床抗感染经验。“尽管疫情比较凶猛，但是现在从中央到地方，从政府部门到普通百姓，上下一心、众志成城，都全力投入到了疫情防控，所以我对打赢这场战役很有信心。”

他表示，此次北京协和医院派出了21名医护人员组成的医疗队，将坚持把协和科学、专业、严谨的工作作风带到抗击疫情的过程中，积极研究和探索更加有效的救治方法。

北京大学人民医院医疗队队长、重症医学科治疗组组长张柳是湖北人，连日来疫情的发展时刻牵动着他的心。昨晚接到组建应急医疗队的消息后，张柳马上报了名。照顾刚出生 6 个月女儿的重担落到了同为医生的妻子身上。

“她有点担心，但能够理解，连夜帮我准备了行李，还嘱咐我‘好好干’。”张柳表示，这次任务义不容辞，也一定将不辱使命。针对目前疫情还在发展的情况，张柳和他的同事们做了各方面的准备，以应对可能出现的困难与挑战。

疫情就是命令，防控就是战场。下午 2 时许，医疗队集结完毕。此时，据国家卫生健康委决定派出这支医疗队不到 24 个小时。

启程前，医疗队领队、北京协和医院副院长韩丁代表全体队员宣誓——

“我们一定牢记使命，不负重托，坚决贯彻落实党中央、国务院部署，义无反顾，全身心投入到疫情防控和重症病人的救治中，勇往直前，无怨无悔，无惧无畏。”

“我们将用科学、专业、规范、高效的技能，与全国卫生战线同仁一道，众志成城，攻坚克难，坚决打赢这场战役，圆满完成党和国家交给的光荣任务。”

“一定要注意安全！”“等你们凯旋！”“必胜！必胜！”……送行同事、亲友的声声嘱托中，登机时间就要到了。

面对集结在一起的十几名护士，北京大学第三医院护理部主任李葆华再次叮嘱队员们注意自身防护，尤其注意穿戴等细节。出发前，为了提高现场工作效率，她亲手为几名医护剪短了头发。

从医 20 年，曾参与抗击非典的北京大学第一医院医疗队队长、呼吸和危重症医学科副主任马靖，有着丰富的专业和管理经验。此次，

▲ 2020 年 1 月 26 日，国家援鄂抗疫医疗队队员在北京首都机场合影。（新华社记者张玉薇 摄）

北大第一医院医疗队“火线”成立临时党支部，马靖担任了临时党支部书记。“我们将全力以赴，相信一定能像当年一样，打赢这一仗。”

26 日晚上 7 点左右，医疗队员们飞抵江城武汉，安排医疗物资、协调对接疫情、梳理工作流程……相关工作正迅速展开。

（新华社北京 2020 年 1 月 26 日电　记者王希、屈婷）

他们在关心和期待中前行

——辽宁、山东、山西、吉林、黑龙江五省驰援湖北救治医疗队启程

党旗飘扬，勇士出征。

2日下午，沈阳桃仙机场。来自中国医科大学附属第一医院等9所省属医疗机构及14个市32所高水平三甲综合医院的118名医护人员，组成辽宁驰援湖北危重症患者救治医疗队，增援抗疫前线危重症患者救治工作。

“那些危重症患者时刻牵动着我们的心，我们每天都在推演分析前方战‘疫’形势，已做好充分准备！”机场闸口，中国医科大学附属第一医院重症医学科护士长尹超声音响亮，向前来送行的领导、同事们挥手告别。“任务十万火急，准备确实有点紧张，但是，我们有足够的信心、勇气和力量！”

据了解，2月1日12时许，辽宁省卫健委接到国家支援湖北省新型冠状病毒感染的肺炎危重症患者医疗救治任务后，迅速部署落实。全省医护人员积极响应，踊跃报名参战。当天18时左右，这支118人的危重症患者救治医疗队伍的名单就已确定下来。以“80后”为主体，最大的54岁，最小的22岁，均是政治素质高、年富力强、业务和作

风过硬的“精兵强将”。

“党旗指向哪里，白衣战士就冲到哪里！”出征的党员队员们与家人同事再次挥手，他们高擎党旗，高声齐呼：“一起拼、一起赢、一起回！”

2日下午，山东省第三批援鄂医疗队121人和7.2吨防疫物资，乘坐山东航空SC9001医疗支援包机航班，从济南遥墙国际机场腾空而起，驰援湖北。

山东省卫健委有关负责人介绍，山东第三批援鄂医疗队有来自山东省立医院、山东大学齐鲁医院、千佛山医院等18家医院的118名医疗队员以及3名卫生干部。按照相关要求，医疗队员以重症医学专业背景为主。

据了解，山东省已于1月25日和1月28日先后向湖北派出两批、各138人的医疗队，于1月31日派出4名疾控专家。截至2月1日，累计向湖北调运口罩661万只、医用防护服13.96万套、医用面罩11万只。

2日15时，一场振奋人心的誓师大会之后，山西省第二批援鄂医疗队119名医护人员，准备乘专机赴湖北省开展新型冠状病毒感染的肺炎救治工作。

山西第二批援鄂医疗队临时党支部书记张朝华说，到湖北后，医疗队将积极对接当地，尽快投入到新型冠状病毒感染的肺炎危重症患者的救治中，“我们一定不辱使命。”

“前方队友，我们来支援了。”2日下午，一场令人振奋的誓师大会之后，吉林省援助湖北省抗击新型冠状病毒感染的肺炎医疗队再次出征。来自吉林省21家三级医院重症医学科、呼吸科等相关专业的

118名医疗队员奔赴武汉支援疫情救治工作。

1988年出生的张满璐是吉林市人民医院重症监护科的一名护士，得知前线需要增援，她毫不犹豫报了名。“明天我的孩子就满26个月了，虽然很舍不得，但是我作为一名有10年工作经验的重症护士，武汉需要我，我义不容辞，必须去。”

2日15时，由119人组成的黑龙江省第二批援鄂医疗队在众人关心与期待的目光下，从齐齐哈尔三家子机场启程前往武汉。

医疗队员来自齐齐哈尔医学院附属第一、第二、第三医院，由1名领队和118名医护人员组成。自黑龙江省新型冠状病毒感染的肺炎疫情防控领导小组办公室《关于组派第二批医疗队援助湖北应对新型冠状病毒感染的肺炎疫情的函》下达后，黑龙江齐齐哈尔医学院的医护人员纷纷主动请缨出战。

“前方的路还有很多困难，但我们拥有一个善打硬仗的优秀团队，有信心克服困难，圆满完成任务。”齐齐哈尔医学院附属二院驰援湖北医疗队临时党支部书记、呼吸科医生顾泽鑫坚定地说。

（新华社沈阳2020年2月2日电　记者石庆伟、李铮、陈灏、魏飚、马晓媛、赵丹丹、梁冬、马晓成）

“疫情来了，我们相约逆行”

——宁夏驰援湖北医疗队出征

28日下午，宁夏回族自治区银川河东机场集结了一批特殊的乘客，着装统一、表情严肃的他们，站在印有“抗击疫情”等字样的红色横幅前，单手握拳大声宣誓：支援武汉，不辱使命，加油！

他们，是宁夏驰援湖北医疗队的135名医护人员。

随着新型冠状病毒感染的肺炎疫情在湖北省蔓延，我国多地先后派出医疗队前往支援，宁夏也不例外。据宁夏卫健委介绍，在发出征集令的24小时内，共有宁夏各大医院的2000多名医护人员主动“请战”，最终，135名来自多所医院呼吸科、重症医学科、感染科、急诊科的白衣“战士”通过选拔，“出征”湖北、抗“疫”救人。

宁夏银川市第一人民医院急诊科医生、年逾五旬的王珊珊就在其中。作为一名经验丰富的急诊科医生，2003年非典疫情出现时，在北京一家医院参训的王珊珊就地参与了抗击非典。王珊珊说：“疫情就是命令，病房就是战场，我们准备好了，只要大家齐心协力，这次我们同样能赢。”

27日下午，宁夏医科大学总医院呼吸与危重症医学科的主任医师李秀忠和近20位同事，在一封赴抗“疫”前线的“请战书”上，郑重署上姓名，摁下红手印。

53 岁的李秀忠是一名有十多年病史的糖尿病患者，因怕家人担心，他报名前并未与家中的老人和妻儿沟通。面对疫情，又任医院专家组成员，李秀忠始终在顶着压力，迎难而上。“虽然会让家人担心，但我是一名党员医生，有专业的医疗知识储备，疫情来了，我必须站在前。”他说。

担当不论年龄。除王珊珊、李秀忠这样的“50 后”，出征队伍中也不乏有着年轻面庞的“90 后”。宁夏医科大学总医院肝胆胃科护士李爱飞，就是其中之一。

疫情突发，工作繁忙，大年三十才回家的李爱飞，正月初二就回到了工作岗位。

“从报名开始，我就没动摇过。我们是援武汉的第一批，有相约逆行的我们挡在第一线，身后的家人就安全些。”她说。

（新华社银川 2020 年 1 月 28 日电　记者谢建雯）

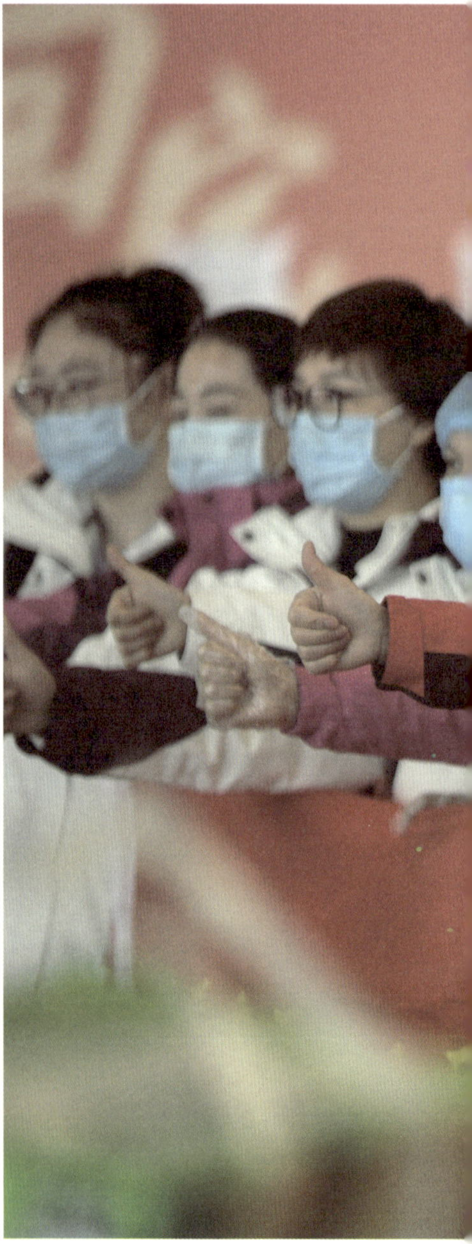

▲ 2020 年 1 月 28 日，宁夏援助湖北医疗队成员在出征仪式上。当日，为支援湖北新型冠状病毒感染的肺炎疫情防控和救治工作，宁夏回族自治区抽调的 135 名医务人员组成的宁夏援助湖北医疗队启程。（新华社记者　王鹏　摄）

一个“老将”的出征

“老将”不老，只有45岁。

被扣上“老将”的帽子还是在这几天。新型冠状病毒感染的肺炎疫情阴霾笼罩，各省份组建医疗队驰援武汉。在福建省第二批队伍中，陈方榕所在的福州市第二医院分配到两个名额。

为争夺名额，科室里16名医生闹得不可开交。“我嫌他们身体不行、孩子太小，他们就嫌我太老。”陈方榕说，作为呼吸科副主任，他逐一劝退“竞争者”，最终抢到了进入武汉疫区的“入场券”。

陈方榕从医23年，在疫情刚刚出现苗头时，他预感到其传染性不容小觑，为此他和其他医生早早做好心理准备，“一旦武汉有需要，责无旁贷”。

在他看来，“明知山有虎，偏向虎山行”，这是大多数医疗人员都会做出的决定。“我这样的人不去，还有谁去。”陈方榕有着“老将”的自信和担当。

2003年，SARS疫情暴发时，陈方榕参加工作不久，苦于“心有余力不足”，这次他不想错过。

陈方榕的妻子是医院妇产科的护士长，身为同行，当听到丈夫的决定后，她没有任何反对，还提出一同报名前往，甚至早早把孩子安顿给了亲戚，最终因名额限制没能如愿。

“我安慰她，前方后方一样都是干。”陈方榕笑着说。在他看来，妻子与报名的数百名医务工作者一样，在后方做着同样的贡献。

对他而言，家庭与工作都不构成困难，此行最大的担忧还是在于物资。连日来，他把医疗用品塞满两个大行李箱，至于妻子特地准备的吃穿用品，则只是简单装了一个背包。“每个人能携带的物品有限，但至少要保证我们的增援不能增加前方的物资压力。”他说。

陈方榕是福建千万医务工作者的缩影。1月25日晚，国家卫健委要求福建省组派医疗队援助湖北应对新型冠状病毒感染的肺炎疫情。一声号召，应者云集。有人摁下红手印，写下请战书，有人抛下刚刚出生的孩子、做完手术的父母，24小时内，135名医务人员组建的队伍火速出发，他们中最小的，出生于1997年。

疫情面前，勇往直前。陈方榕说，2003年，他的主任提前10天打包好行李，请缨抗击SARS，未能如愿。17年后，面对号召，陈方榕如愿以偿。

在这支队伍中，每一个“老将”都想像年轻人一样冲锋在前，而每一个年轻人都希望承担起“老将”肩上的责任。

（新华社福州2020年1月29日电　记者吴剑锋）

出征令，赶在女儿出生的这一天

早上六点半，天还黑着，郝铁蛋就急匆匆起了床。虽然一晚上被小丫头闹醒好几次，他却不觉得困。昏暗的灯光下，铁蛋凝视着女儿熟睡的小脸，亲了亲她的小脚丫，与妻子轻声道别，转身出了门。

2 月 5 日是山西省国家紧急医学救援队出征湖北的日子。不到 9 点，山西白求恩医院的南广场上，60 余名队员陆续赶到，准备集结出发。有同事招呼着合影，有媒体找队员采访，铁蛋小小的个头，站在人群中一点儿也不起眼。

郝铁蛋是在两天前接到出征通知的。2 月 3 日那天清晨，妻子生下了女儿，把他高兴坏了。铁蛋夫妻俩都是山西白求恩医院的护士，结婚 7 年，已经有个 4 岁的儿子，再要个乖巧的小姑娘一直是他们的心愿。第一次抱起女儿，铁蛋感觉自己“心都要化了”。当天晚上，铁蛋就接到援鄂的通知：收拾待命，随时出发。

作为山西省国家紧急医学救援队的成员，早在疫情蔓延之初，郝铁蛋就清楚，一旦国家召唤，他随时都可能走上抗疫一线。在此之前，医院已先后派出两批人员参加山西援鄂医疗队，铁蛋都报了名，却一直没去成。如今，这天终于来了，却赶在了女儿出生的这天。

“对我来说这不是选择，是职责所在，该去就去。而且大家都是这样做的，我没什么特别。”铁蛋没有犹豫，平静地回复：“收到。”

郝铁蛋出生在普通农家，自小身体不好，母亲便为他取了“铁蛋”的名字，盼着他健康、结实。长大后，这个孩子成了助人健康的医者。铁蛋说，他喜欢从医，虽然忙忙碌碌，却充实宁静。

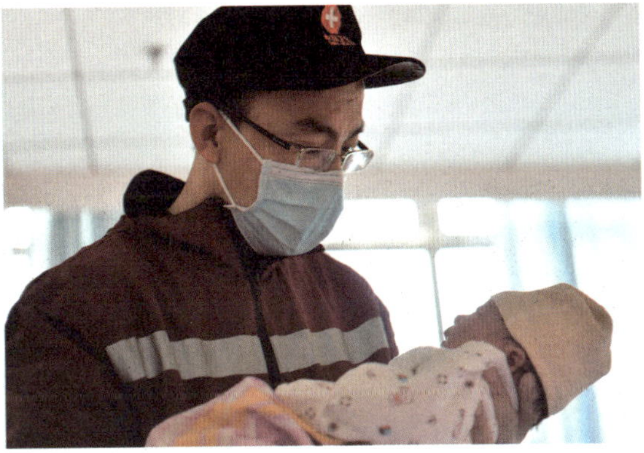

★2月5日，告别妻子和刚出生的女儿，郝铁蛋和其他医疗队员一起踏上前往湖北的列车。尽管依依不舍，但郝铁蛋目光坚定，他说：“我知道，女儿长大以后，一定会以我为傲。”（新华社记者　曹阳　摄）

知道铁蛋要走，妻子张赛鸿没有一句疑问，没有一句抱怨，默默地开始张罗行装。“把你自己照顾好就行，家里的事你不用管。”妻子话不多，却让铁蛋红了眼眶。

“临危不惧，义无反顾，奋勇直前，舍己救人！”嘹亮的宣誓声，将铁蛋的思绪拉回会场。一场简单的送别仪式后，山西省国家紧急医学救援队的队员们陆续登上大巴车，准备赶往高铁站。车窗内外，队员们与家人挥手作别。铁蛋的家人没有来，但他们的期盼他知道：平安回家。

大巴车缓缓驶出，白求恩医院的广场上，一尊白求恩铜像在那里静静伫立。铜像下方刻着的16个金色小字更加熠熠闪光：敬佑生命，救死扶伤，甘于奉献，大爱无疆。

（新华社太原2020年2月6日电　记者马晓媛）

出征

2020 年 1 月 24 日晚，除夕夜，由陆军军医大学抽调精干医务人员组建的 150 人医疗队连夜从重庆出发，飞赴武汉支援抗击新型冠状病毒感染的肺炎疫情。（新华社发）

★ 1月28日，内蒙古自治区赴湖北首批医疗队队员在呼和浩特白塔国际机场大厅合影。当日，由全自治区抽调的139名医务人员及2名带队工作人员组成的内蒙古自治区赴湖北首批医疗队正式启程，以援助湖北省应对新型冠状病毒感染的肺炎疫情。（新华社发　贝赫　摄）

★ 1月27日，在福建省第一批赴鄂抗疫医疗队出征仪式现场，医护人员在宣誓。该医疗队共有135名医务人员，均来自三级综合医院和承担传染病救治任务的传染病专科医院。（新华社记者　魏培全　摄）

★ 1月28日，在天津滨海国际机场，天津第二批赴武汉医疗队队员在出发前合影。医疗队由来自天津市16所医院的138名医护人员组成。（新华社记者　马平　摄）

★ 1月28日，甘肃医疗救治队队长蔡辉（前）在出发仪式上代表医疗救治队全体医护人员宣誓。（新华社发　杜哲宇　摄）

★ 1 月 28 日，第二批浙江抗击新型冠状病毒感染的肺炎紧急医疗队在浙江省人民医院出征，搭乘客机赶赴武汉，支援湖北新型冠状病毒感染的肺炎疫情防控和救治工作。（新华社记者　黄宗治　摄）

★ 1 月 27 日，在上海南站，上海医疗队队员在站台上合影。当日是农历大年初三，由来自上海 40 家医院呼吸科、感染科、重症科的 50 名护理人员组成的上海医疗队从上海出发，前往武汉援助应对新型冠状病毒感染的肺炎疫情，全面配合做好医疗护理工作。（新华社记者　丁汀　摄）

★ 2月2日，山西第二批援鄂医疗队的 119 名队员从太原武宿机场出发，前往湖北援助应对新型冠状病毒感染的肺炎疫情。（新华社记者　曹阳　摄）

★ 2月2日，河南省第二批医疗队队员在出征仪式上宣誓。这支医疗队由来自郑州、洛阳、开封、新乡、焦作、平顶山、安阳、濮阳等地 22 家医院的 122 名医护人员组成。（新华社记者　李安　摄）

★ 1 月 26 日，北京医院的医护人员目送援鄂抗疫医疗队队员。（新华社发　彭子洋　摄）

★ 1 月 28 日，青海省妇女儿童医院医疗队队员在出发前相互致意平安。

当日，为支援湖北武汉新型冠状病毒感染的肺炎疫情防控工作，青海省组织援助医疗团队奔赴武汉。首批派出的 135 名医护人员来自青海省人民医院、青海大学附属医院、西宁市第一人民医院等 16 家医疗机构的呼吸科、感染科、重症医学科等多个科室。（新华社记者　张龙　摄）

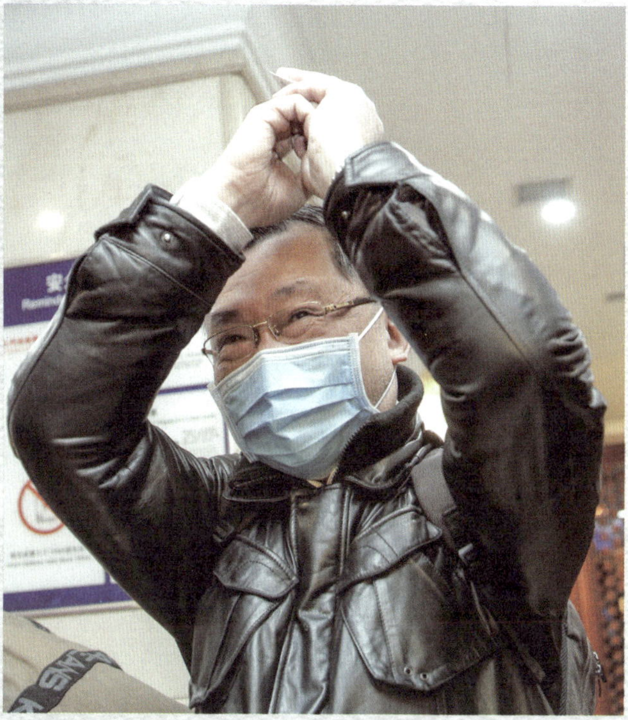

★ 2月1日，北京大学人民医院重症医学科主任安友仲在首都机场向同事告别。（新华社记者　张玉薇　摄）

★ 2月2日，陕西省第二批援助湖北应对新型冠状病毒感染的肺炎疫情医疗队从西安出发。医疗队由来自陕西省多家医疗机构呼吸科、重症医学科等科室的121名医护人员组成。（新华社记者　李一博　摄）

“等疫情过了，我再做最美新娘”

——青海第二批100名医务人员驰援湖北记

农历正月十一，西宁曹家堡国际机场，来自青海省西宁市、海东市25家医疗机构的100名护理骨干，整装集合驰援湖北，抗击新型冠状病毒感染的肺炎疫情。

“武汉加油！青海加油！中国加油！”他们拉着横幅，喊着口号，每个人的眼神都坚定有力。他们在人群中拥抱、叮嘱、合影，一一道别。

从4日凌晨接到通知，到4日中午出发，留给各医疗队的准备时间不到一天。

朱丽娟手里捧着同事送的鲜花，身边的同事再三叮嘱她要做好自身防护。27岁的朱丽娟是西宁市湟中县中医院手术室的护士，4日凌晨接到通知，她的第一反应就是要剪头发。

“我一听要走就想着去剪短发，但早上走时理发店都没开门。为了防护需要，去了肯定要剪，剃光头都没关系，头发还可以再长。”朱丽娟摸摸自己的发髻。

对于和朱丽娟一起赴武汉的同事吴兰英来说，这是一次特别的征程。31岁的吴兰英曾在湖北襄阳、武汉求学，最近她每天一早醒来就刷新疫情进展，在新闻上看到熟悉的长江大桥、校园、街道，经常看着看着就哭了，“湖北就是我的第二故乡，我的两个大学室友现在都在隔离病房工作，还有很多老师、同学都在最前线，我要去和他们一起并肩作战，早日战胜疫情。”

来自西宁市大通回族土族自治县第二人民医院内科的护士任孝青自愿请战到一线，接到通知要走已是凌晨，3 岁的儿子成了她最大的牵挂。“我走的时候孩子还在睡，我抱了抱他，眼泪止不住往下流。祖国需要我，我必须要去。”任孝青拿纸巾沾了沾眼角。

西宁市第一人民医院护理部副主任袁怡婷来送别医院即将出征的 6 名队员。袁怡婷说，医院共有 100 多名护士主动请缨，派去驰援的都是各科室骨干。“都是我的兵，心里很不舍。但没办法，要以大局为重。我们在后方会照顾好他们的家属，让他们安心投入前线的工作。”

★ 2月4日，在西宁曹家堡国际机场，青海省第二批医疗队队员在出发前与同事相互鼓励。（新华社记者　张龙　摄）

袁怡婷说。

李有宜作为六名队员中唯一的男护士，袁怡婷嘱咐他照顾好同事们。李有宜的哥哥嫂子放心不下他，专程赶来机场送他。28 岁的李有宜和爱人雷秀结婚 3 年，孩子只有 10 个月。

“作为男护士，这个时候更应该站出来，我们在体力方面更有优势。尽管前方有很多未知的风险，但医院给我们提供了最好的防护，我们有能力也有信心尽快战胜疫情。”李有宜说。

出发前，队员们在航站楼前庄严宣誓：“不忘初心，牢记使命。不负重托，坚决打赢疫情防控阻击战。”医疗队出征仪式结束即将安检登机时，人群中突然有人拉住记者：“她是个准新娘！”

准新娘蔡雯来自西宁市第一人民医院消化内科，虽戴着口罩，却精心化了淡妆，说话时一直保持微笑。原本定于 2 月 13 日在男方老家河南举办婚礼，但受疫情影响，蔡雯取消婚礼，主动留在单位值班。得到可以去驰援武汉的消息，她第一时间递交请愿书。

“这时候要舍小家为大家，很荣幸能成为驰援队伍中的一员。等疫情过了，我再做最美新娘。”蔡雯说罢，笑着挥挥手便登上了飞机，成为“最美逆行者”当中的一员。

（新华社西宁 2020 年 2 月 4 日电　记者央秀达珍）

元宵夜，264 名白衣战士的“集结”出征

快、快、快——

元宵之夜得令，凌晨报名完毕，通宵达旦准备，次日上午集合，下午抵达武汉……来自厦门的 264 名白衣战士，从自愿报名应征到“全副武装”投入到抗击新冠肺炎最前线，只用了短短的十余个小时。

9 日下午，这些来自厦门 16 家医院的医护战士，前往华中科技大学同济医学院附属同济医院光谷院区，接管两个重症病区。

2 月 8 日，正月十五，晚 9 时。国务院应对新型冠状病毒肺炎疫情联防联控机制医疗救治组发来信息：征集新一批出征湖北抗疫的医护人员。随即，厦门市卫健委和各医院通过微信群和朋友圈紧急下达征召令。

“我报名！”

“我报名！”

……

应征的医护人员一个接一个，沉寂的微信群立即热闹起来。

仅五个小时，264 人的队伍宣告组建完成。

快速集结的背后，是许多人枕戈待旦的准备。他们中的很多人，早已多次请战，要求驰援抗疫火线。

★ 2月9日，在厦门高崎国际机场，由200余名福建厦门医护人员组成的支援湖北医疗队启程。（新华社发）

刚刚结婚、年前飞往东北见公婆的马爱平副主任医师，早在1月26日就紧急赶回，并向所在的厦门大学附属第一医院呼吸内科发信：“我报名参加，正在飞机上，一定要等我回来签！”

还有大年初二就写了请战书的“李医生”。“命令来得如此紧急，值完24小时班无法休息，匆忙扒拉一口出征前的饺子，抱抱大头儿子和妈妈就赶去武汉前线了！”她的丈夫在朋友圈中写下了这样的文字：“我家最硬的龙鳞送去武汉了，只希望平安归来。”

凌晨2点，出征的医护人员无法入睡，支援单位工作人员也没有休息，都在通宵达旦地做着出发的准备。

“剃光它！”9日早上7时，厦门市中医院的王鲁平、石玉林、陈威杨三个小伙子，在院里互相把头发剃了。王鲁平说，这是第一批去支援武汉的同事传授的经验：剃光头发可以减少传染风险，还方便工作。

理发，这是出发前不少医护人员不约而同地做的事情，不分男女。厦门医学院附属第二医院院长叶剑鸿，含泪为出征的医护勇士理发，这是他第一次当理发师。

上午 11 时 30 分，264 名白衣战士们集结在厦门高崎国际机场登机大厅。

“中国加油！武汉加油！厦门加油！”“武汉必胜，中国必胜！”……白衣战士的话语响彻大厅。

这些出征的白衣战士中，有手里紧握着妻子煮的鸡蛋的厦门市儿童医院朱其国医生，有挂掉哥哥送别视频的厦门大学附属翔安医院胡群医师，有匆忙与 9 岁女儿告别的厦门市仙岳医院李晓云护士，还有王医生、李医生、周护士、陈护士……

“女儿，国家有难，您是逆行者，祖国加油，武汉加油，女儿加油！”这是一位父亲和出征女儿的微信聊天，他使用了尊称“您”：“我把您借给祖国，您要好好的，等您凯旋归来！”

家人、同事、领导都纷纷赶来，为白衣战士壮行，相信他们一定能战胜病魔，胜利归来！

9 日下午 1 时 30 分许，264 名厦门医护人员搭乘厦航两架包机腾空而起。随后，两支医疗队携带的大量无创呼吸机、除颤仪等“武器”和其他医疗“辎重”，由厦航另一架包机护送飞往武汉。

下午 2 时 40 分许，他们飞抵武汉，旋即前往接管两个重症病区。

在他们之前，来自全国的一个个支援队伍陆续抵达。

在他们之后，来自各地的一位位白衣战士还在赶来。

（新华社厦门 2020 年 2 月 9 日电　记者秦宏、苏杰、陈弘毅）

上海两支医疗队 350 名队员奔赴武汉

9 日，来自复旦大学附属华山医院和上海交通大学医学院附属瑞金医院的上海两支医疗队伍共 350 名队员奔赴武汉抗疫前线。

复旦大学附属华山医院出征的 214 名队员中，有共产党员 72 名，医生的专业涵盖呼吸、感染、重症、血液、消化、肾脏、神经内科、抗生素、内分泌、心内科、急诊、风湿免疫、麻醉、血管外科、胸心外科、药剂科等。医疗队将接管华中科技大学同济医学院附属同济医院光谷院区的重症监护室（ICU）。行囊中，除了防护用品、药品食品，还按照要求携带呼吸机、除颤仪、中心监护仪、心电监护仪等医疗设备。

上海交通大学医学院附属瑞金医院医疗队由 30 名医生、100 名护士和 6 名行政管理人员组成，涵盖重症医学科、呼吸科、感染科、护理等学科。据悉，医疗队将接管华中科技大学同济医学院附属同济医院光谷院区的重症病房。医疗队领队、瑞金医院副院长胡伟国说："我是一名有着近 30 年工龄的医生，作为一名临床老兵熟悉各种临床问题和情况，抗击疫情是职责所在；同时我也是一名老师，我想此次出征，作为一名老师我也要做好医学生的表率，今后，我们的医学教育也将继续重视社会责任感的培养。"

（新华社上海 2020 年 2 月 9 日电　记者仇逸、袁全）

来不及告别

——辽宁 1000 人医疗队一天集结奔赴湖北

8 日 14 时接到命令，18 时组队完毕，21 时、21 时 10 分、21 时 20 分、21 时 30 分，4 架包机从周水子机场依次起飞。元宵节，大连 500 名医护人员如战士一样，召之即来，来之能战。

9 日 11 时 54 分、12 时 04 分、12 时 14 分、12 时 21 分，又是 4 架包机，从沈阳桃仙机场出发，搭载着另外 13 个城市的 500 名医护战士。辽宁省第三批 1000 人医疗队，一天集结出发，奔赴湖北抗击新冠肺炎疫情战场。

陈彦竹是大连医科大学附属第一医院护士，元宵节，她的丈夫丛庆伟还奋战在发热门诊。8 日 14 时，医院再次号召大家支援湖北，陈彦竹立即报名，把孩子交给父母就出发了。临行前，她来到发热门诊外，隔着玻璃窗和丈夫挥了挥手。

仅仅 4 个小时，陈彦竹所在的大连医科大学附属第一医院的 20 名医生、150 名护士、4 名管理人员的名单迅速确定，院长徐英辉带队出征。

据介绍，辽宁省 1000 人的医疗队包括临床医师 240 名，护理人员 760 名，医师专业包括呼吸与危重症医学科、传染病科、感染科、重症医学科、急诊科等，护士专业为内科。全省 14 个城市的医护人员全部参战。

沈阳医学院附属中心医院呼吸与危重症医学科副主任何巍说：“呼吸是我的专业，抗击疫情是我的使命。武汉就是战场，我们一定胜利归来。”

沈阳市卫健委介绍，2月8日晚7时，他们接到辽宁省卫健委通知，立即组建医疗队，9日上午10时驰援武汉。各医院医务人员踊跃报名，短短一小时内即组建完成。医疗队所需物资统一配备，减少湖北当地压力。

在桃仙机场，沈阳市第七人民医院感染科护士长李静一个人搬着行李，她说：“爱人是警察，从大年初二开始也一直在一线，没回过家。昨晚知道我要出发，请假回家看了一眼，早上把我送到医院就回到岗位上了。”

来自辽阳市第三人民医院的重症护士王文玉则期待着早一点到前线，她说：“哥哥是第一批队员，已经在武汉了，我们兄妹就要并肩作战了。”

截至2月9日，辽宁省已经组织三批医疗队、一个国家紧急医学救援队和4名检验科医生，共计超过1300人，奔赴湖北抗击疫情前线。

9日凌晨4时45分，锦州市140人医疗队连夜出发。走上大巴的一刻，锦州医科大学附属第三医院护士佟惟屹默默拿出手机给好友发了微信，“我要去武汉了，我是医者，也是党员，必须做好百姓的盾牌。请帮我照顾父母。”

（新华社沈阳2020年2月9日电　记者李铮）

战“疫”一盘棋
浙江省再派800多名医务人员支援湖北

打开舱门，每个座位上都摆放着一个玩偶和一条围巾。“我们是为了让即将奔赴武汉一线抗疫的医护人员们带着暖意踏上征程。”执行飞行任务的长龙航空GJ8761航班机长王宏说。

9日，杭州萧山机场，576名医务人员飞往目的地湖北。

当天，浙江共抽调800多名医务人员组成5支抗击新冠肺炎疫情支援湖北医疗队，分别从杭州、宁波飞往武汉。

队伍由呼吸与危重症医学科、传染病或感染科、重症医学科、内科等专业组成，随行携带呼吸机40台、除颤仪4台、中心监护仪4台、心电监护仪60台、ECMO1台，设施设备等物资40余吨。

出发前，来自杭州市中医院急诊科、呼吸科、心内科、重症监护室等科室的医务人员统一理了发。护士傅水娟不惋惜自己剪断的长发，只担心5岁的女儿：早上6点出门时，女儿还在睡梦中，还不知道妈妈要出差。

这是浙江省派出支援防疫的第四批医疗队。1月25日，首批135名医护人员紧急驰援武汉；1月28日，149名医疗和护理骨干赶赴湖北；

2月4日，21名队员组成的浙江国家紧急医学救援队，携带防护、检测、治疗和生活等物资到达武汉……

除了医务人员外，在这场防疫持久战中，浙江还组织动员各方面力量，各司其职，生产、调配、捐助防疫资源。阿里巴巴旗下电商“专项工作组”协调义乌、广州等地工厂复工，并赴14个国家和地区对接供应商；菜鸟、圆通等物流企业开辟绿色通道直达防疫一线……

浙江省委省政府9日提出，要坚持全国一盘棋，算好全局账。既集中精力做好全省疫情防控工作，坚决做到守土有责、守土负责、守土尽责，也要坚决服从党中央统一指挥、统一协调、统一调度，为全国疫情防控工作多担当、多贡献。

（新华社杭州2020年2月9日电　记者方问禹、郑梦雨、俞菀）

新华社记者丁磊 胥晓璇 编制

“以生命守护生命”

——山西300名医护人员驰援湖北出征侧记

2月9日14时许，太原武宿机场。

目送张孝武走向登机口，怀有七个月身孕的马晓英眼圈微红，她拿起手机，悄悄为丈夫拍下这张特别的出行照。对于他们来说，这是一次准备了十余天的紧急集结。

早上七点多，来自山西省汾阳医院呼吸与危重症医学科的张孝武接到通知，中午前赶到120公里外的机场，驰援湖北。面对十万火急的出征令，他早有准备，先向四岁的女儿承诺“多带些好吃的回来”，再把行李箱放进后备厢，就匆匆离家。

早在大年初一，张孝武就主动报名，支援湖北抗击疫情。他的妻子马晓英也是汾阳医院的一名医护人员。对于丈夫的决定，他俩看法一致：“能被选中是荣幸，应该尽自己的一份力。”大年初三，马晓英就帮他准备好了出征的行李：一叠换洗的衣服、一张电热毯、一口煮方便面的电热锅，还有必备的防护用品。

疫情就是命令。9日上午，短短几个小时内，山西省120多家医院的300名医护人员，带着行李和装备，从全省11个地市向太原武宿机场紧急集结。山西省第四批支援湖北医疗队领队、山西省肿瘤医院外科专业主任医师白文启说，大家充满战胜疫情的信心，无一人退缩、无一人延误。

“我是党员，就应该冲在前面。”凌晨2点接到通知，早上参加医院举行的简短欢送会后，武乡县人民医院神经内科医生郝晓敏就赶赴机场。疫情暴发后，医院组织报名，她第一个参加。

22岁的冯小钰是这次出征队伍中年龄最小的队员。参加工作刚满一年的她，是灵丘县人民医院第一批报名支援湖北的医护人员。“没想到，头一次出远门，去的地方就是武汉。”冯小钰此前的生活轨迹从未触及过山西以南的区域，支援湖北，这让她很激动，“从报名的那一刻起，我就已经做好随时出征的准备，接到命令后马上出发，用自己的所学守护生命。”

大同市第一人民医院重症科医生韩剑超出行前，特意准备了两包纸尿裤。她说，她和同事们已经提前穿好成人纸尿裤，一下飞机，马上就能进入工作状态。

得知山西省第四批支援湖北医疗队出发的消息后，机场工作人员张女士第一时间带着募捐到的1000只口罩来为医护人员们送行。“前几批驰援武汉的医疗队出发前，口罩还没有运回来，非常遗憾，这次终于赶上了！”

张女士说，她每天都关注湖北的疫情动态，根据前线医护人员的反馈，下次计划募捐纸尿裤。“只要前线有需要，我们的募捐就不会停止。”她说，国家好了每个人才能好，希望疫情早点过去，让大家恢复到正常的生活中。

15时，300名医护人员乘坐的航班即将起飞。出发前，他们举起右拳，庄严宣誓：“我将勇于担当，不负重托，以生命守护生命，坚决完成任务。”

（新华社太原2020年2月9日电　记者梁晓飞、魏飚、王劲玉、刘扬涛、解园）

中国医科大学5批245人前赴后继驰援湖北

12日19时30分，中国医科大学附属盛京医院100名医护人员再赴湖北。从1月26日起，这所拥有89年历史，整建制跟随中国共产党走完二万五千里长征的医科大学，已分5批，向湖北抗击新冠肺炎疫

★ 2月12日，在沈阳桃仙机场，医疗队员与同事告别。当日，辽宁省卫生健康委组派115名医护人员支援湖北武汉、襄阳。这批医疗队员以中国医科大学附属盛京医院为主体组建，其中32人前往武汉，另外83人是辽宁省对口支援湖北襄阳的首批医疗队员。（新华社记者　杨青　摄）

情一线派出了 245 名战士。

秉承“政治坚定技术优良”校训，诞生于瑞金，长征路上一不怕死、二不怕苦，中国医科大学历代医务人员，每次国家重大救援都冲锋在前。

赵宏宇：一刻也不能耽误，我来

11 日下午，即将奔赴湖北襄阳的赵宏宇在医院剪了个板寸。此前，这位中国医科大学附属盛京医院急诊科副主任已连续工作 20 天。本不负责发热门诊的赵宏宇 7 次换上防护服，为患者采集咽拭子标本，并成功诊断一名患者。

2 月 3 日，已在急诊观察了 7 天的患者温某持续发热，但由于没有流行病学史，当时按照国家卫健委发布的《新型冠状病毒感染的肺炎诊疗方案（试行第三版）》，不符合发热门诊排查条件。

赵宏宇根据患者症状判断说：“高度疑似新冠肺炎，不能再耽误了。我来。”于是，他换上防护服，在急诊采集了咽拭子标本。结果，盛京医院病毒室检测为阳性，又送沈阳市 CDC，还是阳性，认证为确诊病例。

“赵主任果断诊断，不仅为患者争取了救治时间，而且大大降低了急诊其他患者和医护人员的感染概率。如果一直在急诊观察，风险太大了。”急诊护士长姜艳说。

疫情以来，赵宏宇已经为 7 名患者进行了咽拭子标本采集。虽然穿了防护服，但患者因刺激而产生喷溅物，对采集医生还是非常危险。赵宏宇开玩笑地说：“我已在值班室睡了好几天自行隔离了。”

12 日，暂别沈阳疫情防控一线，赵宏宇又投入到新的战场。

崇巍：方舱医院就是战场

2月4日，辽宁国家紧急医学救援队一天内组队、出发、抵达。中国医科大学附属第一医院急诊科副主任崇巍作为队长，带领31名医护人员，加入洪山体育馆方舱医院团队救治患者。

“疫情就是命令，防控就是责任。方舱医院就是我们的战场。”崇巍作为前方临时党支部书记，在方舱医院病床前向战友们发出了动员令。

方舱医院主要收治疑似病例和轻症患者。医生需要逐床查房，仔细询问患者病情，耐心解答他们的困惑。工作量大，而且要及时排查出重症患者，对医护人员的体力和专业能力要求极高。

在方舱医院工作第一天，崇巍就敏锐发现一名女患者昏睡在病床神态异常。经过问询和检查后发现，这名患者高热十余天、血氧饱和度明显下降，崇巍立即建议将她转运到定点医院接受进一步的救治。

在方舱医院一周以来，崇巍每天都经历几个连续四个小时的查房，负责几百名患者，护目镜上的水汽都凝结成水滴流淌下来。辛苦，但崇巍觉得值，他说：“我们是中国医科大学人，我要和战友们战斗到胜利那一刻。”

李晶：战胜恐慌，把救治和关心送到患者心里

中国医科大学附属第四医院呼吸内科医生李晶作为辽宁第一批医疗队成员，已经在武汉奋战18天了。心思细腻的李晶说：“恐慌和病毒一样，都侵袭着每个患者。我和同事们就和患者真心交朋友，帮他们战胜病魔和心魔。”

这两天，李晶医疗组收治了一名半个同行，学医，做医院行政工作。

“我严重吗？”患者问。

“当然不严重，你的症状，你的化验，你的片子都能证明。”李晶试图缓解他的焦虑。

“你说我是轻的，怎么还需要住院，在家隔离不就好了？”患者接着问。

“你核酸阳性，有传染性，需要隔离，并且你有症状，现在不重，边治疗边观察，病程中可能还有变化。”李晶回忆着和这名患者的对话说：“我原以为在医院工作，总和医生护士打交道，一定与恐慌不挨边。但我错了，他是我接的患者中最严重的。”之后，李晶就反复告诉自己“帮患者树立信心同样重要。”

“我担心结果是错的，我要求重新再验一次。”这名患者第二天又来和李晶说。

“可以，今天就验。”经过李晶耐心专业，带有希望的回答，患者终于露出了笑容。“你是沈阳的？你是心理科专家？”

李晶笑着说：“我们是同行，有事儿尽管找我。”

三位奋战在抗疫一线的医护人员是中国医科大学所有医护人员的代表，他们不顾个人安危，毫不犹豫投入到战斗中，让“救死扶伤”的精神在这场没有硝烟的战争中熠熠生辉。

（新华社沈阳2020年2月13日电　记者于力、李铮）

白求恩精神，不只是一枚 LOGO

——吉林大学白求恩第一医院援鄂纪实

5 批，206 人。

从 1 月 26 日到 2 月 7 日，吉林大学白求恩第一医院驰援武汉，精锐尽出。

吉林大学白求恩第一医院隶属于吉林大学白求恩医学部，这个医学部的前身是创建于 1939 年的白求恩卫生学校。诺尔曼·白求恩亲自参加了学校的创建和教学。80 余年来，无论是毕业于医学部的学生，还是附属医院的医护人员，无一不以白求恩精神勉励自己。

灾难面前，他们用行动诠释，“大医精诚”不是口号，“白求恩精神”，不只是一枚 LOGO。

做逆行者，无怨无悔

“我志愿加入到支援武汉的医疗队……全力以赴，无怨无悔，做一名逆行者。”1 月 25 日，得知医院将组建医疗队驰援武汉，感染科主治医生张鹏第一个写下请战书。共产党员，参与过手足口病、甲流等多次传染病的诊治，此刻，舍我其谁?

短短几小时，数百人请战。他们中有师生、父女、夫妻。

神经内科重症监护室护士邓秋霞说，我老公是湖北人，为我留在长春。作为湖北的媳妇，我理应支援。

ICU 护理平台柏文喜依依不舍地告别女儿：“爸爸除了是你的爸爸，还有三个身份，共产党员，ICU 组长，护士。”

25 岁的呼吸科护理平台护士杨艳丽从小恋家，出征时忍不住哭了。到武汉后她也曾害怕，想妈妈，但是忙起来后，忘记了恐惧。每天晚上，她都给自己打气，“晚安，武汉；晚安，亲爱的自己。明天继续加油！”

张鹏到武汉后，第一个进入病房，为其他人探路。他说，谁不想沐浴在春风里，谁不想奔跑在阳光下？所有的岁月静好，都要人去创造。而我就想做那样的人，幸好那样的人也不只我一个。

我是东北来的

华中科技大学附属同济医院、武汉金银潭医院、方舱医院……吉林大学第一医院支援武汉的医疗队，专业对口，医技精湛，大都分配在当地几个主力医院。

新冠肺炎，从发病到现在，没有特效药。漫长的治疗，超常的工作量，被汗水浸透的防护服，鼻梁上口罩造成的压疮，反复消毒变得粗糙的双手……比这些更令人难受的是，很多患者情绪低落，不愿配合。来自东北的白衣天使，在医术之外，决心用东北人的亲和力和幽默感，感染照护患者。

呼吸与危重症医学科护士张宇行接管了 4 个确诊病人中的 3 个。患者疑虑地问她，“你不怕被传染吗？”她用安慰母亲的话安慰他们，

“不会啊，我是呼吸科护士，有抗体。”

神经内科护理平台护士温馨被分配在武汉市金银潭医院北 5 楼。12 床的大爷 72 岁，表情落寞，一言不发。温馨故意吸引他，主动自我介绍，“大爷，我是东北那嘎达的。”同屋的人都笑了。大爷沉默了一会儿，忍不住开口问她，“你们是抽签来的吧？”她说，不是，我们都是自愿的。

聊家人，聊天气，聊美食……她们用乐观感染着患者，也激励着自己和同行。

防护服厚重，她们假装抱怨自己“像杨贵妃”；穿脱不易，她们开玩笑“要和女儿商量借纸尿裤”；她们和一起战斗的小伙伴相约，将来去东北滑雪，吃烧烤；去武大看樱花，吃热干面……

看着自己护理的大爷不再高烧了，护理的阿姨也露出了笑脸，张宇行心中有了小小的成就感，期待着值下一个班。她说，“我也不知道这场战役什么时候能够结束，但是没有一个寒冷的冬日不会过去，没有一个春日暖阳不会来临。”

一切为了武汉

懂业务的副院长，资深的教授，最优秀的护士长……此次驰援武汉，吉林大学白求恩第一医院呼吸科、感染科、ICU 等科室，精锐尽出。

这并非他们第一次派人出征。

2003 年，他们是吉林省抗击非典型肺炎的主力；

汶川地震，他们派出医疗队驰援华西医院；

2016 年，他们成立国家紧急医学救援队……

国有难，召必战。这一次，为了少给当地添麻烦，他们不仅派出了自己最优秀的医务人员，还号召全院节约物资，口罩、防护服……能省的省，能替换的替换，倾尽全力，支援武汉。

驰援武汉的同时，这里也是吉林省抗击新冠肺炎疫情的首批定点医院。自1月23日起，全院增派各科室护士500多人24小时不间断分诊，检诊，为吉林省筑起第一道防火墙；还有800多名护士在请战。

健康所系，生命相托。不同的战场，相同的誓言。得知医院人手吃紧，多位七八十岁高龄、已经退休的老教授重返科室，不计名利，不计得失，坐诊，查房，甚至亲自接听咨询热线……

“只要国家有需要，我们还会再派人。”白求恩精神薪火相传。

（新华社长春2020年2月11日电　记者郎秋红）

山川相连
袍泽同心
全党全军全国各族人民
都同湖北和武汉人民站在一起
河北支援湖北医疗
无锡市驰援湖北医疗队
旅顺区医院驰援湖北医疗队
江西省对口
山西省第四批
中国财富帮公众号

海报设计：吴越佳

全国中医药系统派出 2220 人支援湖北中医药救治参与率高

国家中医药管理局医疗救治专家组组长、中国工程院院士、中国中医科学院院长黄璐琦 14 日在湖北新冠肺炎疫情防控工作例行新闻发布会上说，全国中医药系统共向湖北派出 2220 人，确诊病例中医药参与率高。

黄璐琦说，中国中医科学院、北京中医药大学、广东省中医院和天津、江苏、河南、湖南、陕西等地中医医院的医务人员组成 3 支国家中医医疗队支援湖北，入驻武汉金银潭医院、湖北省中西医结合医院，接管江夏方舱医院。在 2220 人中，许多医务人员曾参与抗击非典。近日还将有中医医疗队支援雷神山医院。

黄璐琦说，从临床观察看，通过中西医结合，轻症患者胸闷等不适症状消失较快、重症患者治疗周期缩短。目前，湖北地区确诊病例中医药参与率达 75% 以上，其他地区超过 90%，中医药在湖北还可以发挥更大作用。

据黄璐琦介绍，国家中医医疗队在当地大力支持下，坚持中西医结合，突出中医药特色，累计收治确诊和疑似患者 248 人、症状改善 159 人、出院 51 人，转出 22 名符合出院标准、转至缓冲病房的患者。

（新华社武汉 2020 年 2 月 14 日电　记者乐文婉、梁建强）

兄弟省份对口驰援，亿万颗心同频共振

驰援湖北！

这些天来，全党全军全国各族人民都同湖北和武汉人民站在一起，全党全军全国各族人民都同湖北和武汉人民战斗在一起。全国一盘棋，我们筑起疫情防控阻击战的钢铁防线。

一方有难、八方支援。疫情防控阻击战打响以来，按党中央决策部署，19省区市火速行动，各地区前往湖北支援的广大医务工作者、人民解放军指战员以及各方面人员越是艰险越向前。

从除夕夜到上元夜，各地一批批医务人员奔赴、奋战武汉一线；全国各地建设力量迅速汇聚，短时间内建好武汉火神山、雷神山医院；建立对口支援机制，各省份全力支持湖北各地加强病人救治、疫情防控工作；军队保证医疗物资和人员有效投送，抽调大量医护人员奔赴疫情防控最前线。

天南地北，万里比邻。我们地理上有距离，心理上零距离。在伸出援助之手时，每一双手都拿出了自己的“王炸”。有一幕场景感动了国内外无数人：几天前多批医疗队会师武汉，中国医学教育界“百年老店、四大天团”的“南湘雅、北协和、东齐鲁、西华西”，队员们隔空为武汉、为湖北、为中国加油。网友说“所有的龙拔下最硬的鳞给你，哪怕自己也伤痕累累，所以武汉必胜”。

武汉胜则湖北胜，湖北胜则全国胜。驰援湖北、武汉的战场，不仅仅在湖北、武汉。14亿颗怦怦跳动的中国心，以各自的方式驰援着前线。捐一只家里的N95口罩是驰援，出门坚持戴上口罩也是驰援；把自己当成湖北人、武汉人是驰援，把在外的湖北人、武汉人当成自家人也是驰援。

闻令而动，坚忍不拔，不怕牺牲，攻坚克难。960多万平方公里的广袤土地上，每一个人都在付出巨大努力，为疫情防控做出贡献。2020年早春，中国力量向湖北、向武汉集结，中国资源向湖北、向武汉倾斜，中国心为湖北、为武汉而跳动，全国人民同舟共济，这是众志成城抗击疫情的强大力量，是战无不胜的坚强保障。

（新华社北京2020年2月11日电　记者王立彬）

2月9日从凌晨到24时，武汉天河机场迎来全国各地40余架次包机，31支医疗队5900余名医护人员抵达武汉，这是疫情发生以来医疗队同日抵达人数最多的一天。

南方医科大学南方医院援湖北
到前线去！到抗疫最需要
再度披甲赴荆楚，不灭

★ 2月9日，在山东济南，山东大学第二医院支援湖北抗疫国家医疗队中的党员在出发前重温入党誓词。（新华社记者　朱峥　摄）

★ 2月10日，广东首批支援湖北荆州应对新冠肺炎医疗队医护人员在广州出征。这批医护人员主要是南方医科大学南方医院的81名医护人员和广东省疾控系统28人。按照国家统一部署，广东将分四批派出医疗队员近千名奔赴荆州前线。（新华社记者　刘大伟　摄）

★ 2 月 13 日，一批增援武汉的军队医护人员抵达武汉天河机场。（新华社记者　黎云　摄）

★ **河北省对口支援神农架林区防治工作队首批队员出发**

2 月 11 日，河北省对口支援神农架林区防治工作队首批队员和送行同事拥抱。（新华社记者　牟宇　摄）

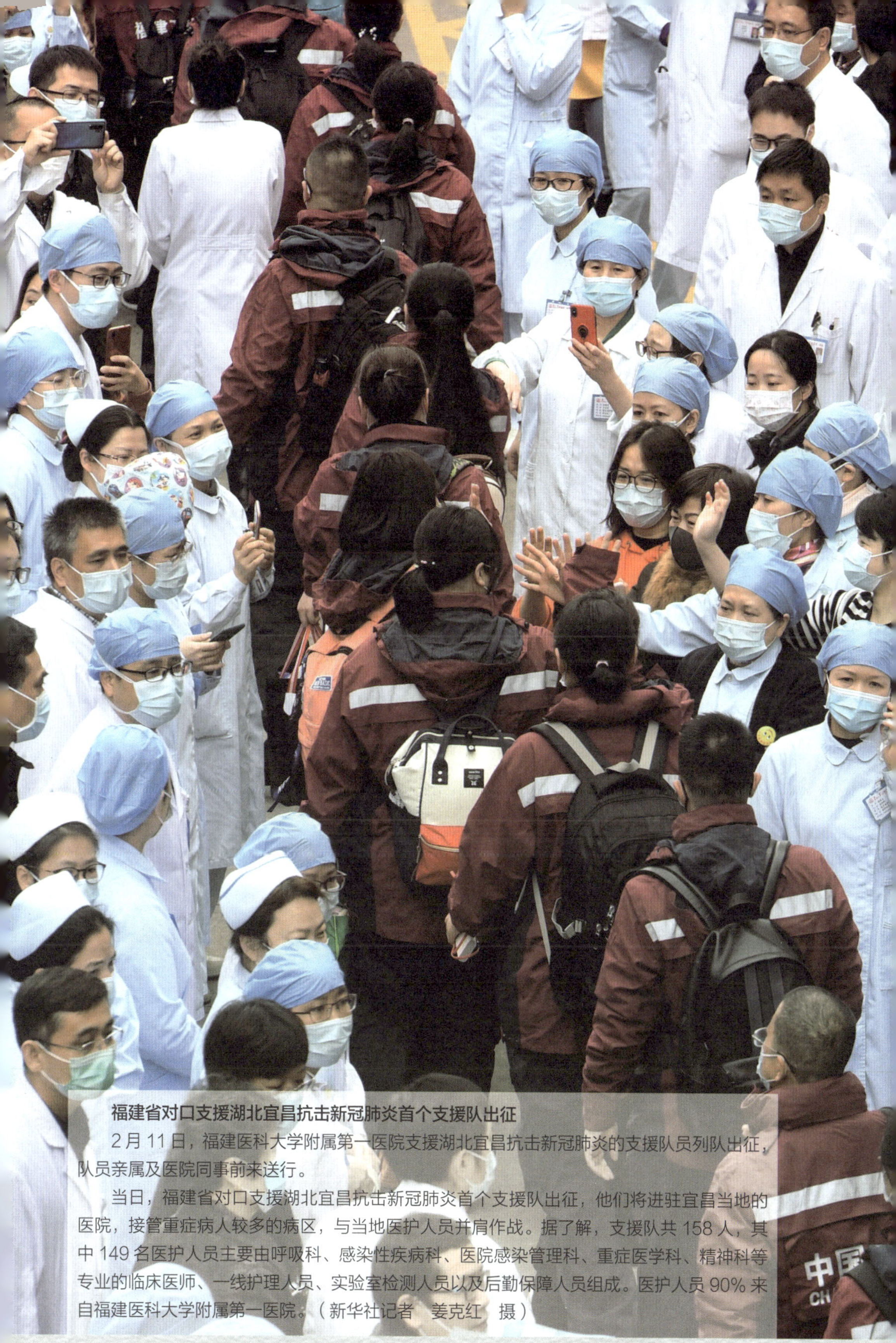

福建省对口支援湖北宜昌抗击新冠肺炎首个支援队出征

2 月 11 日，福建医科大学附属第一医院支援湖北宜昌抗击新冠肺炎的支援队员列队出征，队员亲属及医院同事前来送行。

当日，福建省对口支援湖北宜昌抗击新冠肺炎首个支援队出征，他们将进驻宜昌当地的医院，接管重症病人较多的病区，与当地医护人员并肩作战。据了解，支援队共 158 人，其中 149 名医护人员主要由呼吸科、感染性疾病科、医院感染管理科、重症医学科、精神科等专业的临床医师、一线护理人员、实验室检测人员以及后勤保障人员组成。医护人员 90% 来自福建医科大学附属第一医院。（新华社记者　姜克红　摄）

★ **贵州对口支援湖北鄂州医疗队337名队员出征**

2月11日，贵州省对口支援鄂州医疗队队员在登机前合影。

当天晚上，贵州省对口支援鄂州医疗队337名队员从贵阳出发前往湖北，医疗队将到鄂州市雷山医院开展疫情防控及救治工作。这是贵州省派往湖北省的第四批医疗队。（新华社记者　陶亮　摄）

★ **湖南省对口支援湖北黄冈医疗队启程**

2月11日，湖南省对口支援湖北黄冈医疗队队员在长沙南站集结出发。（新华社发　陈思汗　摄）

★ 广西对口支援湖北十堰医疗队出征

2 月 12 日，广西对口支援湖北十堰市新冠肺炎防治医疗队从南宁出征。该医疗队共 74 人，其中医生 32 人，护士 42 人。这是广西赴湖北省抗击疫情的第三批医疗队。（新华社记者　周华　摄）

★ 重庆派出首支心理援助医疗队支援湖北

2 月 24 日，由 30 名队员组成的重庆市第十六批援助湖北医疗队出征武汉。这支医疗队由重庆市精神卫生中心整建制派出，包括 27 名精神卫生专业医生和 3 名心理治疗师。（新华社记者　王全超　摄）

南京医科
附属医院

江苏援黄石医疗支援队出征

2月11日，江苏援黄石医疗支援队310名队员从南京出发，奔赴湖北省黄石市开展对口支援新冠肺炎防治工作。（新华社记者　季春鹏　摄）

二 一线直击

——守望相助，无论生死

疫情就是命令，

防控就是责任！

大批医护人员奋战在

抗击新型冠状病毒感染肺炎疫情一线。

口罩磨破了脸颊，

汗水湿透了衣背，

TA 们让人瞬间泪目，

却又让人满血复活。

同时间赛跑、与病魔较量

新华社坚决打赢疫情防控阻击战系列述评之一

这是在举国上下万众一心抗击新型冠状病毒感染肺炎疫情关键时刻的重要部署。3日，中央政治局常务委员会召开会议，研究下一步疫情防控工作。习近平总书记强调指出，同时间赛跑、与病魔较量，坚决遏制疫情蔓延势头，坚决打赢疫情防控阻击战。

在以习近平同志为核心的党中央坚强领导下，亿万中国人民众志成城、团结奋战，形成齐心战“疫”的硬核力量，一场与新型冠状病毒的战“疫”正在打响。

白衣战士：冲锋，朝着最危险的地方

2020年1月29日，大年初五22时，武汉市金银潭医院。

“快些，要抓紧，病人的事一刻都等不得，越快越好！”不到1小时内，一瘸一拐的院长张定宇连接了8个来电，这里收治的全部为确诊新型冠状病毒感染肺炎的危重患者。

身患渐冻症的张定宇，顾不上被感染的妻子，夜以继日地与病毒赛跑。

自2019年12月29日转入首批7名新型冠状病毒感染的肺炎患者以来，金银潭医院在张定宇的带领下已在烽火线上连续奋战了一个多月。

他说：“我必须跑得更快，才能跑赢时间；我必须跑得更快，才能从病毒手里抢回更多病人。”

没有人比他们更加明白时间对于患者的重要性。

8万名武汉医护人员冲锋在前，时间开始以秒来计算。

2020年元旦当天，武汉市武东医院参加上级紧急会议后，立即成立应急指挥小组、专家小组；开展预检分诊、启动发热门诊；开设隔离病房。

在党中央、国务院部署下，各地支援武汉的医疗队迅速集结；全国多地医务工作者化身“白衣战士”，奋战在没有硝烟的战场；曾奉命赴北京小汤山抗击非典的南方医院医疗队主动请战，誓言“若有战，召必回，战必胜”。

“我不知道你是谁，但我知道你为了谁。”

穿上防护服，接诊10个小时，几乎不吃不喝不上厕所，防护服里面的医护服装被汗水浸透……争分夺秒，只为患者争取多一点点的可能。

冲向江城武汉，冲向病毒传染第一线，冲向最危险的战场。有很多人在年夜饭饭桌上、在和家人团聚的过程中，紧急打起背包赶赴机场驰援武汉。

支援的队伍一拨又一拨冲上来。国家卫健委统计，自1月24日第一批医疗队从上海、广东赶赴武汉，截至2月3日已累计派出56支医疗队、6882人到湖北开展医疗救治工作。

能提前1分钟，就能减少1分钟的病毒传播时间。参与救治的医疗队构成包括呼吸、感染、重症多学科，医生、护士，地方、军队，西医、中医，几乎涵盖国家所有的资源和力量。他们24小时轮班值守，与死神进行着艰难决斗。

抗击疫情如救水火。

除夕夜，各战区、各军兵种、各大单位紧急行动起来。3支军队医疗队先期抵达武汉后，第一时间批量接收患者，第一时间进入隔离病区，第一时间诊治危重病人……在这个特殊的战场，450名勇士用敢打硬拼的精神创造了一个个“第一时间”，让人真切感受到军人的拼劲！

北京协和医院、中日友好医院、北京大学第一医院、北京大学人民医院、北京大学第三医院……院长或书记亲自带领重症医疗救治团队，整建制接管了武汉部分定点医院，开展重症患者的医疗救治工作，轮班倒，连轴转，无私奉献、英勇奋战。

“疫情防控是没有硝烟的战场，也是检验医护人员初心使命的考场。”国家卫生健康委员会主任马晓伟表示，人民利益高于一切，情况越是危急，越需要我们发扬不畏艰险的精神。

科研人员：战“疫”，“逆行”在最前线

“没什么特殊情况，不要去武汉。”疫情蔓延时，中国工程院院士钟南山向公众发出紧急呼吁，自己却“逆行”冲往防疫最前线。

84岁的他临危受命，出任国家卫健委高级别专家组组长。老院士倚靠在高铁餐车座椅上的照片，在互联网上“刷屏”，让许多人“泪目”。

“国家的大事，自己义不容辞。”中国工程院院士李兰娟，在疫

情蔓延第一时间向上级部门提出，“我可以带队去支援武汉。”曾在非典、H7N9禽流感等传染病防控中作出重要贡献的李兰娟，也是此次国家卫健委高级别专家组成员之一。

从大年初二带领团队进驻武汉，军事科学院军事医学研究院陈薇院士已经在一线夜以继日奋战将近10天。大大缩短核酸检测时间、加快确诊速度，是陈薇团队深入疫区进行科研攻关的成果之一。

在疫情防控的关键时刻，国内顶尖的医疗队伍和医学科研人员，纷纷向湖北集结。在国家卫健委协调下，钟南山院士团队、李兰娟院士团队、王辰院士团队近日赶赴武汉，帮助当地更好地救治重症患者。

新型冠状病毒怎么变异的？传染和致病的规律是什么？如何研发有效治疗药物？要回答这些问题，离不开应急科研攻关。

“与生命赛跑，要尽快拿出立得住的科研成果，这样才能形成疫情防控的核心生产力。”深入防疫一线的中国工程院副院长王辰说。

当前科研攻关的首要目标，是与临床需求、防控实践紧密结合，向联防联控机制推荐有效的临床救治产品和技术。

病毒溯源、药物研发、疫苗研发、检测试剂……多个应急攻关项目正在推进，科研专家队伍迅速集结；

侯云德、钟南山、李兰娟、张伯礼、徐建国等40余位院士专家通过综合研判，提炼形成防控策略、疾病诊治等多条重要建议；

新型冠状病毒的全基因组测序已经完成；核酸诊断试剂全面投入应用；初步遴选部分具有潜在的抗新型冠状病毒作用的药物，加紧推进疗效验证……从高校、科研院所到企业，更多力量参与到疫情防控的科研攻关中。

“把人民群众生命安全和身体健康放在第一位，对科研人员而言，就是把论文写在抗击疫情的第一线，把研究成果应用到战胜疫情中。”科技部副部长徐南平说。

八方驰援：接力，汇聚打赢疫情防控阻击战的澎湃力量

1月30日凌晨2点开始，广西南宁市坛洛镇庆林村村民卢跃英等60多名村民在蔬菜基地里冒着冷风，连夜采摘10万斤包菜送往武汉市场；

从接到命令，到列车驶离，比平时还快了一个多小时。接到紧急命令的汉中车务段，为把前方急需的3.5吨篷布送出，一些职工脱掉外套轻装上阵，全然不顾严寒。

“天连五岭银锄落，地动三河铁臂摇。”2月3日起，万众瞩目的武汉火神山医院投入使用，由军队抽组的1400名医护人员承担医疗救治任务。其他疫情防控重点地区也正全力建设类似的专用医院，以集中收治新型冠状病毒感染肺炎患者。

全国各地、各部门紧急驰援。人员、物资源源不断从四面八方汇聚而来。

最急需的口罩加紧生产运送——

工信部数据显示，目前最紧缺医疗物资生产企业复工率在60%至70%之间。截至2月2日24时，累计向湖北发送医用防护服15.45万件，N95口罩13.36万件。到2月1日，用于检验检测的核酸检测试剂盒日产量已达到77.3万人份。

空中运送与时间赛跑——

按照中央军委命令，空军2日凌晨出动8架大型运输机，向武汉

紧急空运 795 名军队支援湖北医疗队队员和 58 吨物资。这是继汶川、玉树抗震救灾之后，空军参与非战争军事行动同时出动大型运输机数量最多的一次。

铁路大动脉全力开动——

打好疫情防控阻击战，充足的物资保障是关键。截至 2 月 3 日 18 时，全国铁路累计装运疫情防控保障物资 2406 批、19765 吨。

应急物资道路优先通行——

“坚决遏制疫情传播，还要确保物流畅通。”交通运输部副部长刘小明表示，交通运输部门建立进鄂应急物资道路运输中转服务站，实现运输车辆快卸快返。对医疗物资、生活必需品优先保障运力，对相关车辆“不停车、不检查、不收费”。

截至 2 月 2 日，中国邮政集团组织开行了邮政车 3.2 万班次、邮政航空专机五架次，运送防疫物资的专机共计运送口罩、药品等防疫物资 4.9 万箱件，缓解了运输紧张的局面。

信心在凝聚，希望在升腾。在以习近平同志为核心的党中央坚强领导下，从政府部门到社会各界，从医疗机构到交通物流，从生产企业到返岗上班者，不断激发出同舟共济、共克时艰的力量，一场齐心协力的疫情防控阻击战和总体战正全面展开。

（新华社北京 2020 年 2 月 4 日电　记者陈芳、齐中熙、董瑞丰、田晓航、张泉）

他们，战斗在疫情最前线
——全国医务工作者的关键抉择

大年三十，辞旧迎新。在党中央、国务院的及时部署和坚强领导下，一场与新型冠状病毒的战“疫”正在打响，“流动的中国”正全力阻断疫情传播。

疫情就是命令！84岁的钟南山星夜兼程，奔波在疫情最前线；8万名武汉医护人员冲锋在前，留下“最美逆行者”的身影；近1000万医务工作者化身“白衣战士”，奋战在没有硝烟的战场……

把人民群众生命安全和身体健康放在第一位——全力救治患者，与时间赛跑，是全国各地一线医务工作者无悔的选择！

不喝水的原因

1月23日，一封按满红手印的请战书“刷屏”了——

“17年后的今天，当全国人民正面对新型冠状病毒的肆虐，作为一支有丰富经验、战胜过非典的英雄集体，我们更是责无旁贷……在此，我们积极请战：若有战，召必回，战必胜！”

请战书的落款，是2003年曾奉命赴北京小汤山抗击非典的南方医院医疗队20多位队员的签名。

请战、出征，义无反顾。

因为没有人比这一群人更加明白时间对于患者的重要性。

2020年元旦当天，武汉市武东医院参加上级紧急会议后，时间就开始以秒来计算——成立应急指挥小组、专家小组；开展预检分诊、启动发热门诊；开设隔离病房……

武汉市武东医院新型冠状病毒感染的肺炎治疗专家组组长钱燎说，进入隔离病房工作的医生护士们，身上出现了差不多的“症状”——嘴唇爆皮，嗓子眼冒烟。

因为，一旦进入隔离病房，就要穿上里三层外三层的隔离服，不等穿上最外层的隔离服时，处于密闭状态的人体已经是汗流浃背，气喘吁吁。

水，成了这里医生护士们最馋的东西。

但喝水，就意味着要上卫生间，就意味着要走出隔离病房，脱掉隔离服，解决需要后，再穿上笨重的衣服，重新杀回战场。

这一进一出，要耗费多长时间？少说也得半个小时。

为了不浪费这宝贵的半个小时，他们放弃了喝水，忍受着难耐的饥渴，只为赢来救治病患的可能——

哪怕只是多一点点的可能，他们都决不放弃。

没说出口的抱歉

新型冠状病毒感染的肺炎疫情在武汉暴发后，武汉市肺科医院第一时间收治了众多患者。

恢复健康，是患者最深切的期望。

身为医院防治专家组组长的杜荣辉，在最近1个月时间里，几乎没有脱下那身白大褂。带领团队完善诊疗方案、去重症患者的病房查房、给每一位患者制定适合个体的救治方案……这位50岁的女医生，上班是健步如飞，让年轻人都追不上；回家是飞步进门，跟女儿叮嘱几分钟，拔脚就走。

手机经常弹出的讯息，来自远在新疆的丈夫。去年11月，杜荣辉的丈夫作为援疆干部，远赴新疆保障边疆平安稳定。为了不让他担心，杜荣辉迄今未告诉丈夫自己早已奋战在抗击新型冠状病毒感染的肺炎疫情的一线。

同样在武汉市肺科医院，我们发现了这样一双手——因长时间紧紧箍在双层医用手套里，这双手的十个指头已经肿胀发白。

手的主人，是医院ICU主任胡明。

疫情暴发后，ICU团队收治的都是急危重症的新型冠状病毒感染的肺炎患者。由于患者病情危重，他每天仅能休息两三个小时。一次凌晨2点的手术，他担心患者气管插管的体液、血液引发感染，坚持赶走了其他人，仅留下沈斌华医生作辅助，两个人完成了所有气管插管、纤支镜的操作。

这些事，他都“瞒”着同样奋战在一线、在同个医院担任护士长的爱人王洁。而他们9岁的儿子，已半个多月没见过自己的爸爸妈妈。

“我很想跟儿子说一声抱歉，爸爸妈妈都不能陪你过春节了……”话没说完，胡明的眼圈红了。

那些没有说出口的话，不知道对方何时会知道。

“简单”的牺牲

2020年的春节，注定是一个让很多一线医务人员难忘的日子。

腊月二十八的这天下午，广东省中医院二沙分院急诊科主任李芳做出一个决定：退掉了回老家的机票，留在救治病人一线。

她不是没有纠结过。21日早上，李芳患有糖尿病的父亲被门严重夹伤了脚趾。她深知“糖尿病足”损伤特别容易继发感染；患有慢性肾病的妈妈一早指望着女儿春节回家帮她调养身体，几乎是数着日子等着她。

她实在愧疚啊！只好趁加班工作的间隙，哭着在朋友圈写下这样一段话：“2003年，我在SARS救治的第一线，17年后的今天，作为科室的管理者、叶欣护士长曾经的战友，也必须和身边的同事们在一起。在疫病到来之前，未雨绸缪，严控布防，把困难想得多一些，把措施落实得更到位一些，希望每一个人都平平安安！”

此刻，她的脑海里，满是抗击非典“白衣烈士”叶欣的样子——“这里危险，让我来吧！”在护理非典患者的过程中，叶欣总是身先士卒，把最危险最困难的工作留给自己处理。在那次与非典的斗争中，不幸感染病毒的叶欣走了……

因为有离不开的医院，所以才有回不去的家！

一天之后，腊月二十九这天，一张截图在朋友圈传播开来。这是上海瑞金医院呼吸科医生的微信群，科主任时国朝在群里看似“简单”地“圈”了所有人：请大家取消外出旅行计划。

没有解释，没有道歉。

因为时间仍在一分一秒飞逝。

下面群里，三十多位群友，“列队”作答——

“已取消。”

“已取消。”

“已取消。”

……

当疫情来临，科主任还没作出取消度假的要求时，一线的医生们已经用行动作出了庄严的回答！

毫不犹豫！

有时候，“简单”的牺牲，其实是很大的牺牲。

（新华社北京2020年1月24日电　执笔记者屈婷、陈聪 参与记者廖君、肖思思、仇逸、张紫赟、徐海涛）

战武汉

——解放军支援湖北抗击疫情直击

武汉作证，这是一支值得党和人民信赖的军队。

除夕逆行武汉，挺进抗疫一线，党员率先垂范，军地共克时艰。在灾难面前，人民解放军与武汉人民在一起。

坚决贯彻党中央、中央军委和习近平主席的决策部署，迅速启动联防联控工作机制，紧急抽组专业队伍。人民解放军召之即来，来之能战。

从大年除夕到正月初六，庚子鼠年春节，一场必须拿下也必定拿下的战役在武汉打响。

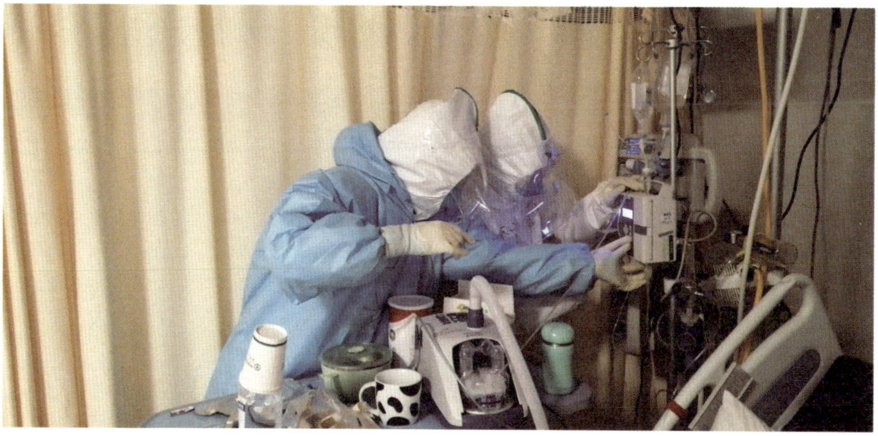

★ 1月29日，在武昌医院重症监护室，空军军医大学医疗队护士文雯（左）和孙小棉（右）在为患者调整输液泵。（新华社发　谢华红　摄）

三箭齐发，逆行在除夕

宋彩萍从桌上拿起一个鸡翅，算是吃了年夜饭。饭菜已经上了桌，宋彩萍在一家老小担心的目光中走出了家门。

经中央军委批准，解放军派出 3 支医疗队共 450 人，大年除夕分别从上海、重庆、西安三地乘军机出发，支援武汉。3 支医疗队分别从陆军、海军、空军军医大学抽组。

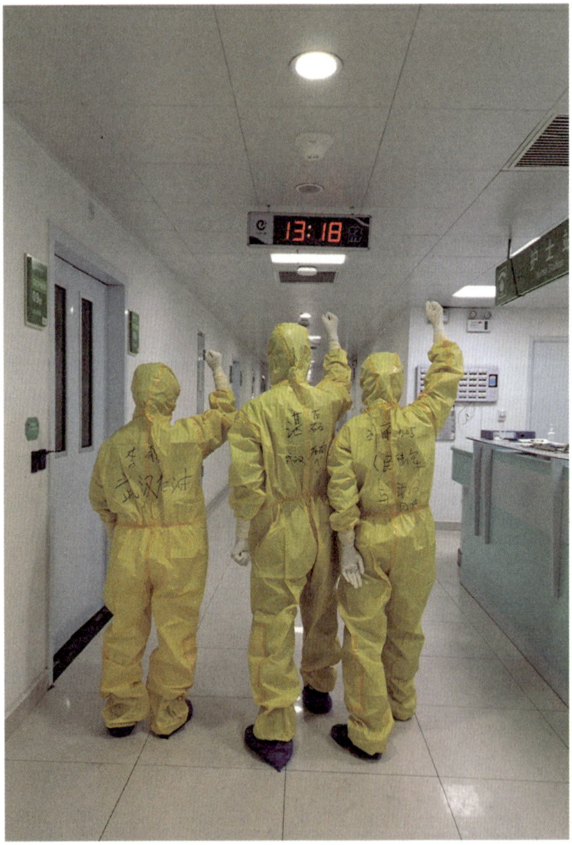

★ 1 月 30 日，陆军军医大学医疗队二病区护士利用休息间隙，在防护服上写下名字和鼓劲的话语。（新华社发　李天椒　摄）

陆军军医大学医疗队护理组组长宋彩萍就是其中一员。本是万家灯火，阖家团圆之时，450 名身着军装的医疗队员逆行出征。

“我没得娃儿，没得后顾之忧，派我去。”“我和爸妈说了要去武汉，他们觉悟可以，毕竟我爸也是军人、老党员。”“我是党员，让我去。”“我有抗击非典的经验，让我去。”

当预先号令下达，

请战书雪片一样飞向3支医疗队队长、政委。

“没有一个人退缩，请战的电话、微信一个接着一个。”海军军医大学医疗队政委陈宏伟直到抵达武汉，还在努力说服没有入选的医护人员原地待命，随时准备第二批投入战斗。

在上海虹桥机场，海军军医大学医疗队中有43名“90后”女护士，平均年龄只有25岁。“我们虽然年轻，但我们经验很丰富。”一名戴着口罩的护士说。口罩遮住了她大半个脸庞，只露出清亮的眼眸。

在重庆江北机场，再现当年抗击埃博拉病毒专家毛青的身影。接到支援武汉的任务时，他正在医院布置预防新型冠状病毒扩散工作。“在未知的传染病面前，有谁不担心？但我们必须去。”毛青说。

在西安咸阳机场，空军军医大学医疗队集结了呼吸、感染控制和重症医学等多个科室的骨干力量，队员均具有防控治疗传染性疾病经验，医生的中高职比例达到了70%。疫情紧急，很多人到达机场，才想起跟家人告别。

犹如3支利箭，3架军用运输机接连升空，飞往武汉。

除夕之夜，1月24日23时44分，距离农历鼠年春节只剩16分钟。3支医疗队全部抵达武汉，连夜清点医疗物资，展开协调对接，进行人员岗前强化培训。

病毒潜伏期长、部分病人症状不明显，传染源仍未确定、传播致病机理尚不清楚、目前没有针对性药物，地方医护人员疲惫不堪，各类防护物资紧缺，防控面临重重困难。

“坚持科学防控、规范诊疗，请武汉人民放心，我们一定能战胜疫情，实现打胜仗、零感染的预定目标。”陆军军医大学医疗队队长徐迪雄说。

突进一线，奋战在武汉

1 月 25 日，农历正月初一。

中共中央政治局常务委员会召开会议，专门听取新型冠状病毒感染的肺炎疫情防控工作汇报，对疫情防控特别是患者治疗工作进行再研究、再部署、再动员。

此时，解放军 3 支医疗队已在武汉有序展开工作。“把人民群众生命安全和身体健康放在第一位”，成为全体医疗队员打赢这场疫情阻击战的核心要义。

陆军军医大学医疗队抵达驻扎点后，连夜完成急需医疗物资的清点整理工作，建立指挥机制、明确工作流程。26 日 13 时，医疗队在金

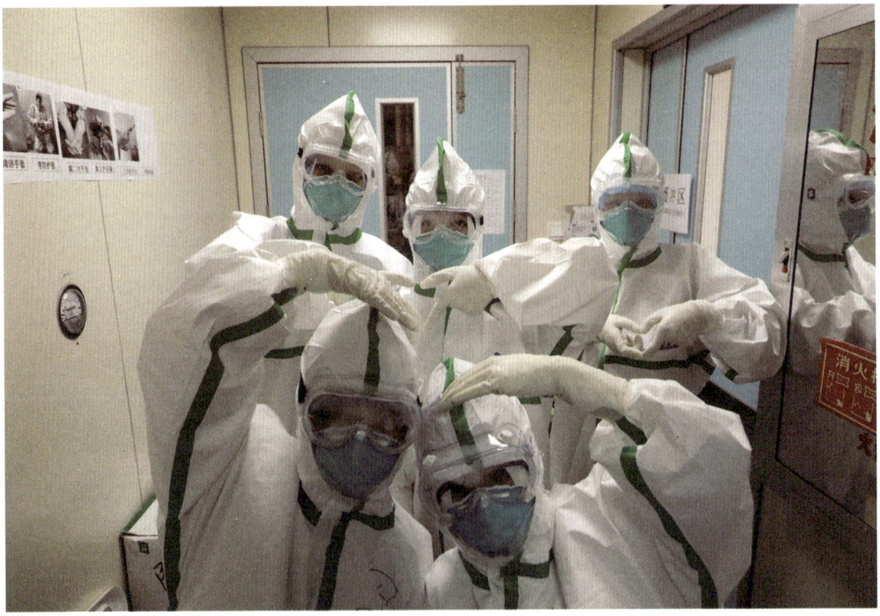

★ 1 月 30 日，海军军医大学医疗队重症监护室医护人员在进入 ICU 前合影。（新华社发　陈晨　摄）

银潭医院医护人员的帮助下整建制接手两个病区，经过3个多小时准备，第一批确诊感染新型冠状病毒的20名患者转运入院。截至发稿时，已接收确诊患者83名。

海军军医大学医疗队组织人员进行防护及相关专业知识的岗前强化培训，与对口支援的武汉市汉口医院进行任务对接，接手16张床位的重症监护室，新开设1个39张床位的呼吸科病区，并陆续增开相应治疗科室，全力救治危重患者。当上级要求增加床位时，医疗队将所有医护人员投入一线。“共克时艰、同甘共苦，坚决完成任务。”海军军医大学医疗队队长刘斌说。

空军军医大学医疗队抵达后，迅即与对口支援的武汉市武昌医院进行对接，按照重症救治、收治病房、发热门诊、检验和放射检查等

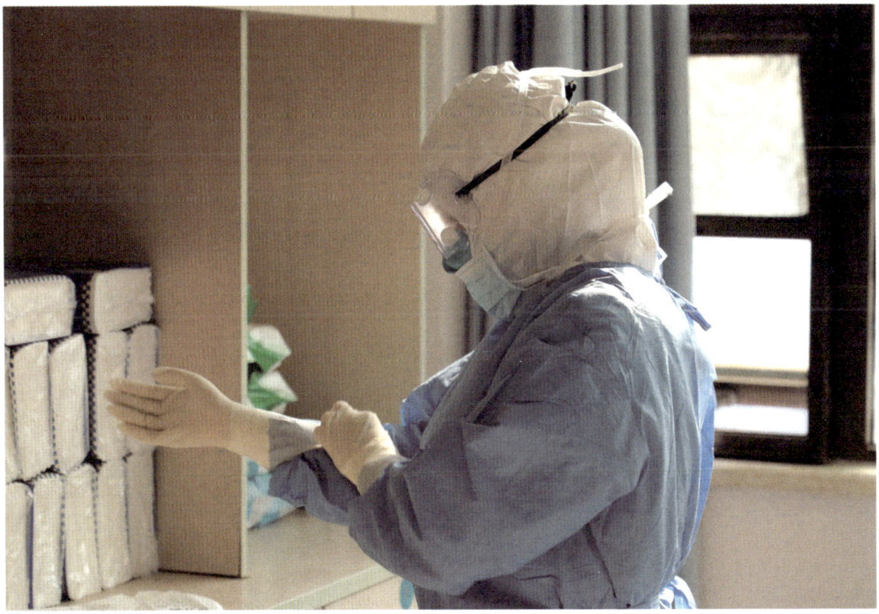

★ 1月30日，海军军医大学医疗队三病区医护人员正在穿戴防护用具。（新华社发 陈晨 摄）

方面进行人员配置，逐岗逐人明确要求。传染病专家组连夜对重症监护病房的危重患者逐一查房，并为患者进行新型冠状病毒核酸检测。

结合武汉疫情和军地整体需求，联勤保障部队紧急行动起来，从桂林、郑州联勤保障中心抽调医用防护口罩20万个、防护眼镜5000副、男女医生工作服各5000套、医用防护服和医用隔离衣各2000套，共计6个品种21.9万套防疫急需的卫生防护用品。

1月26日上午，全军首批从辽宁沈阳、山东菏泽紧急调拨的一次性C级防护服10000套、乙醇酒精3760瓶等卫生物资抵达武汉。

军队医学科研机构加紧开展科研攻关，启动快速免疫学检测方法、重症病人优化治疗方案、快速疫苗研发等多项应急科技攻关项目。

时间就是生命，时间就是胜利。“解放军来了，就没有什么不可战胜的敌人。”空军军医大学医疗队队长王生成说。

党旗飘扬，危难显本色

在武汉抗击疫情一线，让党旗飘起来，把党徽戴起来，让党员站出来，成为解放军3支医疗队的共同行动。

一个党组织就是一座堡垒。出发之际，3支医疗队按党章规定成立了3个临时党委和18个临时党支部。一名党员就是一面旗帜。450名医疗队员中，共产党员比例达到60%以上。共产党员身先士卒，成为打赢这场疫情防控阻击战的中坚力量。

陈宏伟戴着口罩和橡胶手套，站到了人流最集中的驻地出入口，为进出人员洗消和测量体温。这位有着30年党龄的共产党员从抵达武汉之时起，不仅全面负责医疗队的思想政治工作，还始终坚持站在一线。

空军军医大学5名院士共产党员集体向全体医疗队员发出倡议：当国家遇到困难、人民遇到灾难的时候，共产党员要挺身而出，召之即来、来之能战。

解放军医疗队专家群体是清一色的共产党员，多数参加过抗击非典和埃博拉病毒的行动。“这个时候我们不上，谁上？”毛青说。

一个班次下来，空军军医大学医疗队护理组副组长郭玮摘下防护镜和口罩，额头、脸颊处的压痕清晰可见、许久不散，周遭的皮肤已开始过敏红肿，每次戴口罩，患处疼痛都会加剧。看到战友为自己拍下的照片，爱美的她哭了：“不知道自己变成那个样子了。”

★ 1月30日，空军军医大学医疗队医护人员来到出院患者家中，了解康复情况并进行采血抽样。（新华社发　王甲义　摄）

解放军3支医疗队里都有不少文职人员党员，空军军医大学的赵春光是其中一个。作为为数不多的传染科男护师，他在除夕接到命令："疫情紧急，立即支援武汉。"他只回复了两个字："收到！"

25岁的李金燕不是党员，她在出征时翻看同事们厚厚的一叠请战书，里面最多的一句话就是"我是一名党员"。作为海军军医大学医疗队第一批进入重症监护室的年轻护士，她感到震撼："危难时刻，共产党员就是信心和力量。"

共克时艰，军地心连心

1月29日，农历正月初五。

习近平对军队做好疫情防控工作作出重要指示强调，牢记宗旨、勇挑重担，为打赢疫情防控阻击战作出贡献。统帅的指示，更加坚定了一线医护人员战胜疫情，实现"打胜仗、零感染"的信心和决心。

按照"集中患者、集中专家、集中资源、集中救治"的原则，解放军3支医疗队依托地方定点医疗机构，军地双方密切配合，把地方和军队医疗资源统筹起来，合理使用，及时收治确诊病人，全力救治重症患者。

陆军军医大学医疗队进入金银潭医院后，一位不知名的护士长带领两名护士主动赶了过来："我是5楼病区的护士长，希望能够帮助你们。"

军地合力，凝聚起对抗疫情的磅礴力量。1月28日，武昌医院和空军军医大学医疗队协同救治的两名重症患者28日出院。同日，军事科学院军事医学研究院与地方企业共同研制的新型冠状病毒核酸检测试剂盒通过审批，为疫情防控提供了快速、简便、精准的核酸检测方案。

解放军3支医疗队联合金银潭医院、汉口医院、武昌医院等定点医院，军地医疗骨干会商病情、制定方案，严密监测重症患者生命体征，调整药物改善患者脏器功能，并对患者进行心理疏导，有效提升重症患者的诊治质量。

在驻地铁路部门帮助下，沈阳联勤保障中心某储供基地仅用3个小时，就顺利完成保障任务；通过全军远程医学系统，解放军总医院专家组全天候为前方医疗队提供技术指导。

1月29日是陆军军医大学医疗队专家李琦55岁生日，同赴武汉抗疫前线的上海医疗队队长周新特意为他加油："我们都是呼吸科医生，我们一起战斗。"

解放军支援湖北医疗队员的专业和敬业精神，也给已经连续超负荷作战一个多月的地方医护人员带来了信心和力量。"部队真的是听党指挥、能打胜仗、作风优良，来了就坚决要求把最危险最艰苦的工作交给他们。"汉口医院副院长王琼娅说，"危难之际，解放军和我们在一起！"

（新华社武汉2020年1月30日电　记者黎云、贾启龙、刘艺）

“坚持下去就是春暖花开”

——来自武汉抗击疫情一线医护人员的故事

他们是这场疫情防控战的逆行者。疫情面前，他们的选择令人动容。

一场抗击新型肺炎疫情的战役正在进行。许多打动人心的故事在这个特殊的战场上涌现。

“铁娘子”落泪：回到医院内心才平静

华中科技大学同济医院急诊科副主任医师严丽，从医 22 年。因为行事果敢、性格爽直坚毅，她是急诊科医护团队眼里的“铁娘子”。武汉发现新型肺炎后病人骤增。急诊科下夜班后，严丽还要去支援发热门诊，白天黑夜连轴转。

“说不怕是假话，但我们会一直坚持下去，直到春暖花开。”严丽说，“面对新疾病，不能掉以轻心，更不能失去信心。”

穿上隔离服，坐在一个地方，不吃不喝不上厕所，坐诊 10 到 12 个小时，是坐发热门诊的常态。“呼吸也会受影响，时常感觉胸闷呼吸困难，说话明显费力。写病例也会变慢。”

1 月 5 日，严丽发现自己发烧了。“当时最害怕的不是自己发烧，

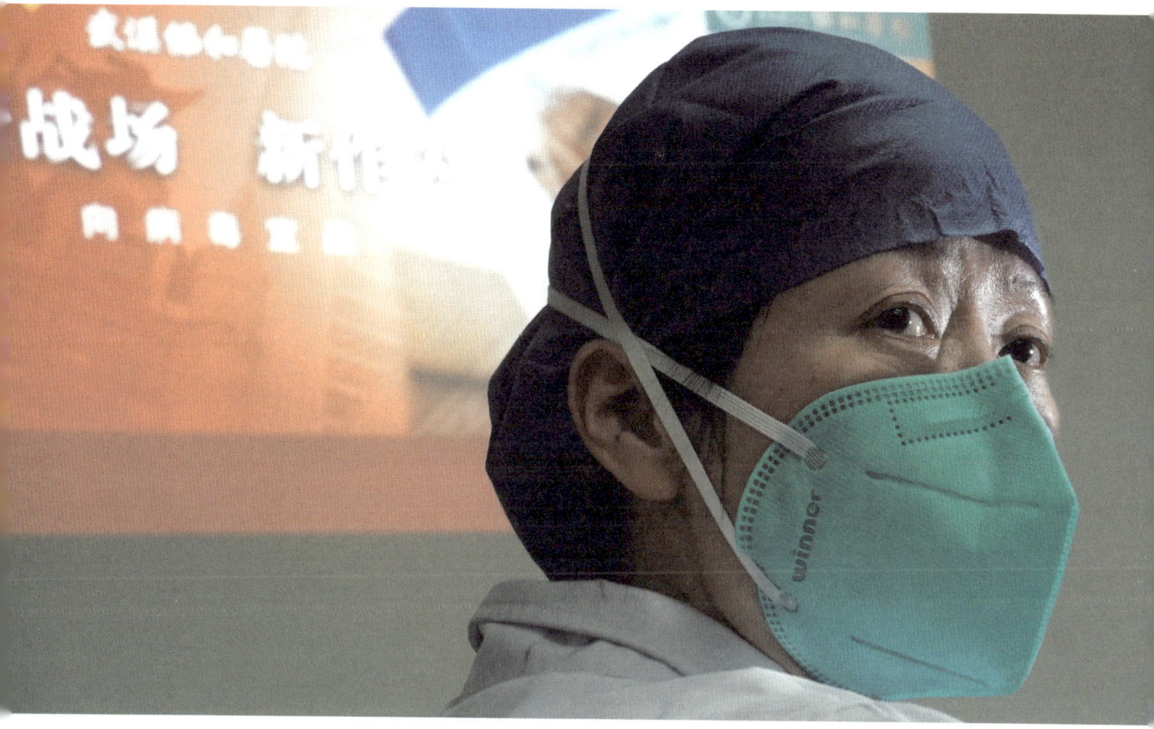

★ 2020 年 1 月 22 日，华中科技大学同济医学院附属协和医院党员医生周琼加入该院抗击新型冠状病毒感染的肺炎突击队。（新华社记者　程敏　摄）

第一反应是我去过哪里，有没有可能给别人带来危害。”严丽说，“非典”时，她还年轻，老师们怎么说，她就怎么执行。如今，她成了那个“说”的人。

所幸严丽患上的并非新型肺炎。退烧后第三天，严丽返回工作岗位。“病人太多，医生很紧缺。我多休息一天，同事们就要多承担一些，而他们已快到身体极限了。”

三个月前，为了兑现对丈夫和孩子的承诺，严丽提交了休假申请，获得医院批准。疫情严峻，但考虑她是肿瘤患者，开过 4 次刀，长时间连轴转没有休息，科室建议她按原计划正常休假。

20日，严丽带着丈夫和孩子来到机场。临近登机时她却改变主意，决定重回医院，与同事们一起继续抗击新型肺炎，“去机场的路上心就慌慌的，回到医院内心才平静。”

“孩子不理解，抱着我哭，说我从来就没有兑现过承诺。”严丽说，“不是觉得自己高尚，只觉得一线医护人员紧缺，自己一辈子没当过逃兵。这一次也不能离开。”

备注：同济医院第二批志愿报名一下就报满了。“我是一个有25年工作经历和15年党龄的党员，如有需要，我申请加入医院的各项新型肺炎治疗活动，不计报酬，无论生死！”有医生写下这样的申请书！

呼吸科女医生：不告知丈夫写下请战书

“此事我没有告知明昌。个人觉得不需要，本来处处都是战场！”在一封抗击新型肺炎的请战书上，武汉大学人民医院呼吸与危重症医学女医生张旃副教授这样写道。

本次新型肺炎疫情以来，她一开始就奋战在一线，并随手记录下所行所思。

“周日夜班……要兼顾发热门诊和二楼留观室。凌晨5点到上午10点45分，一共24个医疗电话。精神一直处在高度紧张之中，体力也是极大的消耗。”

张旃所在的呼吸与危重症医学II科，在本次疫情暴发前已治愈出院了两批近10个病人。根据她的记录，这些病人来的时候基本都有呼吸困难的症状。经精心诊治，大都 10 到 14 天明显好转出院。此时，专家已高度警惕，要求患者出院后居家隔离。

“周二上班，我戴上了 N95 口罩查房。我一般不戴 N95，因为戴上后呼吸没那么顺畅。周二白天感到身体疲乏无力，但无其他症状……”

繁重工作之余，张旃不忘结合临床思考。“1918 年西班牙大流感，死亡几千万人。多年后总结，固然有病毒本身原因，更多是当年过于恐慌，病人拥至医院。呼吸道变异病毒不是第一次侵袭人类，也不会是最后一次，恐慌没有必要。”

1 月 18 日，随着疫情全面发展，作为科室党支部书记的张旃，向武汉大学人民医院党委写下请战书。

“我申请长驻留观室，对病人进一步分检，这样可减轻其他医生负担，病人也可获得延续性治疗，留观室床位也可以流动起来。”

写下请战书之时，张旃注明，此事没有告知自己的丈夫——同在武汉大学人民医院工作、担任神经外 I 科副主任的李明昌教授。

备注：人民医院已组建起 3 组共 350 余名医护人员组成的应急救治梯队。全院人员放弃春节休假，专家团队和应急救治梯队人员春节期间随时待命。

隔离病房里的“拄拐大夫”：把对女儿挂念压在心底

饶歆是武汉大学中南医院重症医学科的医生，在重症监护室工作 9 年，负责重症隔离病房的工作。

数天前，他的脚崴了一直没有好，7 天前他来到重症隔离病房工作。

在被问起为什么不休息时，他说：“这么紧要的时刻，怎么能休息呢，岗位上要有人啊！”

在他看来，隔离病房工作与普通重症监护室的工作无异，但防护服加大了工作难度。比如，对一个体重75公斤的病人翻身，平时需要3—4人，在这里则需要2倍人力；对患者穿刺插管，视野严重受限，没有高超技术无法完成……

脚崴了一瘸一拐，他就拄上拐杖上岗。他单脚受伤，同事们却称他为“双拐医生”。

原来，为了防止将病毒带出重症隔离病房，病房里所有物品都不可以带出。为了方便，他在隔离病房里放了一根拐杖，上班时用。隔离病房外也放了一根，下班后用。

饶歆有一个7岁的女儿。进入隔离病房工作后，他好多天见不到女儿，工作间隙经常想女儿。但他知道，虽然严密防护，但病毒传播途径并不清楚，他怕自己成为“传染源”。“爱她就少见她。”饶歆说。

备注：医务人员主动请缨参战，只有两三天时间，各种设施完全配备到位，中南医院托管的发热定点医院武汉市第七医院22日晚10点正式开诊。中南医院近百名专家到该院坐诊，当晚接诊百余位发热患者。夜渐深沉，人们睡去，而医务人员的战斗仍在进行……

“最美面罩姐姐”：现在是一秒也不能停

疫情发生以来，病例数在持续增加。最近几天，华中科技大学协和医院发热门诊每天门诊量在500人左右，高峰时达800人。发热门诊经过两次扩充，面积已扩大到原来的五倍。

就诊人数剧增，医院也增派医护人员。有些患者出于对疾病的恐慌和长时间排队情绪不稳定。发热门诊护士喻银燕和同事们挨个对患者进行疾病科普，维持秩序。讲到最后，嗓子都哑了。

在发热门诊，穿着厚重的三级防护隔离服，要连续工作8小时以上。长时间在防护隔离下，喻银燕汗水蒸发成水珠打在防护面罩上，被网友称作“最美面罩姐姐”。

疫情暴发使发热门诊短时间聚集许多病患和家属。她也碰到过病人对医务人员的工作不理解，甚至责难。她虽觉得委屈难受，但从不因此影响工作。

“大家都没怨言，只想把病看好。我觉得再累也值得，如果以前我们说忙得一分钟都不能停，现在我们会说忙得一秒都不能停。”喻银燕说。

备注：当听说医院的病人要被转送到红十字会医院集中治疗，需要医护人员过去时，感染性疾病科的护士纷纷主动请缨参战。报名参战的名额，一会儿就在护士长这里报满了。内科30多名党员组成了抗击新型肺炎党员突击队。护士长王伟仙理解大家的选择，她说：“越是危险时，医务人员越是冲在最前面。并不是不怕疾病，而是义不容辞，必须迎难而上。”

（新华社武汉2020年1月23日电　记者黎昌政、廖君）

战红区！

——发生在武汉抗疫隔离病房内的故事

“红区”，抗疫医院中重症隔离病房的别称。这个字眼，沉甸甸地压在人们心头。

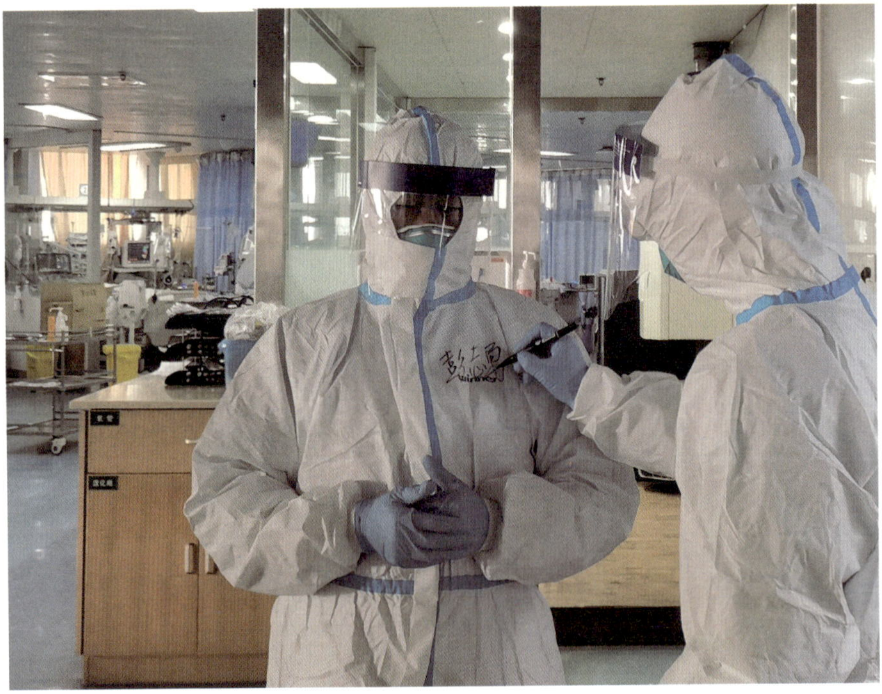

★ 2月5日，武汉大学中南医院重症医学科主任彭志勇（左）走进隔离病房准备救治患者，一名医生在他的隔离服上写下名字（手机拍摄）。（新华社发　钟南轩　摄）

红区，是人类与疫魔激烈交锋的战区，是生与死角斗的火线，记录着悲怆，孕育着希望。

战红区，刻不容缓。医护人员在这里，是勇士，是战士！他们，以卓绝的勇气，科学的实践，与死神展开一场生死竞速。

抗击疫情，武汉，是全国、全世界的焦点。红区，是焦点中的焦点。那里，都发生过哪些惊魂动魄又直指人心的故事？

“办法总比困难多”

【人物】汪晖，56岁，华中科技大学同济医院护理部主任。

【直击】为提高诊疗效率、尽快收治更多病人，她第一时间组织、培训医院7批1000多名专业重症护士，投身于抗击新型冠状病毒感染的肺炎的第一线。她常到发热病房为重病人护理做床边指导，主动在重症病人身上，

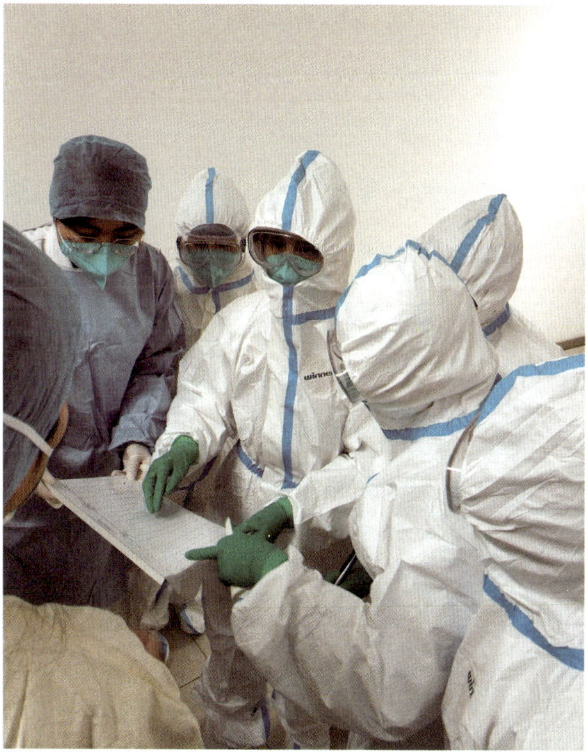

★ 华中科技大学同济医院护理部主任汪晖指导医护人员（1月10日摄）。（新华社发）

示范咽拭子的采集，创新设计了发热门诊咽拭子采集平台，确保护士零感染。沉着冷静的她，用心关怀身边每一位同事，是医院护理团队的主心骨和精神支柱。

【自述】疫情发生在武汉，我们同济要冲锋在前，护理更要冲锋在前。

如何及时识别潜在的病毒携带者？如何在采集病人咽拭子时尽可能隔离病毒？如何安排病人的入院流程，避免交叉感染？这些棘手的问题都颇具挑战，但办法总比困难多。

如果我不示范，那些年轻的小护士们怎么敢上？我上了，他们才敢。多隔离一层，就能多一分安全，这是我能为他们想的。我不能垮，内心不能有半点犹豫，我必须镇定，体现出专业性。如果我垮了，他们就会更慌。

每一次我们预感可能有病人要离去，我都是提前半天跟当班的护士梳理消毒流程，排解压力，他们太不容易了，我打心底心疼这些孩子。我们专门设定监督岗位，安排专人每天盯在发热门诊，像监工一样不断提醒，通过科学管理，将感染扼杀在每一个护理环节。

“这种关键时刻没有条件可讲”

【人物】陆小霞，45 岁，武汉儿童医院呼吸内科主任。

【直击】随着儿童病例陆续出现，作为新型冠状病毒感染的肺炎患儿定点救治医院，武汉儿童医院指定陆小霞为病毒感染确诊患儿收治病区的负责人。为照顾确诊患儿，她和同事们 24 小时“在线”值守；为了保障医务人员身心健康，她合理利用医疗资源，制定一位二线和

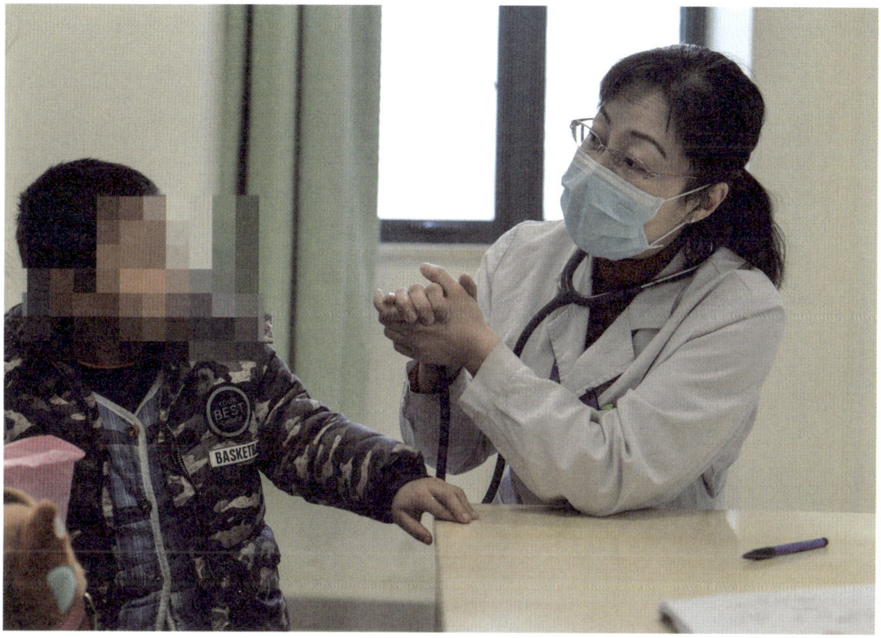

★ 武汉儿童医院呼吸内科主任、省市新型冠状病毒肺炎联合医疗专家组成员陆小霞在工作中（资料照片）。（新华社发）

四位一线医生一组的工作模式。在她的带领下，武汉儿童医院的收治工作有条不紊，无一例医护人员感染，病患儿童都得到了精心治疗。

【自述】冬春季是儿童呼吸道疾病高发期，本就是一年中最忙的时候，前不久我自己也出现了呼吸道感染症状，全身乏力。但根本顾不上休息，白天在医院接诊患儿、参与会诊、治疗，晚上则到金银潭医院值班、参与专家组讨论，就连睡眠时间都成了奢侈品。

家长外出归来，要注意彻底洗手，换掉外出衣服后再接触孩子。戴口罩、勤洗手、多通风，依然是预防新型冠状病毒感染肺炎的三板斧，此外注意营养，认识病毒要科学、理智。

我们是医务人员，这种关键时刻没有条件可讲，尤其我是党员，更应该克服困难尽职尽责，我希望我们全体医务人员从容应对，平安归来。

“相对于成人病例，儿童免疫功能不成熟，属于呼吸系统感染易感人群，而且症状更多样化，下一步武汉儿童医院还将根据患儿收治情况，对诊疗建议进行修订和调整。”

“恨不得能马上加入战友的队伍中”

【人物】郑津，34岁，华中科技大学协和医院第二批治愈出院的医护人员。

【直击】近期，协和医院又有6名新型冠状病毒感染肺炎医护人员治愈出院。

★ 这是华中科技大学协和医院第二批新型冠状病毒感染的肺炎治愈出院的医护人员郑津（2月2日摄）。（新华社发）

【自述】这十几天对我来说就像做一场梦，我经历了从医生转变为患者，住院治疗又康复出院的过程。

真恨不得能马上加入战友的队伍中。作为一名医生，每天早上起来看到疫情的最新资讯很痛心也很急迫。

新型冠状病毒并不可怕，大家鼓起精神，以科学态度，再接再厉，严防严控，一定能尽早战胜病魔！

“医护人员的防护更显重要”

【人物】赵建平，57 岁，华中科技大学同济医院呼吸内科主任。

【直击】在赵建平的精心治疗下，同济医院急诊科被感染的临床医生陆俊恢复顺利，情况稳定，核酸检测已转阴，1 月 29 日从金银潭医院转回同济医院继续做肺部的康复治疗；在他所负责的同济医院呼吸内科，无一例医护人员感染。

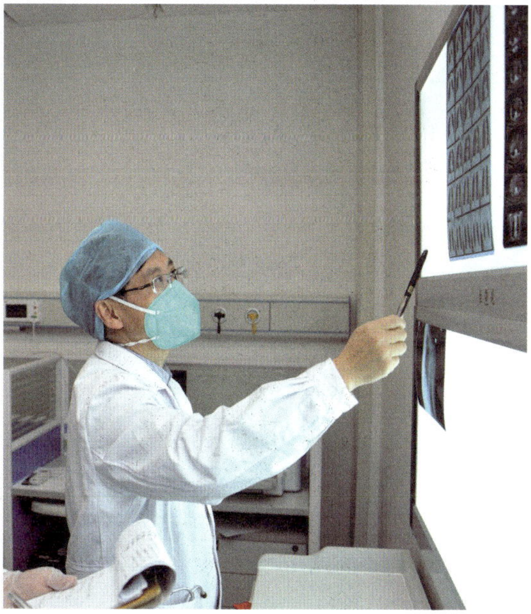

★ 华中科技大学同济医院呼吸内科主任、湖北省新型冠状病毒专家组组长赵建平在工作中（1 月 29 日摄）。（新华社发）

【自述】情况紧急，必须将患者全部进行隔离，实行集中管理。无论是否在病房或是其他环境，口罩一定要戴上。

千万不要在思想上

有任何的松懈期，时刻谨记现在全国上下全力阻击的这种病毒是一种无症状也能人传人，且不分年龄大小、国籍、性别，有无基础疾病，所有人都易感染的传染病。

与患者接触最多，感染风险最大的是医护人员，再加上全国范围内的医疗队驰援湖北，医护人员的防护更显重要。

“老兵出征，我先来！”

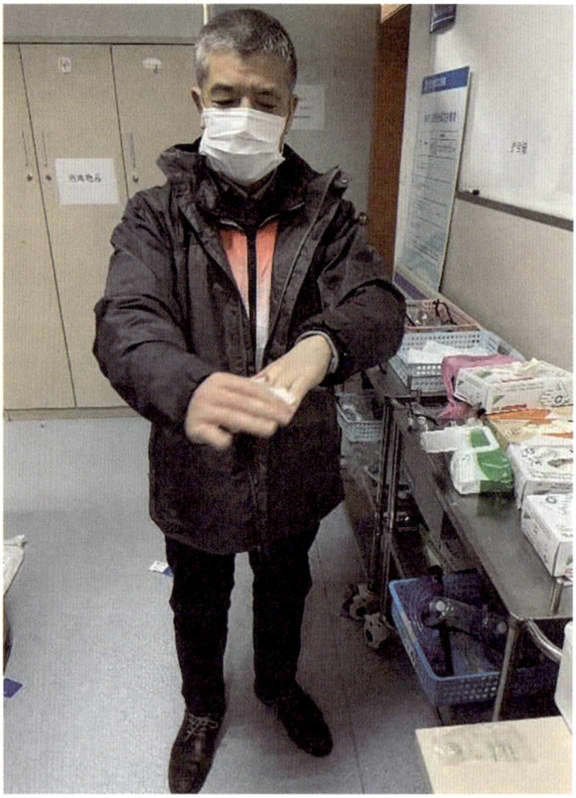

★ 南方医科大学南方医院肝脏肿瘤中心主任、广东省首批支援湖北疫情防控医疗队队长郭亚兵给医护人员做细节示范（资料照片）。（新华社发）

【人物】郭亚兵，57岁，南方医科大学南方医院肝脏肿瘤中心主任、广东省首批支援湖北疫情防控医疗队队长。

【直击】57岁的郭亚兵，从事传染病和肝脏病临床、教学和科研30余年，在病毒性肝炎、发热等疾病的诊疗有丰富的临床经验。2003年SARS肆虐，郭亚兵带队前往北京小汤山医院，参与“非典”

病人救治。

17 年后，在新型冠状病毒肆虐之际，郭亚兵再次向院党委请战，奉国家卫健委之命紧急组建广东省南方医院医疗队赴武汉支援，并出任医疗队队长。

【自述】在广东省组建支援医疗队之前，我和几个曾经参加过抗击非典的老兵就写了请战书交给医院。这种时刻，我们老兵责无旁贷！

来武汉之后，基本每天就睡 5 个小时左右。我每天都要面对不同的病人，面对各种各样的情况。

刚来的时候有一个适应的过程，又是队长，从人员入住、工作调配、病区考察、感控防护、问题反馈、心理疏导，工作需面面俱到。

我先来！第一次值班，我毫不犹豫地第一个进病房。第一个班是最重要的！

“一点都不害怕那是假话，但也容不得我们害怕”

【人物】马丹，31 岁，武汉市金银潭医院南七楼重症监护室护士。

【直击】马丹每天都要进红区，排班就像车轮一样不断往前滚。她们科室总共 40 多个护士，7 到 8 个人为一个班组，每个班进去一次就是 5 个小时。

【自述】最近唯一一次回家是 1 月 30 日，那天 86 岁的奶奶去世，我和爱人回家看了一眼奶奶和家人就走了，没有多逗留。疫情之下，没有一个亲人来相送，也没有一个花圈。

去年 12 月 29 日首批转入金银潭医院的 7 名不明原因肺炎患者就是进了我们科室。一点都不害怕那是假话，但也容不得我们害怕。我

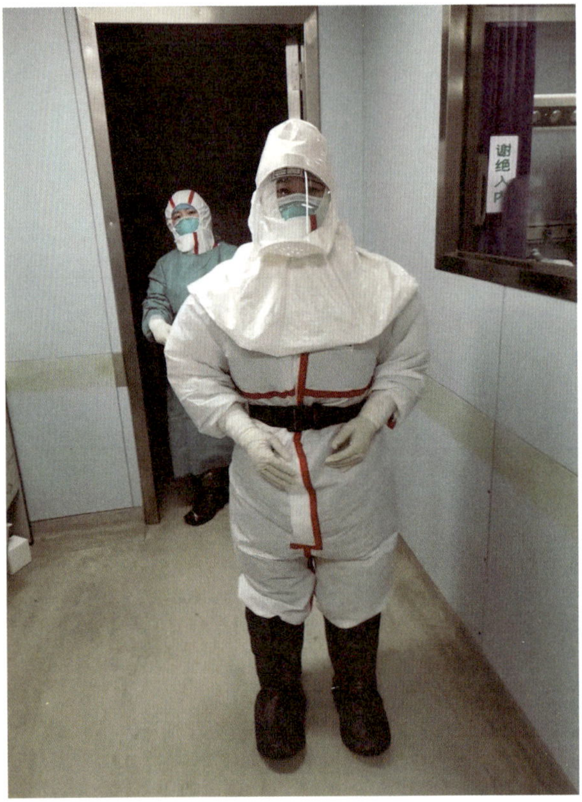

★ 金银潭医院金银潭南七楼重症监护室护士马丹在工作中（资料照片）。（新华社发）

参加过禽流感、甲流的疫情防控工作。我们本来就是传染病专科医院，如果我们都不顶上去，那还等谁，还能指着谁，这是我们的专业，我们不能退缩！

在重症室，病人的生活起居、大小便全部要护士来弄。现在病房里 13 个重症病人，最轻松的时候，一个护士也要管 2 到 3 个病人。压力是很大的，病人都是最重的，抢救、用药都很急，我们时时刻刻都要面临可能出现的抢救工作，节奏很快很紧张，强度很大，神经绷得很紧。

我们科室的护士长从疫情发生开始就没有回过家，她天天守在病房，守着病人做 ECMO（体外膜肺氧合），做完了她就直接在病房休息。有一天工作完了之后她流鼻血了，就捂着鼻子在那里吸氧。护士长和她女儿视频，都是对着手机，躲在一边哭。有了她的带动，我们才有坚持下来的动力。

每个人做好自己的事情，就是对疫情防控最大的帮助。我现在只希望自己能尽最大的能力，救治每一个病人，让疫情快点结束。

“我和同事跑了很多地方，才好不容易买到一碗热长寿面”

【人物】黄舒，38 岁，陆军军医大学医疗队。

【直击】打针输液、采集标本、监测生命体征，为病人进行心理护理，打扫病区清洁卫生……黄舒和同事们每天在武汉金银潭医院的红区工作十小时以上。她在抗击疫情的一线递交了自己的入党申请书，希望用行动践行作为入党积极分子无悔的誓言。

【自述】一个上午，我和队友两人需要采37个血，穿着厚重的三级防护装备，除了闷热难受之外，护目镜和面屏都很容易起雾。

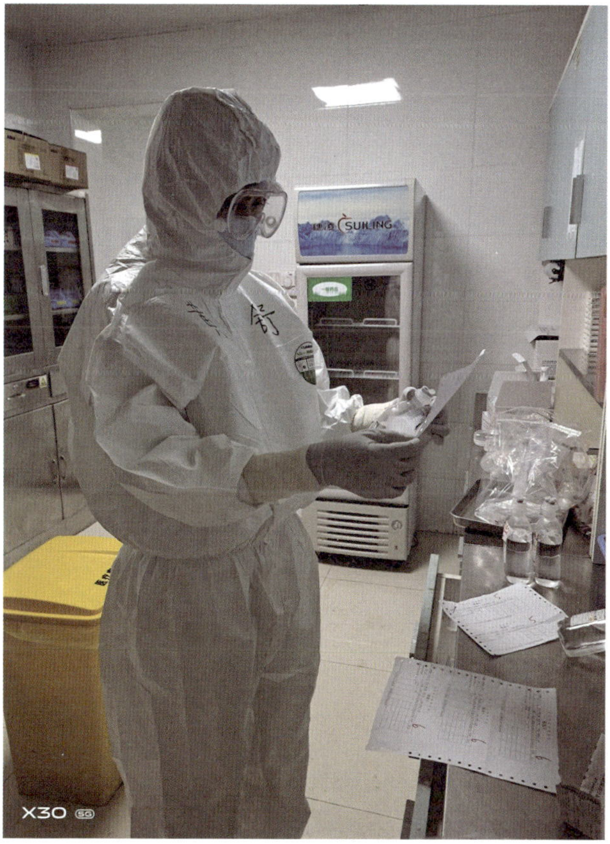

★ 陆军医疗队黄舒在工作中（1月29日摄）。（新华社发）

这会严重影响我们的工作，特别是细致操作，会加大难度，影响效率。但患者大多表示理解，给我们鼓励。一位50多岁的患者，血管找不准，给他扎了两针。他不但没有责怪，还对我们反复说："谢谢，辛苦了。"

在特殊的战场，我们护理人员更需要身兼数职，有时除了做日常治疗和护理，还要完成打扫卫生、病区消毒和照顾患者饮食起居等工作。

病房里，一位小伙子正好过生日，我和同事跑了很多地方，才好不容易买到一碗热长寿面。当我们把面递给患者的时候，在场的每一个人眼角都泛起了泪花。

（新华社武汉2020年2月5日电　记者李鹏翔、胡喆、黎云、黎昌政、侯文坤、梁建强、廖君）

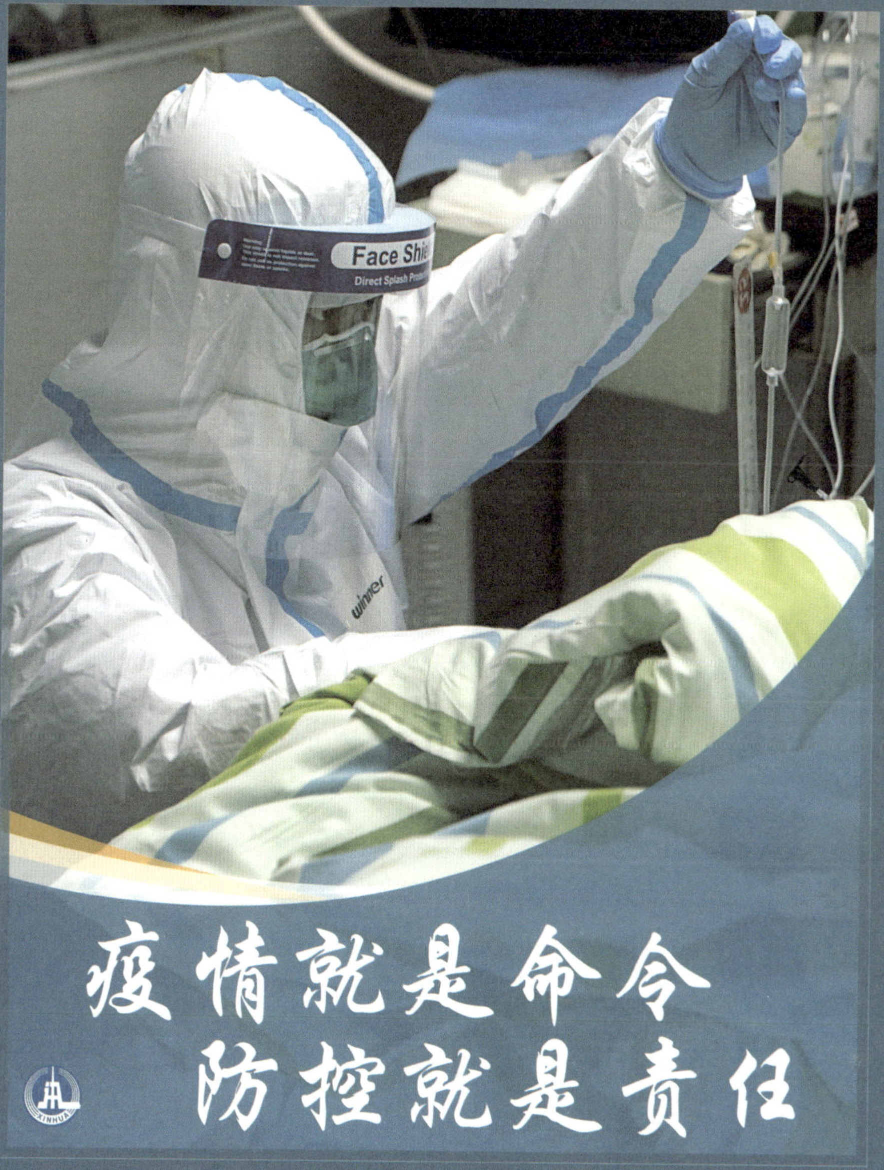

新华社记者　熊琦 摄　施鳗珂 作

“春天总会到来，我们不负韶华”

——北京地坛医院隔离病房探访

首都北京东北方向的机场高速旁，一片深色树林的掩映下，北京地坛医院显得格外宁静，而在这里的病房里，正上演着一场与病毒的角力赛。

当前，新型冠状病毒感染的肺炎疫情还在持续，全国确诊患者病例已超 28000 例，北京地区确诊病例已超 200 例。在肆虐的疫情面前，这里的医护人员正在用自己的医术和爱心努力守护着生命。

近日，记者来到这家新型冠状病毒感染的肺炎定点医院的隔离病房，走近在这里收治的确诊患者和照顾他们的医护人员。

北京地坛医院始建于 1946 年，原名北京第一传染病医院。在 2003 年“非典”疫情期间，这里是收治感染者的主力医院之一。如今，作为北京市病毒传染病防治研究中心，医院医护团队再一次直面挑战。

从医院办公区进入，一路穿过明亮的连廊，记者来到了位于 5 层的感染二科病房。走廊两侧，白色的墙面和淡蓝色的房门让人感到平静。护士站和医生的工作区域位于整个病房的中心位置，通往负压病房有专门的通道，出入口分别位于病区的两侧。

记者看到，每一个病房和办公区之间都有一个双层的小玻璃窗。

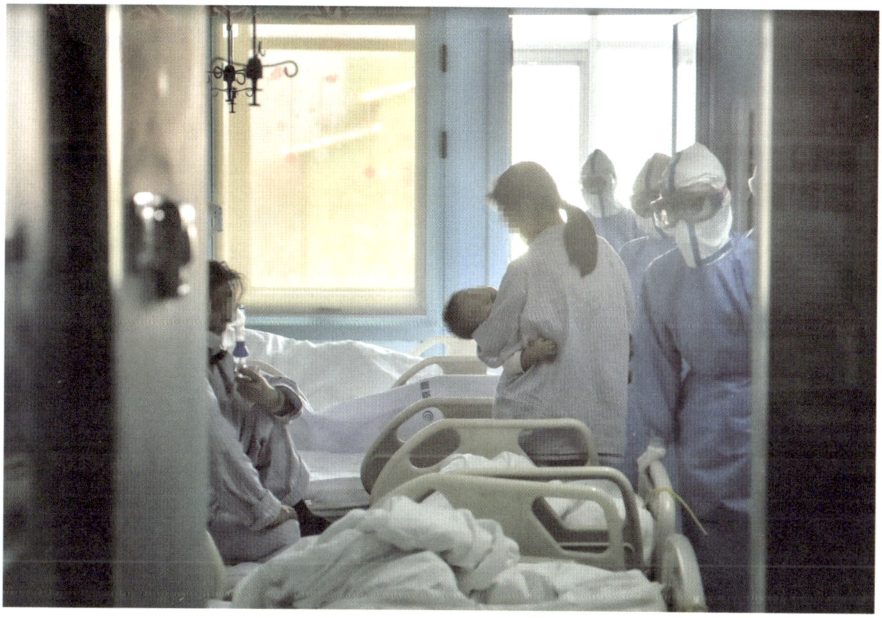

★ 2月3日拍摄的北京地坛医院的病房。当日，记者探访北京市新型冠状病毒感染的肺炎定点医院之一的地坛医院，目前该院已腾出三个普通病区和一个重症监护病房应对疫情。（新华社发　彭子洋　摄）

医院护理部主任张志云说，这是医用物品传输窗口，用来给病房里传送物品使用。“这是单向气流病房，每个病房内都配备有卫生间、排风设施、监护及抢救设备。空气从清洁端到污染端定向流动，可以保证病毒不会从病房污染区向清洁区扩散。”

这时，不到23岁的护士杨雪正从病房隔离区出来，盘起来的头发已经被汗水打湿，红红的脸颊上被口罩和护目镜压出了明显的几道印子，双手也捂得泛白。

“戴着手套、穿着防护服又闷又热，时间一长浑身都是汗。”身材高瘦的她显得有些疲惫，说起话来还有些气喘吁吁，“虽然经过多次穿脱隔离服的培训，但第一次进隔离病房还是会稍微有些紧张。每次从隔离区出来，在半污染区脱隔离服是最危险的环节之一，需要严格按操作流程来，要非常小心。”

杨雪说，当初选择来感染科就已经做好了心理准备，刚开始家人朋友有些不太理解，但她仍然坚持自己的选择。“疫情发生以来，家人知道院里收治了确诊患者，也给了我很多鼓励，让我更加坚定做好这份工作。”

在病房护士站，有30年护理岗位工作经验的张志云仔细检查着每一处细节，同时提醒年轻的护士穿上针织衫，不要冻感冒了。她说：“我们这里护士平均年龄不到26岁，下了班也都是爱玩、爱美的小姑娘。她们从春节一直坚守到现在，这份勇气和决心让人感动，这份理想和信念值得敬佩。”

在办公区走廊上的宣传栏里，贴着许多医护团队成员的生活照，有几个人一起“比心”的合影，还有卡通形象的“猫脸照”。最中间，是一张团队所有人身穿白色制服的合影。

在护士站对面的墙上，一面鲜艳的党旗格外醒目，旁边还挂着一个“优质护理服务示范病房”的牌子。护士长王颖告诉记者，每次进入隔离病房前，大家都会相互鼓励、加油打气，每个人心中都有一个信念，相信病房里的每一位患者都会康复，也相信疫情终将被战胜。

在杨雪的微信朋友圈里，有她和姐妹们的合影，有去各地旅游的“游客照”，她和这个年龄段的女孩一样，爱漂亮、爱运动、爱生活、爱美食。当疫情来临时，这群80后、90后年轻人没有畏惧，眼神里充满了坚毅和乐观。“我们相信春天总会到来，在最好的年纪，我们不负韶华。”

（新华社北京2020年2月6日电　记者侠克、李萌）

全力，与“疫”魔竞跑

——来自江苏医护人员的战“疫”实录

诊断完发热门诊的所有病患，早已过了饭点。扬州大学附属医院普外科医生殷军锋匆忙扒几口饭，打开手机，发现家人打来的十几个未接来电。

“我偷偷给他打了无数电话，可是都没有人接听，我的心像十五个吊桶打水——七上八下的。爸爸在干什么呢？有很多病人吗？会有危险吗？”看见女儿殷若诚的日记，殷军锋的眼泪再没忍住。

因为疫情需要，医院需要各科医生排班坐诊发热门诊，殷军锋毫不犹豫报了名。上门诊前他认真向相关科室医生强化学习如何正确防护。上了发热门诊，穿着防护服，戴着口罩、护目镜、手套等，一坐就是半天。为节省防护服，很多医护人员穿上后尽量不喝水、不进食、不上厕所。

除了像殷军锋这样的医护人员坚守在当地岗位上，还有很多医护人员驰援武汉。

2 月 2 日晚，记者联系上正在武汉市金银潭医院支援的东南大学附属中大医院重症医学科副主任医师潘纯。隔着电话，也能感受到潘纯的疲惫。“下午刚救治了一名严重呼吸窘迫、氧饱和度不断下降的患者。

患者当时病情非常紧急，立马给患者做了气管插管。随后又和其他同事合作，借助 ECMO（体外膜肺氧合）挽救她的生命。”潘纯告诉记者，救治结束已是晚上 7 点，这是他和同事工作的常态。往往脱下防护服，最里层的衣服都湿透了。

从 1 月 26 日抵达武汉抗疫第一线开始，潘纯已忙碌一周时间。面对的全都是重症患者，经常与感染源零距离接触，问他有没有觉得怕的时候？他说：“没有，从来没有。重症医生是挽救患者生命的最后一道关口，就是要到最危险的地方去。从接到任务的那一刻起，就做好了准备，竭尽全力救治每一名病人。”

★ 2 月 2 日，江苏第三批医疗队从南京乘客机出发，驰援湖北抗击新型冠状病毒感染的肺炎疫情。医疗队医护人员 118 人，来自江苏省人民医院、东南大学附属中大医院、徐州医科大学附属医院等 32 家医疗机构，其中 18 名医生来自重症医学科或者呼吸科重症医学专业，100 名护士均为来自重症医学科的专科护理人员。（新华社记者　季春鹏　摄）

新型冠状病毒感染的肺炎疫情以来，白衣天使在一线救治病患，“白衣侦探”则在“后方”与病毒交锋。

核酸提取、试剂配制、基因测序……从最初样本接收到最后出具检测报告，前后要经历10个步骤。检验人员要按照三级防护要求，穿上厚厚的防护服，戴上让人呼吸不畅的N95口罩，戴上护目防溅屏和双层手套，在负压生物安全二级实验室中提取病毒核酸。检测人员形容那感觉就像是“穿着雨衣蒸桑拿”。

疫情面前，江苏省疾控中心病原微生物实验室24小时不停转。每天，样本会在各地初筛阳性后送至这里进行复核确证实验，检测人员分3批轮班检测，保证从拿样本到出具检测报告，时间控制在6小时左右。

“我相信有这些和爸爸一样在一线辛苦工作的医生、护士们，我们一定能打赢这场‘战争’。”殷若诚在日记里这样写道。

（新华社南京2020年2月4日电　记者邱冰清）

你的平安，就是他们坚守的意义

——江西 20 余万医护人员战“疫”记

大年初一清晨，江西省新余市渝水区罗坊镇中心卫生院医生钟勇告别妻子和刚出生的孩子，主动请缨到发热门诊接诊。

“非常时期，作为一名党员，又是急诊科主任，第一时间回到工作岗位，我责无旁贷。”钟勇的话很朴素。很多人不知道的是，他的儿子两天前刚刚出生。

面对疫情，逆行是医者初心的召唤。

疫情发生后，江西 20 余万医护人员挺身而出，冒着被感染的风险奔向疫情防控的第一线，逆行汇成战“疫”洪流。

自江西确诊首例新型冠状病毒感染的肺炎病例以来，南昌大学第一附属医院呼吸与危重症医学科副主任许飞已经在抗击疫情的前线奋战了近 10 天。

父亲几个月前去世、母亲一人在老家，原本许飞已经请好假，准备一家三口回老家陪母亲过春节。但突如其来的疫情打乱了一切。

接到任务后，他当即取消行程，成为首批进驻医院隔离病房救治团队的负责人。

“作为一名医护人员，当疫情发生时，我们必须冲锋在前！”他说。

疫情就是命令，防控就是责任——

增设门诊窗口接待发热及疑似患者、设置隔离病房安置确诊及重症患者、组建救治指导专家组……最近10多天，南昌大学第一附属医院院长、江西省疫情防控应急指挥部高级专家组组长张伟一直奔走在各个院区……

疫情发生后，江西省第一时间设立了省市县三级105家医疗救治定点医院、发热门诊318家，同时，遴选49位专家组成省级医疗救治专家组，加强对各市县疫情防控工作的技术指导。

作为省级定点医院及全省危重症患者定点收治医院，南昌大学第一附属医院目前已接收了南昌、九江、抚州、新余等地市外院转诊重症患者。张伟说，他们将把人民群众生命安全和身体健康放在第一位，全力打赢这场疫情防控阻击战。

危急时刻显担当，越是艰险越向前——

“我作为一名老医务工作者，理应到抗击疫情的第一线去！”“请优先考虑我们，不计报酬，无论生死！”“算我一个！”……在江西中医药大学附属医院，短短几天就收到300多份请战书，400多名医护人员申请到一线抗击疫情。

“取消婚礼，回岗值班！”这是疫情发生后，南昌大学第二附属医院的3对新人不约而同向医院提出的申请。急诊护士熊华东说：“家人都很支持我们的决定，相信大家众志成城，一定能打赢这场没有硝烟的战争。”

在疫情面前，他们顾不上自身的安危，顾不上和家人团聚。

不久前，一段护士在医院坚守，女儿抱妈妈睡裤入眠的短视频在朋友圈刷屏：南昌大学第二附属医院发热门诊护士长喻蓉艳每天奋战在发热门诊一线，没有休息一天。因晚上太晚回家，3 岁的女儿每天就抱着她的睡裤睡觉。

紧急驰援，彰显人间大爱——

1 月 27 日是女儿生日，南昌大学第四附属医院内科党总支书记、呼吸科护士长徐春燕却不能陪她一起过了。这天，她和其他 137 名医护人员一起随江西省第一批援助武汉医疗队，奔赴武汉抗击新型冠状病毒感染的肺炎疫情前线。

2003 年非典发生时，徐春燕调到当时人手紧张的呼吸科，从此在这里工作 17 年，期间参加了抗击 H7N9 禽流感等重大疫情。作为一名“抗疫老兵”，她深知奔赴疫区意味着什么，但她说：“我是一名党员，有两次抗击重大疫情的经历和 17 年呼吸科临床护理经验，在抗击疫情有需要时，理应冲在前面。”

一个个好消息陆续传来——

“我好啦！”

1 月 27 日，萍乡市第二人民医院门诊大楼前，一位治愈后刚走出医院的患者牵起左右两位医护人员的手大喊，脸上的口罩挡不住他的笑容。

截至 30 日，江西共有 7 名患者成功治愈出院。

“这关键在于坚持集中病例、集中专家、集中资源、集中救治 4 个‘集中’原则，及时科学高效开展救治。”江西省卫健委主任王水平说，奋战在抗“疫”一线的广大医务人员在疫情肆虐时挺身而出，全力救治患者，是新时代最可爱的人。

虽然疫情仍在发展，但人们已经看到了打赢这场疫情防控阻击战的希望。

（新华社南昌 2020 年 1 月 31 日电　记者郭强、余贤红、赖星）

远程医疗中心里的生命接力

“这个药会导致丢钾，现在不能用。”“患者恢复情况良好，可以尽快安排核酸检测。”“对比两次肺部影像，可以看到明显的吸收。”……每天上午 8 点半开始，这样的“远程会话”都会从内蒙古自治区远程医疗中心传出。

屏幕一端是内蒙古新冠肺炎医疗救治专家组的专家们，另一端是全区各地新冠肺炎患者的治疗组。新冠肺炎疫情发生后，内蒙古自治区远程医疗中心开启高速运转模式，每天与全区各定点医院进行视频连线，逐一对新冠肺炎的确诊和疑似患者进行远程会诊，一场场生命接力在这里紧张进行。

“明天想加大白蛋白用量。”“用量上来了心脏受得了吗？”来自呼伦贝尔市第二人民医院的医生向专家组介绍患者的用药情况，专家组组长、内蒙古自治区人民医院院长孙德俊和其他专家认真进行着研判。这位 85 岁的患者常年卧床，有 20 多年的高血压和心脏病史，对她的治疗和用药都经过自治区专家组的认真评估。

“新冠肺炎是新型传染病，我们对疾病的演变过程还不完全清楚。”孙德俊说：“进行远程会诊相当于查房，我们每天都把内蒙古的确诊病例过一遍。接触的病例多了，对这个病的了解就更多，能有针对性

★ 2月14日，在内蒙古自治区远程医疗中心，专家组正在连线进行远程会诊。（新华社记者 刘磊 摄）

地提出治疗方案。”

赤峰市传染病防治医院内收治了一位新冠肺炎危重症患者，这名患者一度呼吸心跳骤停9分钟，经医护人员全力抢救又恢复了生命体征。视频信号和赤峰市传染病防治医院接通后，孙德俊连忙询问这名患者的身体情况。得知他的肺部影像明显好转，心脏状况也保持稳定后，孙德俊紧皱的眉头舒展开了。

对这名危重症患者，除了远程诊疗，还成立了针对他个人的救治专家组，派自治区专家前往赤峰市对他进行诊治。需要派什么专家过去？缺什么仪器？这样的问题在远程诊疗中总能听到。

通过远程会诊，自治区医疗救治专家组将呼吸、重症、机械通气等领域的专家派往需要的患者身旁，将有限的医疗资源精准发力到需要的地方。“远程会诊有助于我们综合研判，集中发力，对重型、危重型病人进行精准施治。”孙德俊说。

远程医疗中心虽不是治疗一线，但紧张程度毫不逊于一线。“这里就像是心脏，将血液源源不断输送到基层的收治医院。”孙德俊说，他们也会定期与北京、武汉的专家组视频交流，不断更新完善诊疗方案。

14日远程诊疗一直持续到下午2点多，为全区80多名确诊和疑似患者完成诊疗。

（新华社呼和浩特2020年2月15日电　记者张丽娜、魏婧宇、安路蒙）

为生命站岗

——广西部分新冠肺炎定点救治医院战“疫”见闻

“为生命站岗”，走进南宁市新冠肺炎定点救治医院第四人民医院大院，这5个大字首先映入眼帘。

定点救治医院是抗击疫情的主战场。记者连日来采访了广西南宁、

★ 进入南宁市第四人民医院，“为生命站岗”5个大字映入眼帘（2月6日摄）。（新华社记者　周华　摄）

★ 2月7日，广西壮族自治区南溪山医院的院前急救组医生在给同事消毒。（新华社记者 黄孝邦 摄）

柳州、桂林、北海等城市定点救治医院。“不获全胜，决不收兵。”这是接受采访医护人员的坚定承诺。

截至2月6日，广西累计报告确诊病例172例，累计出院病例17例。这些数字背后凝结着一线医护人员的责任担当、牺牲精神、救治智慧和医者仁心。

共产党员必须冲在最前线

“面对严峻疫情，我必须带头冲到防控第一线。”南宁市第四人民医院艾滋病科护士长杜丽群穿着防护服、戴着护目镜在医院大门口的分诊处接待患者。战“疫”打响后，她主动请缨来到防控一线参与预检分诊工作。

“疫情发生后，全院党员纷纷请战到一线去。医院成立了隔离病区临时党支部，就是要充分发挥党组织的战斗堡垒作用。”南宁市第四人民医院院长吴锋耀也是南宁市疫情防控指挥部医疗救治小组组长。他对记者说，不论离家远近，大部分医护人员大年初一当天就回来了，春节期间持续奋战，没有一人退却。

1 月 30 日，桂林市南溪山医院 62 名医护人员在战“疫”一线递交入党申请书。同日，南宁市第四人民医院 26 名医护人员连夜写下入党申请书，至今已有 62 名职工递交入党申请书。

南溪山医院是广西收治新冠肺炎重症患者较多的医院。重症医学科副主任医师韦妍飞是一名新党员。战“疫”打响后，她第一时间报名请战，“作为重症病人救治的关键力量，我们综合重症医学科的医

★ 南宁市第四人民医院艾滋病科护士长杜丽群（右二）穿着防护服、戴着护目镜在医院大门口的分诊处接待患者（2 月 6 日摄）。（新华社记者　周华　摄）

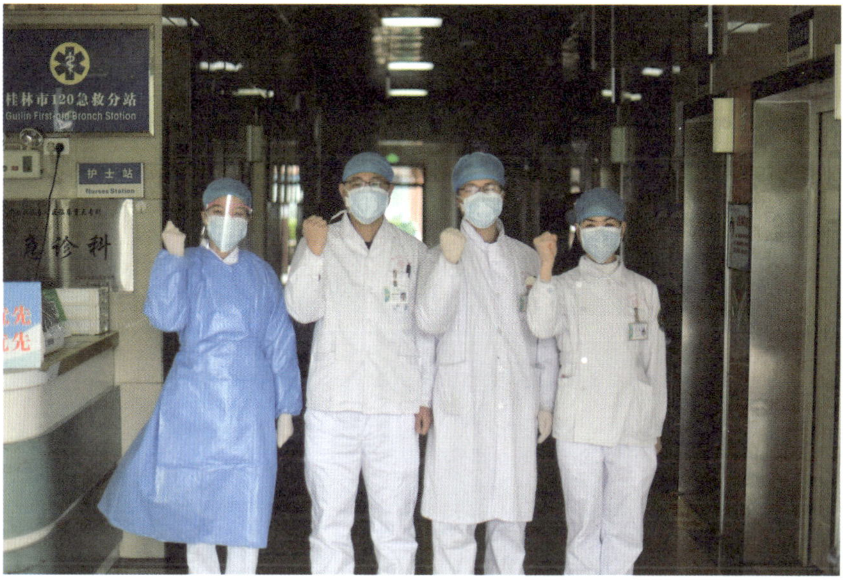

★ 2月7日，广西壮族自治区南溪山医院的急诊科医生在合影。（新华社记者　黄孝邦　摄）

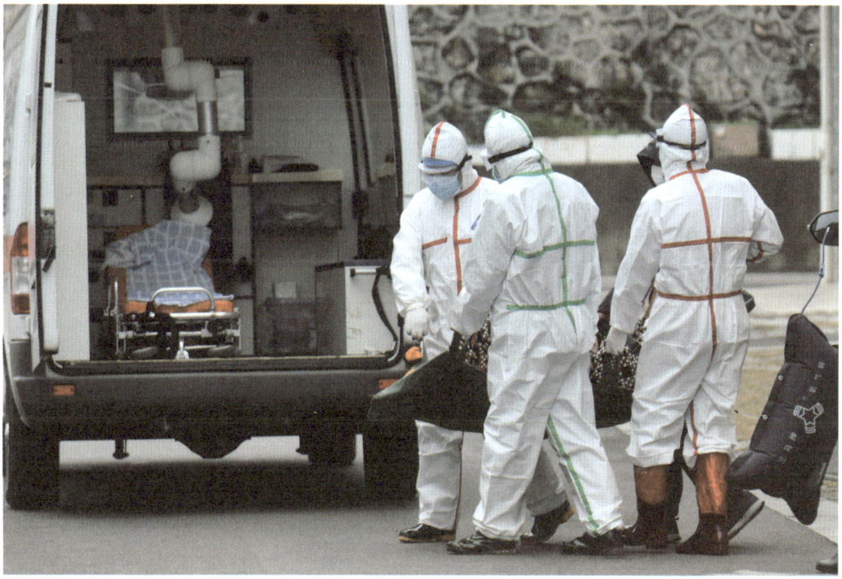

★ 2月7日，广西壮族自治区南溪山医院的院前急救组到小区接发热病人前往医院救治。（新华社记者　黄孝邦　摄）

护人员责无旁贷。”

每日2到3次的查房，与危重病人视频，调整呼吸机，韦妍飞和同事们的忙碌从未停歇。“要用扎实有效的工作，践行入党誓词。”

“特种部队”要有勇有谋精准治疗

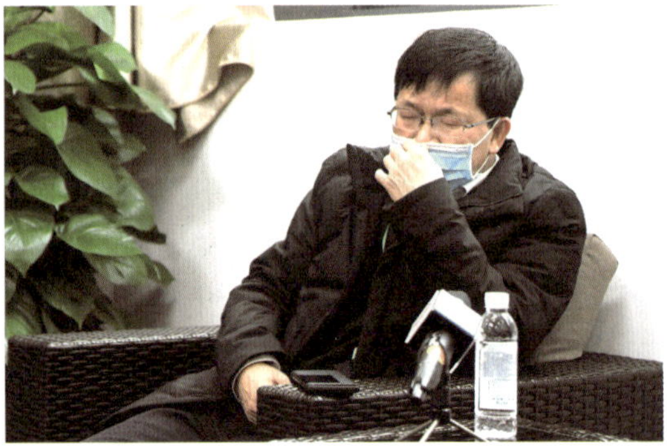

★ 南宁市第四人民医院院长、南宁市疫情防控指挥部医疗救治小组组长吴锋耀提到在负压隔离病房奋战的同事，一时哽咽（2月6日摄）。（新华社记者 周华 摄）

“我们传染病医院是卫生健康系统的‘特种部队’，医护人员是‘特种兵’。抗‘疫’不能蛮干，一定要科学防控、精准治疗。”吴锋耀说，“我们成立了专家组，隔离区内外的医生经常通过视频方式会诊。医院指挥部每天都召开会议，部署安排一线救治工作。”

韦妍飞印象深刻的是一名从永福县医院转来的危重病人，“患者最危险的时候氧分压只有40mmHg，并迅速出现多器官功能障碍。”根据病人的实际情况，韦妍飞和同事们很快调整呼吸机治疗策略和抗感染方案，并制定精细到每小时的液体管理策略。经过努力，这名病人肺部情况明显好转，并成功脱离呼吸机治疗。

被确定为定点救治医院后，柳州市人民医院第一时间成立以党委书记、院长为组长的领导小组，建立完善“1+8”防控机制。同时建立起救治专家小组。

设在北海市结核病防治院的隔离病区，是北海的“小汤山”医院。北海市结核病防治院院长黄文胜介绍，隔离病区在非典疫情后建成，是后备传染病救治院区以及结核病院区。他说，医院在短短数日内完成所有筹备工作，顺利收治转运确诊患者。

防护服里的“医者仁心”

“医护人员都穿着防护服，究竟长得什么样，我认不清楚。但是他们兢兢业业的精神和照顾我们的种种细节，在我心中留下非常深的印象。”广西首例治愈出院患者告诉记者。

北海市结核病防治院隔离 ·区作为确诊患者隔离区，是距离危险最近的地方。“90 后”的林新是一名普通护士。在隔离病区，林新穿着厚重的防护服，一待就是四五个小时，累的时候只能靠着墙歇一会。为方便工作，她剪掉了一头长发。这些天一直没回过家的林新，只能在简短的视频通话中与妈妈见面。

这些前线奋战的战士，也同样是父亲、母亲、爱人、儿女。送治愈患者出院时，在柳州市人民医院工作的“90 后”祁冠秀偶遇了前来采访的记者父亲，这是 12 天来父女俩首次见面。短暂会面后，她给父母留言：“亲爱的老爸老妈，我一定会照顾好自己，也请你们保重好身体。等到疫情防控阻击战胜利后，我们再回家相聚吧，你们等着我哦。”

（新华社南宁 2020 年 2 月 7 日电　记者刘伟、郭轶凡、黄耀滕、胡佳丽、吴思思、林凡诗、杨驰、李俞辉）

新华社发 程硕 作

勒痕，是逆行者的勋章

最新流传的一组医护人员面部被口罩勒出深深印痕的照片，引得无数人泪目。

面有勒痕的他们被人们称为最美的逆行者。

平素里，他们是我们熟悉的亲人、朋友，和我们一样都是血肉之躯。但战“疫”的枪声打响，他们冲锋在最危险的地方，用高超的医术和责任感救死扶伤。那一道道勒痕，是提前颁发给逆行者的勋章！

勋章闪耀处，逆行者前赴后继。一批批医护人员毅然决然向着疫情最重的地方前行，越是危难关头，越能见证他们“倘有急需，余必接济”的医者仁心。

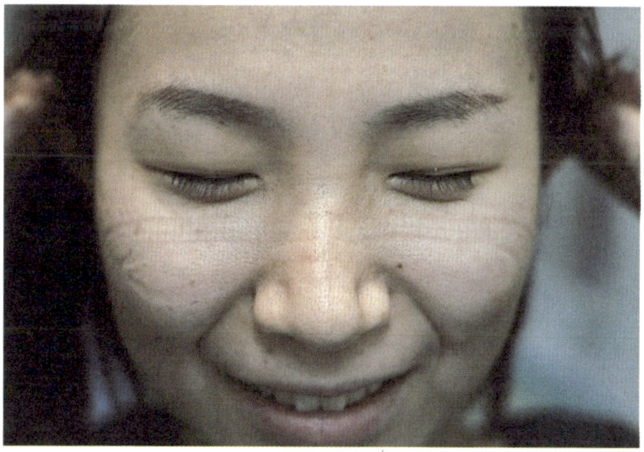

★ 这是南昌大学第一附属医院象湖院区隔离病房重症监护室值班护士黄丽青脸上被护目镜和口罩压出的印痕（2月6日摄）。（新华社记者　万象　摄）

勋章闪耀处，焦虑者心神笃定。一道道逆行的身影，一个个写在防护服上的名字，一张张

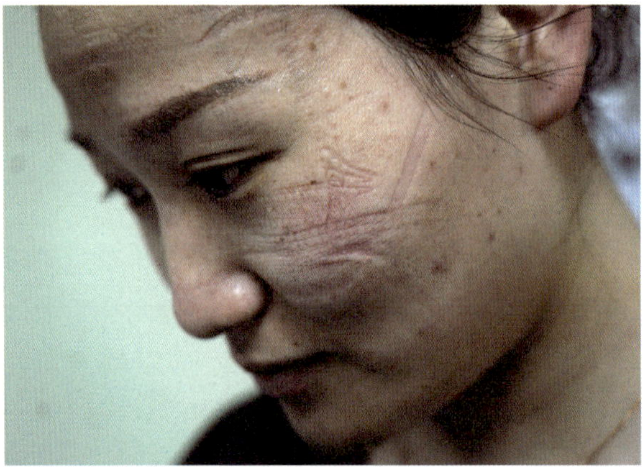

★ 这是南昌大学第一附属医院象湖院区隔离病房重症监护室值班护士万飘脸上被护目镜和口罩压出的印痕（2月6日摄）。（新华社记者　万象　摄）

贴在耳根、鼻梁、颧骨的创可贴，让我们看到了血肉长城的模样。已有3400多名患者被治愈，更多的确诊患者逐渐脱离危险，医护人员的努力，让人们能坚守驱散瘟神、大地回春的希望！

勋章闪耀处，华夏儿女万众一心。勒痕疼在医护人员的脸上，也疼在亿万同胞心头。心疼化为行动，“保护好医护人员才能保护好自己”“把N95留给医护人员”的呼声迅速变成共识；口罩、防护服、护目镜等物资，源源不断被运往最需要的地方。

勋章闪耀处，一袭白衣却宛若红旗飘扬，凝聚起上下同欲、坚持到底的澎湃力量！

（新华社济南2020年2月10日电　记者陈灏）

你的背影，真帅！

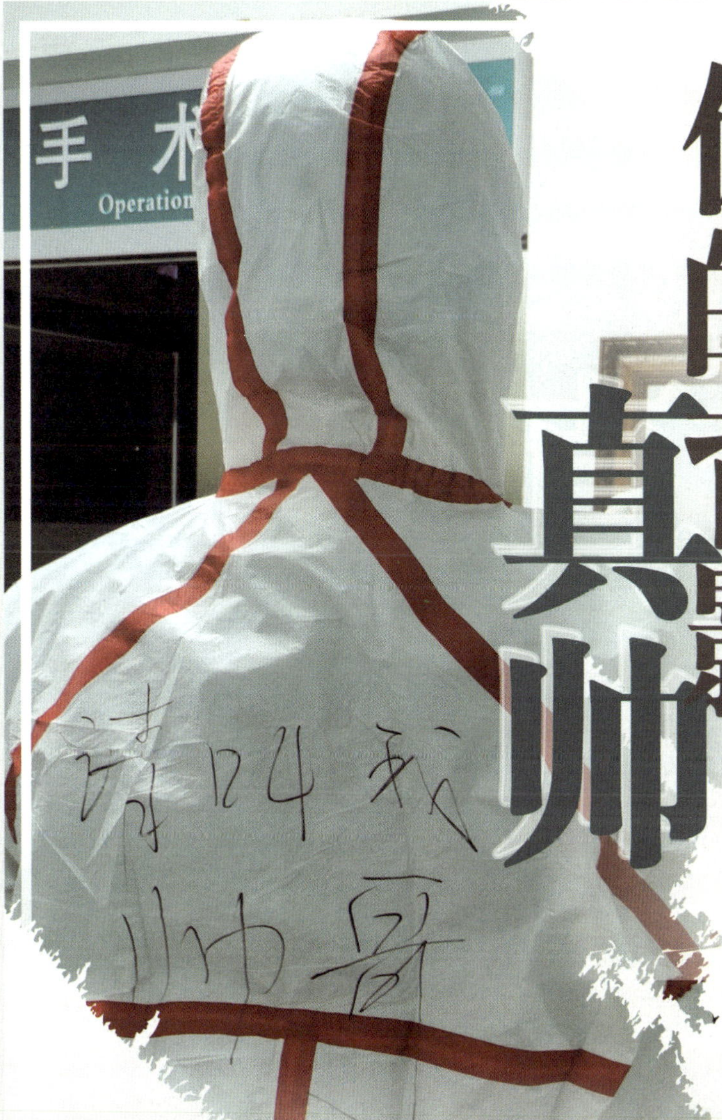

中南大学湘雅二医院男护士李帅帅，于1月27日入驻长沙市公共卫生救治中心，参与新型冠状病毒感染的肺炎患者护理救治工作

因为名字里有“帅”字，同事在他的防护服背面写下

“请叫我帅哥”

新华社记者李尕 帅才 施鳗珂 编制

战“疫”瞬间

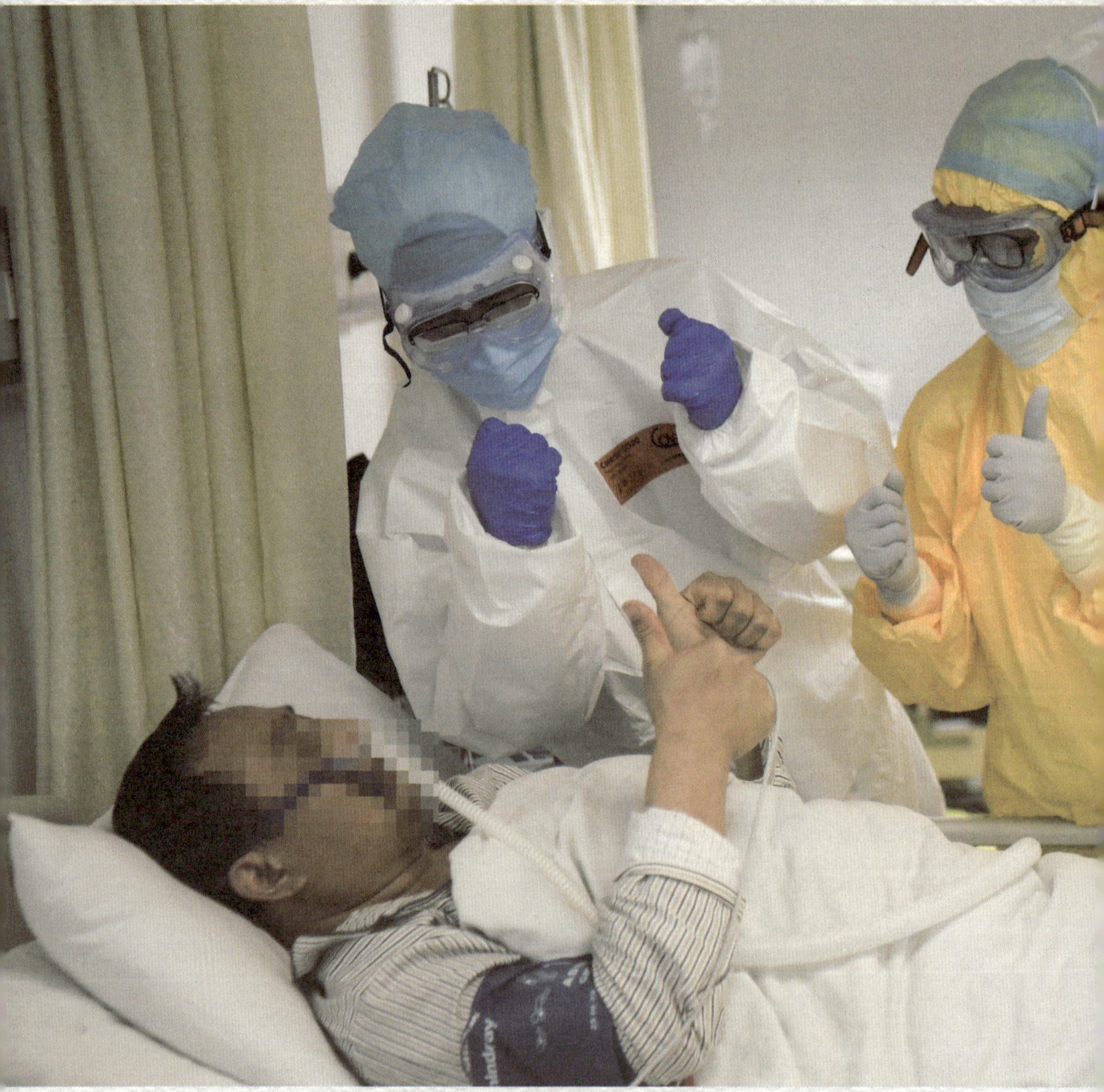

★ 2月 1 日，在重庆三峡中心医院重症隔离病房，医务人员和患者一起加油鼓劲。

重庆三峡中心医院是重庆的确定新型冠状病毒感染的肺炎 4 家定点救治医院之一，为承担好集中救治任务，该院改造调整出符合传染病救治流程的 480 张床位，抽调重症、呼吸、感染等专科近 500 名医务人员组成“救护团”，坚守在战“疫”一线。（新华社记者　王全超　摄）

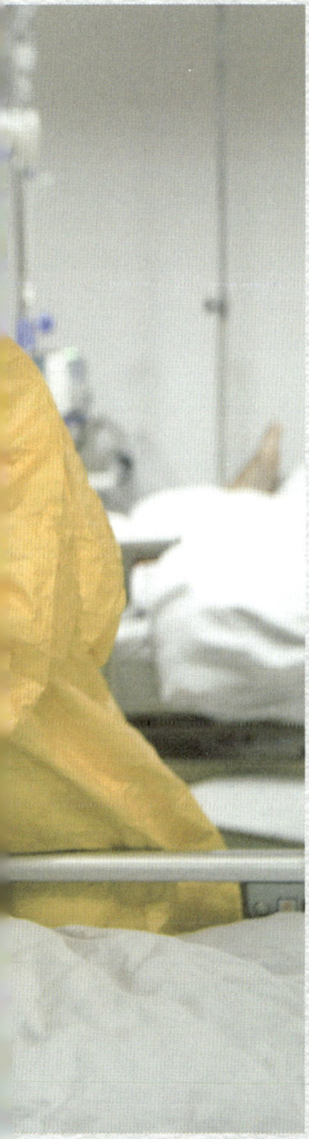

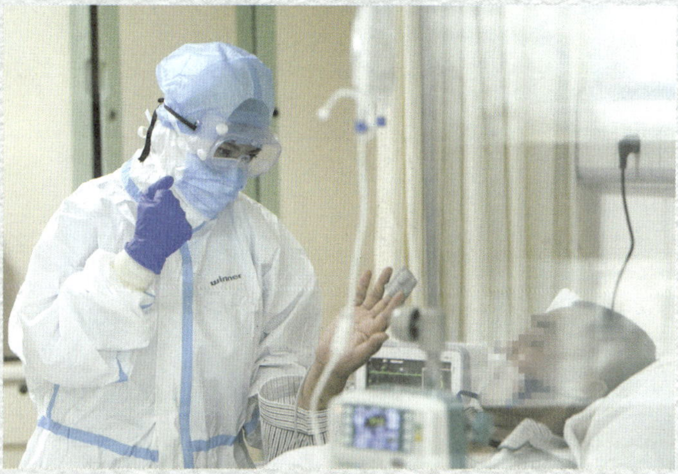

★ 2月2日，在重庆三峡中心医院重症隔离病房，黄霞与患者交流，给他加油鼓劲。37 岁的黄霞是重庆三峡中心医院重症医学主治医师。（新华社记者　王全超　摄）

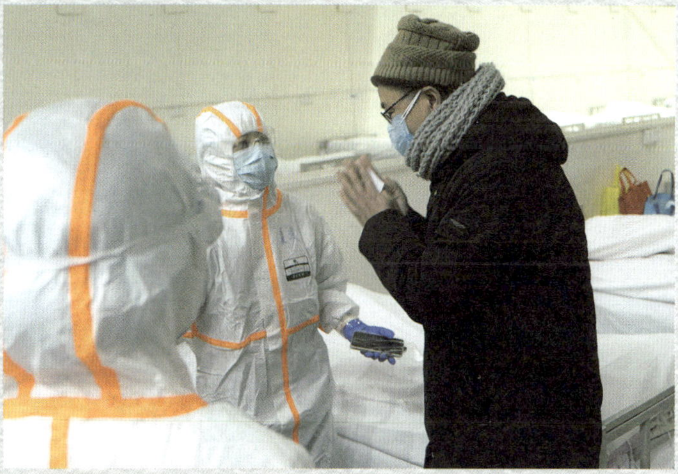

★ 2月5日，一名患者在武汉江汉方舱医院对医护人员表示感谢。（新华社记者　熊琦　摄）

★“我们要出力！”

2月8日，在温州南防控检查点，豪孟德（右）帮苏玛戴口罩，准备上岗。

巴基斯坦人豪孟德和毛里求斯人苏玛是一对在温州工作的跨国医生夫妇。在新冠肺炎疫情发生后，他们主动加入了所在的温州和平国际医院志愿团队，于2月1日起进驻温州南高速出口防控检查点进行防疫筛查。（新华社记者　翁忻旸　摄）

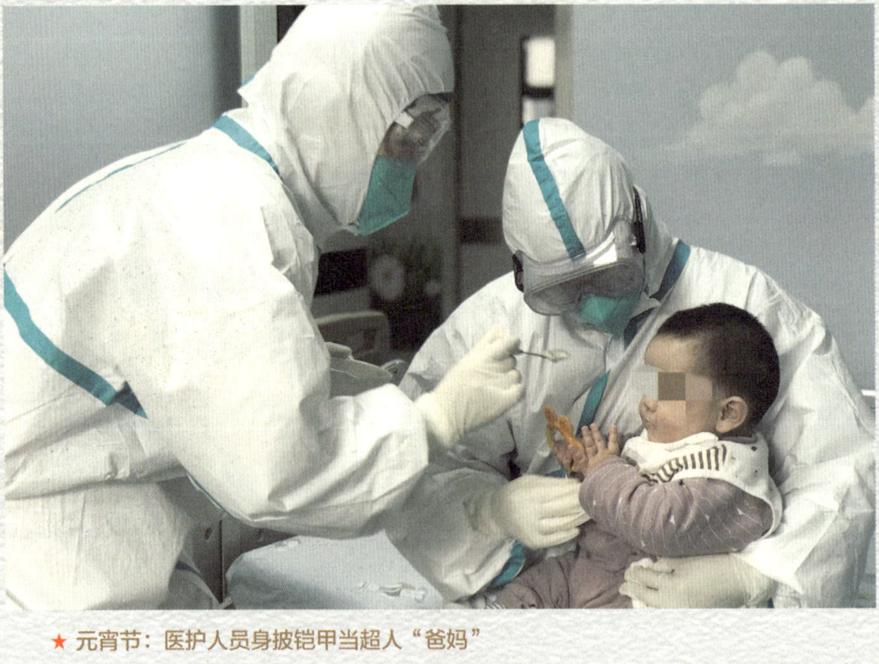

★ 元宵节：医护人员身披铠甲当超人“爸妈”

2月3日，在武汉儿童医院内科综合病区病房，护士喂6个月大的乐乐吃东西。（新华社发）

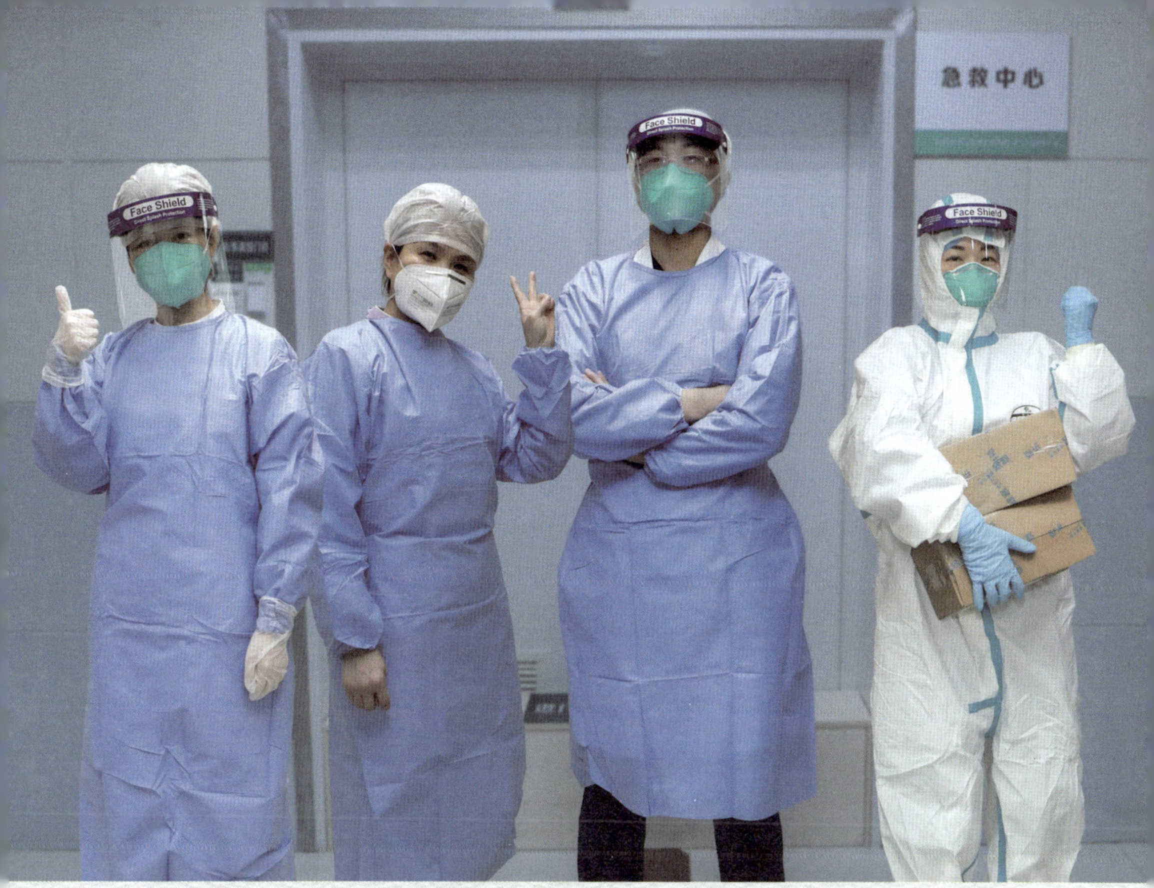

★ 4 名医护人员感染治愈后重返岗位

2 月 6 日，在工作中感染新型冠状病毒的武汉大学中南医院急救中心副主任医师赵智刚（右二）和护士柏慧（左一）、李春芳（左二）、郭琴（右一）4 名医护人员，经过治疗康复后主动返回各自岗位，继续战斗在疫情防控最前线。（新华社发　龚勇　摄）

★ 必胜！

1 月 24 日，武汉大学中南医院重症隔离病房内的医护人员一起鼓劲加油。（新华社记者　熊琦　摄）

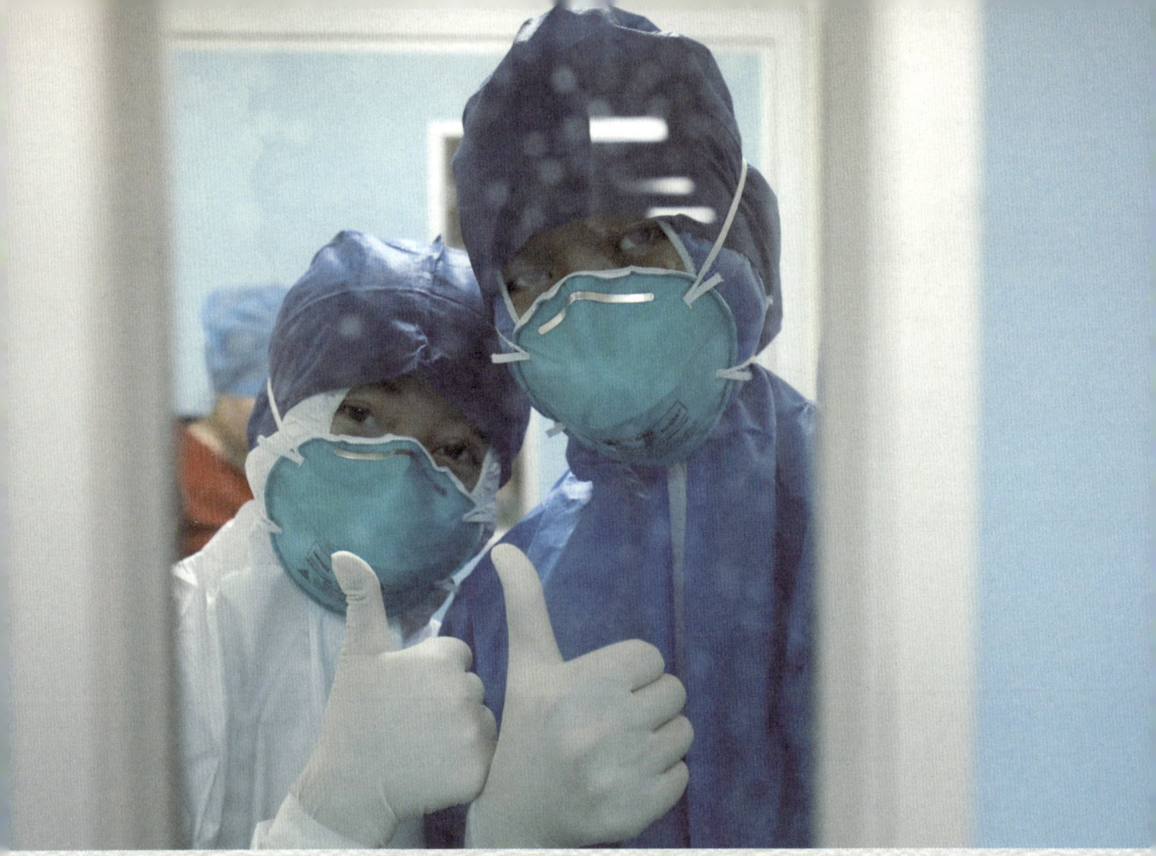

★ 1 月 30 日，海军军医大学医疗队重症监护室医护人员在工作间隙为自己鼓劲打气。（新华社发　陈晨　摄）

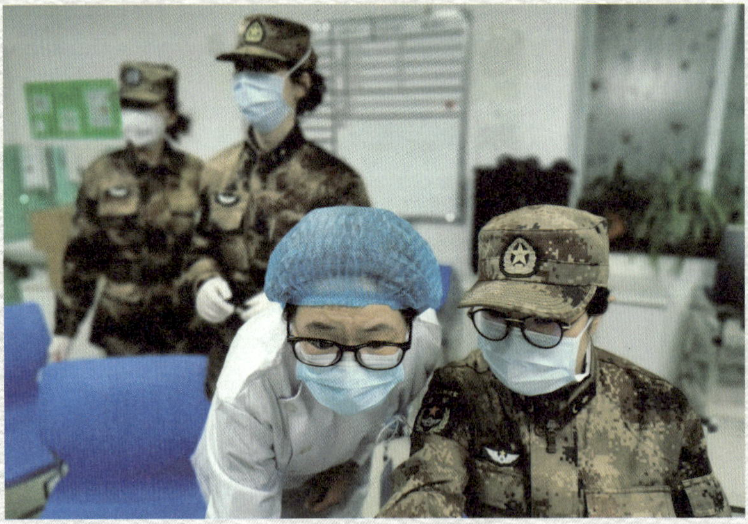

★ 1 月 26 日，陆军军医大学医疗队成员与武汉市金银潭医院医护人员进行工作交接。（新华社记者　黎云　摄）

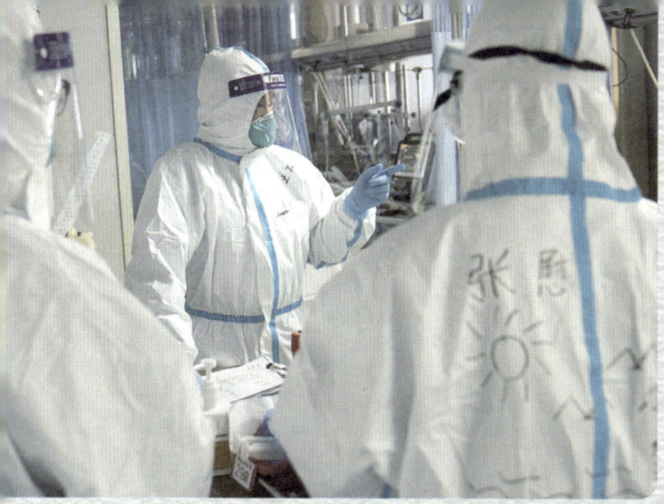

★ 1月24日，武汉大学中南医院重症医学科主任彭志勇（中）与同事一起为病人诊疗。在武汉大学中南医院重症隔离病房，穿上厚重的隔离服后，医护人员之间很难认出对方。他们在隔离服上互相写下名字，方便辨认，并画上简单的图案寄托美好的祝愿。（新华社记者　熊琦　摄）

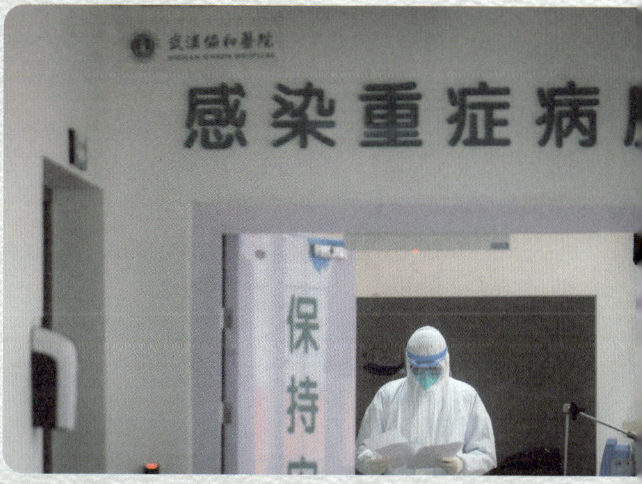

★ 1月28日，记者来到武汉协和医院，用镜头记录下奋战在新型冠状病毒感染的肺炎疫情一线的医护人员。（新华社记者　肖艺九　摄）

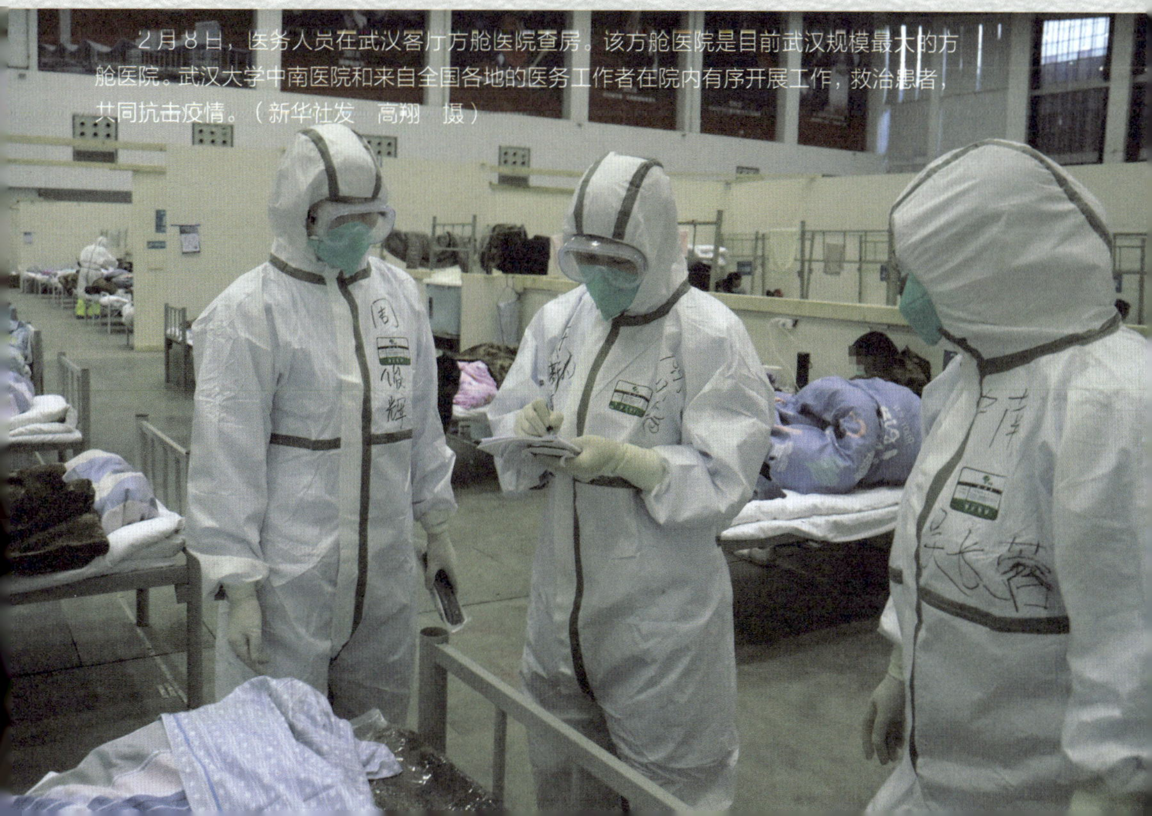

2月8日，医务人员在武汉客厅方舱医院查房。该方舱医院是目前武汉规模最大的方舱医院。武汉大学中南医院和来自全国各地的医务工作者在院内有序开展工作，救治患者，共同抗击疫情。（新华社发　高翔　摄）

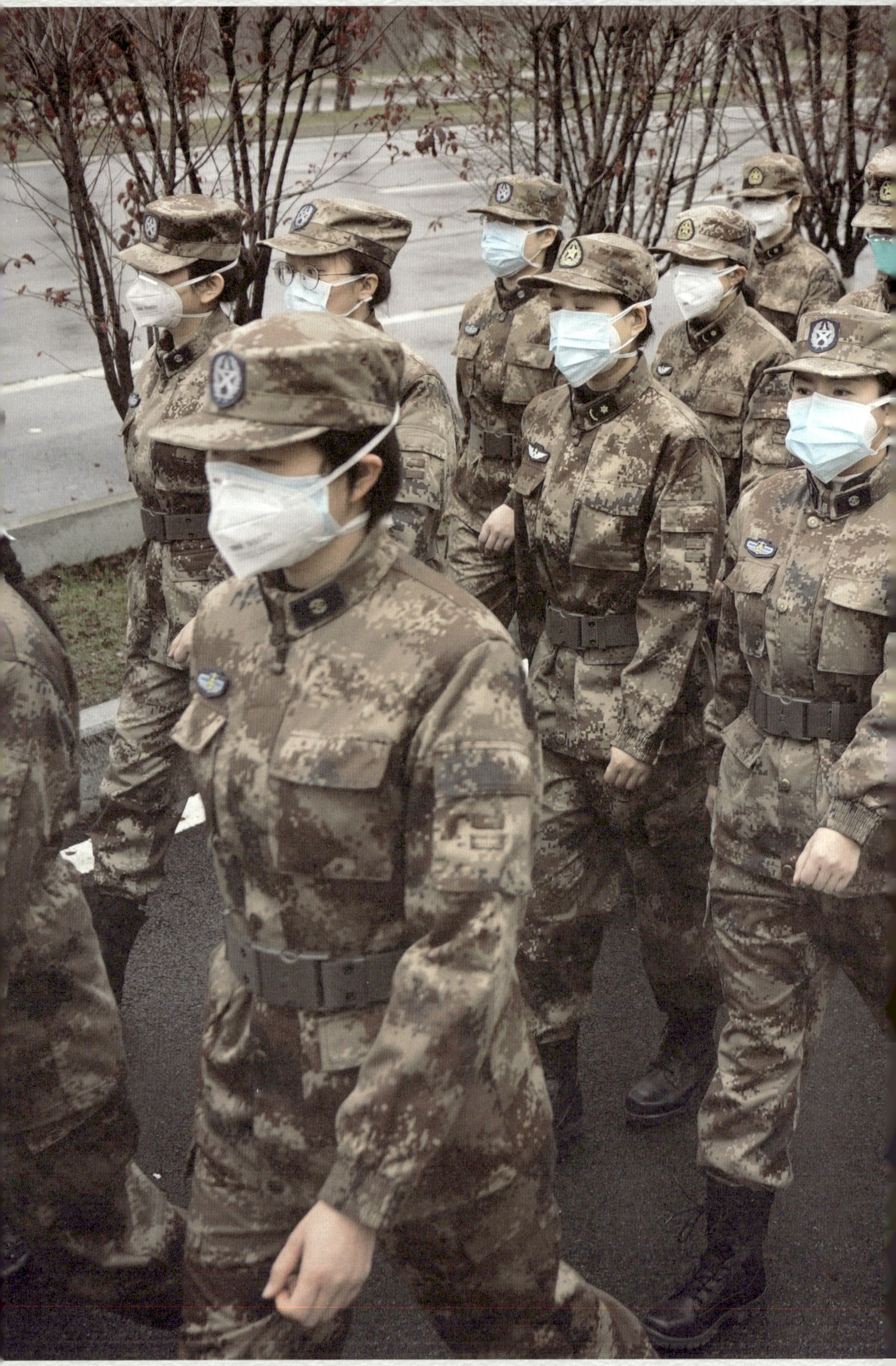

1 月 26 日，陆军军医大学医疗队开始进驻武汉市金银潭医院。（新华社记者 程敏 摄）

2月6日，在湖北黄冈大别山区域医疗中心，来自湖南株洲各医院的几位支援一线抗疫的护士，在医疗中心走廊上短暂休息。

新华社记者郑悦 李尕 阳建 编制

生命至上　因症施策

——军队支援湖北医疗队科学救治患者纪实

解放军支援湖北医疗队队员、空军军医大学呼吸内科专家傅恩清2月6日收到一条来自武昌医院的短信："采用您'订单式'救治法，全院新冠肺炎患者病情大多好转。目前，已有16名病人治愈后出院。"

"订单式"救治法，是傅恩清和战友们探索的救治办法，高度概括了新冠肺炎患者病情从轻至重4个阶段中，医护人员如何因症施策、精准诊治。

进驻武昌医院后，傅恩清认真研读卫生部门出台的诊治指南，翻阅了大量患者病历。遵循病症规律，傅恩清连夜拿出了"订单式"救治法的初稿，后经空军军医大学10余位专家的补充完善，这份专项诊治新冠肺炎的救治法应运而生。

"'订单式'诊治法，可精准到新冠肺炎患者的每个病症细节。"傅恩清说，每个症状对应何种治疗措施，需用剂量都标注得一清二楚，为医护人员快速、精准治疗提供了遵循。

根据新的疗法，医疗队重新梳理武昌医院患者病情，制定了精准的"一对一"救治方案。4天后，就有2名患者走出了医院。

生命至上，大医精诚。2月2日晚，武昌医院重症监护室再度告急：

一名心脏支架植入术后的新冠肺炎患者，突然口鼻腔出血，凝血功能出现异常，生命危急！

紧要关头，重症医学领域专家张西京拍板决断：停掉抗凝药物，注射新鲜冰冻血浆，补充维生素K。几个小时后，病人化险为夷。

曾在多起重大医学救援行动中担任专家组长的张西京，擅长诊治多脏器功能衰竭、急性呼吸窘迫综合征等多个危及生命领域的疑难杂症。

“此次支援湖北，我们大学以感染、呼吸、重症为主，融合心内、肾内、血液、神经等10余个学科，抽组了以张西京为代表的学科带头人和专家教授，组成了实力强劲的专家队伍应对疫情。”空军军医大学医疗队队长王生成介绍，此次战“疫”，一个重要做法就是发挥好核心岗位的独特作用。

出征武汉前，空军军医大学医疗队通过电话预先与对口的武昌医院进行了对接，围绕救援行动进行了科学研判，认为救援的首要之务，就是利用核酸检测技术，区分患者病症的轻重缓急加以针对性诊治。

为此，他们安排检验专业的博士军医周磊携带一台可用于检测新型冠状病毒的定量PCR仪，以提升武昌医院对新冠肺炎患者的筛查和诊断能力。连续8天时间，周磊对武昌医院500余名住院患者采集了千余份样本。经过检测，约一半患者确诊。

根据检测报告，空军军医大学医疗队区分患者病情，及时调整救治方案：对重症患者加强医护力量，安排核酸检测阴性患者尽早出院。很快，武昌医院就腾出了床位，一些新患者得到了收治。

陆军军医大学医疗队在金银潭医院收治了99名新冠肺炎确诊患者。仅一周时间，就有5名患者治愈出院。

“这次战‘疫’，我们抽调了毛青等一批专家领衔救援行动。通过对多学科专家合理编组、集体把脉，实现了重大病情诊疗方案的‘一锤定音’。”陆军军医大学医疗队队长徐迪雄认为，这种专家领衔的办法，体现了多学科联合救治的优势。

为了精准高效治疗患者，陆军军医大学医疗队明确提出，对重症监护室每名病人的救治方案必须实行专家组集体论证把关。

2月3日晚，重症监护室一名患者突然出现严重的呼吸衰竭和腹泻症状，生命垂危。毛青等6名专家10分钟内齐聚病房，共商对策。听完主治医生的诊断报告后，专家组成员提出了10余条关键性的补充意见。经过一个多小时的科学施救，患者终于转危为安。

为了挽救群众的生命，从抵达江城之日起，这些历经抗击非典、援非抗埃等重大行动的军队医护人员，从未停止过探索的步伐：

——陆军军医大学医疗队与有关中医药大学密切协作，军地专家通过联合查房、就诊、把脉，以“中西合璧”方式，探索高效救治方法。

——海军军医大学医疗队注重多维度诊治施策，安排护理人员全程照顾重症患者起居饮食，心理师跟进疏导，消除患者恐慌心理，坚定战胜病魔信心。

——空军军医大学医疗队结合临床经验，采取适量激素和高流量用氧的办法，有效抑制了重症患者肺部病毒，加速病情好转。

（新华社武汉2020年2月9日电　记者贾启龙、黎云）

“四大天团”武汉战记

编者按：

截至2月13日，全国已调集2万多名医护人员，组成180多个医疗队支援武汉、支援湖北。他们，以及湖北、武汉当地抗疫一线的医护人员，是今日这场抗疫阻击战中最可爱的人。

千千万万医护人员，与时间赛跑，跟病魔较量，诠释着何为大医精诚、大爱无疆，何为舍生忘死、恪尽职守。

7日，一则“四大天团”汇武汉的视频刷屏。网友们将北协和、南湘雅、东齐鲁、西华西四个医院前来支援的医护人员称为“四大天团”，这个称呼里，有尊敬，有自豪，有嘱托。他们是驰援抗疫一线2万余名医护人员中的一员，共同为患者，为14亿中国人，守护健康、守护信心、守护希望。

每一支前方奋战的医疗队都是一个“天团”，有百余“天团”奋战武汉、奋战湖北，有无数“天团”后方支援，不信东风唤不回！

◇能用的方法都用上，全力救治危重症患者

◇对急危重症病人一定要每天会诊，每天都对每一个病例进行治疗方案优化一方有难，八方支援。远隔千山，驰援武汉。

在新冠肺炎疫情肆虐之时，全国多省市医疗队多批次紧急出发驰援武汉。中国医疗界赫赫威名的“四大天团”——北协和、南湘雅、东齐鲁、西华西精锐尽出，给笼罩在疫情阴影下的武汉注入抗疫“硬核”力量。

这些最强悍的医生群体，在武汉救治一线施展自己过人的专业能力，展现大国医者的担当和勇气。他们究竟是如何开展工作的？

北协和：能用的方法都用上

北京协和医院医疗队在本次战疫中承担华中科技大学同济医学院附属同济医院（下称武汉同济医院）中法新城院区重症病房的救治任务。首批队员到达后即在最短时间里开辟出两个病房投入战斗。

2 月 4 日，经过紧张忙碌的 48 小时改造，由北京协和医院牵头，联合北京医院、武汉同济医院、江苏省医疗队共同建设的抗击新型冠状病毒重症加强病房（下称联合 ICU）正式启用。这是武汉同济医院中法新城院区救治危重症患者的主战场。

当日下午 5 时，第一位患者转入。该患者极度呼吸困难，氧饱和度仅 50%，生命垂危。此时，病房尚未配齐气管插管必备的三级防护设备，但协和医院 MICU（内科重症监护室）主任杜斌毅然决定冒着职业暴露的风险实施紧急气管插管，使患者生命体征得以维持。在患者呼吸困难得到缓解后，其血压开始下降，协和医疗队队员立即建立中心静脉通路，进行积极循环复苏。在一道道有序且有效的操作之后，患者情况逐渐平稳。

2月7日，根据国家卫健委统一部署，北京协和医院党委书记张抒扬再率142名勇士驰援武汉，与第一批队员会师后，正式整建制全面独立接管联合ICU。

在中法新城院区重症病房，北京协和医院因地制宜建立各项规章制度，包括危重症患者诊治流程、医护人员诊疗常规、安全防护培训制度、安全监督制度等，为前线共同奋战的一线医生提供“协和经验”。

据本刊记者了解，在联合ICU建立之初，采用分时段负责制，即一个小组负责一个时间段的患者管理，但他们很快发现这种病人管理模式不够深入，在细节上把控不足。于是，北京协和医院决定采用协和ICU病房小组的管理模式，实现精准施治，得到了各医院高度认同。

据介绍，根据新的管理模式，病房32位重症病人被分为4个组，每组由固定医生小组负责，组长相当于病房主治医师，能够迅速系统掌握患者信息，制定个性化治疗方案。每组护理团队的人员配置由重症医学骨干护士等混合编队，每个组负责相对固定的8名病人。在这样的小组团队模式下，每位病人都有相对固定的责任医生和责任护士，有利于治疗思维的贯彻和治疗方案的落实，也提高了医护之间的高效配合，提升了治疗效果。

北京协和医院医疗队队员覆盖ICU、内科ICU、呼吸与危重症医学科、心内科、消化内科等多个科室，各医疗组可以更加合理地统筹匹配各个专业，充分发挥国家队综合诊治优势，把能用的方法都用上，全力救治危重症患者。

为进一步加强病房管理，协和医院建立“查房教授、二线医生、一线医生”三级查房制度。查房教授具有SARS诊治、重症管理等方面的丰富经验，可充分保障重症患者治疗方案的及时性、针对性和有效性。

北京协和医院医疗队第一时间集合精锐，因地制宜，因陋就简，没有条件创造条件，积极展开危重患者的救治工作，在最短的时间内拿出有效的“协和方案”，千方百计抢救每一个生命，尽全力降低病死率、提高治愈率，用协和水平保卫人民健康。

南湘雅：“有信心让更多患者尽快出院”

“方舱医院”是确保新冠肺炎确诊患者有效隔离和治疗的重要举措。中南大学湘雅二医院（下称湘雅二医院）全力、全程、全面参与武昌方舱医院的病房建立、制度建设和人员培训等工作。

湘雅二医院派出的医疗队配有先进的野战医院装备，手术车、医技车、药品器械车、能源保障车、生活保障车、重症转运车、门诊车、宿营车、检验车、通讯指挥车应有尽有，具备急救、门诊、外科救治、监护治疗、化验和医疗供应等功能。

4 日下午，这支医疗队正式入驻武昌方舱医院。湘雅二医院副院长、援武汉武昌医疗队领队徐军美立即带领医疗、护理、院感专家查看场馆，确保场馆改建达到传染病防控和诊治要求。

为确保武昌方舱医院正常运转，实现医务人员零感染、住院患者零死亡的“两个零”目标，徐军美会同复旦大学附属华山医院、福建省立医院、中国医科大学第一附属医院、湖北省肿瘤医院、湖北省妇幼保健院等成立联合工作机制，理清预检分诊和病房巡诊流程，建立方舱医院医疗例会制度、疑难病人讨论制度及总值班制度等，以确保六家医院人员责任明确、互相信任、尽快磨合，形成武昌方舱医院医疗质量管理长效机制。

帐篷区的预检分诊是第一关，主要负责把轻症确诊病人应收尽收，同时还要确保重症患者得到有效转诊及疑似患者尽快进行新冠病毒核酸检测。预检分诊组医护人员分批次进行预检分诊工作，对各社区前来等候入院的已确诊轻症患者，进行详细询问，耐心沟通解释并详细记录信息。

为防止病情变化，保证危重患者得到及时治疗、轻症患者治疗有效并及时出院，医护人员分批次进行早查房，克服病人多、巡诊时间长、局部缺氧等困难，每天共需查看近 200 名住院患者，指导舱内医护人员制定治疗方案、保障及时转诊并做好出院患者管理。

湘雅二医院医生文川告诉记者，从 2 月 6 日开始，队员们轮流值班为患者提供诊疗。为帮助患者缓解心理压力，他们还为患者发放带来的书籍和编辑的新冠肺炎防治科普手册。“离开家人来到一个陌生环境隔离治疗，对一些年轻病人来说是一种考验，患者人手一本科普手册，里面的心理辅导内容可以帮助他们进行自我心态调整。我们不想让任何患者感到自己被冷落，要让他们感受到这是一家真正的医院。”文川说。

2 月 11 日下午，武昌方舱医院首批 28 位患者康复出院。“出院之前患者和医生跳起了《小苹果》。我们有信心让越来越多患者尽快出院。”徐军美说。

除湘雅二医院之外，湘雅系另外两支队伍——湘雅医院和湘雅三医院也在疫魔面前各显身手。

湘雅医院受命支援华中科技大学同济医学院附属协和医院（下称武汉协和医院）。2 月 9 日，武汉协和—湘雅—中山联合病房在武汉协和医院正式开放。该病房设床位 50 张，开放当日即收入新冠肺炎重症患者44人。

湘雅三医院入驻武汉同济医院中法新城院区。截至2月11日，湘雅三医院负责的病区共收治48位重症患者，年纪最大的81岁，最小的47岁，临床工作任务十分艰巨。

中华预防医学会医院感染控制分会主任委员、湘雅医院感染科教授吴安华早在1月21日就踏上了北上武汉的列车。吴安华曾参与救治SARS病人、抗击禽流感，对突发公共卫生事件处置有丰富经验，他和专家一起讨论制定医疗机构内预防与控制技术指南，并到当地医院隔离重症监护病房、隔离病房和发热门诊指导感染防控和医生个人防护工作。他说："希望通过我们的工作，为战斗在一线的医务人员建起一道安全的防护墙。"

湘雅医院呼吸内科主任潘频华是国内呼吸与危重症医学阵营中的老将，擅长呼吸危重症、呼吸衰竭的诊断与防治。他说："我们相信，只要重症病人处理得当，是能够降低新冠肺炎死亡率的。"

东齐鲁："相当数量的病人在好转"

山东大学齐鲁医院（下称齐鲁医院）在武汉大学人民医院（东院区）开展救治。

武汉大学人民医院自1月22日起即作为收治新冠肺炎重症患者的定点医院。这里最初一天接收1000名重症病人，医护人员已达极限。

在进驻武汉48小时内，齐鲁医院医疗队即组织编写出一套方言实用手册和方言音频材料，这套写有"蛮扎实—厉害""克受—咳嗽""撅一针—打一针"等的手册有效沟通了医者与患者，大家交口称赞。

与此同时，齐鲁医院还在重症救治方面施展自己的硬核力量。

据齐鲁医院中医科副主任医师乔云介绍，其所在医疗队接管的两个病区共 80 张床位，所收患者均符合重症标准，并有一些告知病危的患者。“我所在的 18 病区目前有 4 个病危患者，影像学上肺部实变都比较严重，氧饱和情况也不理想。”乔云说。

据了解，对病情较重的重点病人，齐鲁医院医疗队各专业主任大咖齐上阵、共商议，对抗病毒药怎样使用、抗生素如何选择、激素何时增减、丙球剂量多少等细化到每一步，并积极查找文献、不断摸索总结。

齐鲁医院医疗队队长、呼吸科副主任李玉说，团队的核心力量是呼吸和危重症专业，护理人员也以这两个专业的人员为主。考虑到新冠肺炎重症患者中不少是老年人，针对各种可能出现的并发症，团队也配备了心脏科、内分泌科、消化科、泌尿科、血液科等多个专业的人才。“我们是整建制派出的多学科组成的医护团队，基本上能达到会诊时不需要再请别的医院医生支持，依靠我们自己团队的力量就能解决。”李玉说。

尽管派出的都是齐鲁医院的精锐力量，但新冠肺炎病例和日常病例仍有不同。记者了解到，齐鲁大学医疗队在治疗病人的时候，每次派一位医生进入病区查房，同时把信息传递出来，外面的医生一边查看化验单、CT 图像等，一边和病区内的医生交流，修改、完善医嘱。

齐鲁医院医疗队管理的两个重症病区共有 60 多名重症病人，队员们的工作量都很大。“工作量几乎比平时翻一番还要多，但医护人员素质很高，我们已经把所有路径理顺了，工作运转十分顺畅。”李玉说。

“我们的治疗已经产生一定成效，相当数量的病人在好转。”李玉说，在病区收治的重症患者，已有不少转为轻症，也有病人将要达到治愈的要求、即将符合回家隔离的标准，“工作会越来越顺手，治疗会越来越顺利。”

西华西：“盯住重症病人全力救治”

四川大学华西医院受命援助武汉大学人民医院（东院区）、武汉市红十字会医院等地。

作为医疗界的“百年老店”，华西医院抓住重症患者这一关键，用一系列严谨、扎实的流程和制度，在武汉前线救援发挥重要作用。

据华西医院应急办公室副主任、第三批援鄂医疗队联络员宴会介绍，为做好重症病人救治，华西医院在接管病区后按照华西的科室模式和管理体系，对当地医院病区进行“同质化管理”，再结合当地医院的实际情况，根据疫情变化、病人变化，在治疗、管理中发挥华西特色。“来武汉以后，我们立即成立华西—武大新冠肺炎重症救治中心，抓住关键的重症患者进行治疗。”宴会说。

华西医院重症医学科主任康焰表示，轻症病人经过治疗一般过段时间即可痊愈，关键还是重症病人的治疗。“到达武汉后，我们发现一些轻症病人没能得到及时分解出来，重症病人的救治设备比较缺乏，因此医护人员感染率上去了，重症病人的治疗效果也欠佳。我们来了以后，立即进行相关流程的梳理，及时把轻症重症病人分开，盯住重症病人全力救治。”康焰说。

据康焰介绍，对重症病人早筛查、早集中、早治疗，尤其是对急危重症病人一定要每天会诊，每天都对每一个病例进行治疗方案优化。

重症医护团队和感染科团队联手对重症病人进行监测和支持，其他多学科专家对治疗方案进行优化，集中大家的力量，才能使重症病人取得较好治疗效果。“我们把在华西治疗重症患者的多年经验和特色运用到武汉来。”康焰说。

针对治疗指南较多的情况，康焰表示，治疗指南可以参考，不能照搬，尤其不能把治疗指南当作治疗重症患者的唯一方针，一定要根据每个患者的具体情况进行有针对性的治疗。

面对呼吸机、制氧仪、高能量治疗仪等重症病人救治设备的暂时性缺乏，华西医疗队直面困难，不断根据现有条件优化方案，“能用啥办法用啥办法。我们已经从病人分级管理、重症病人集中管理、重症病人生命器官监测与支持等全方面梳理，虽然形势比较严峻，但是现在各项工作已经走上正轨。”康焰说。

前方在救治，后方也在收治病人，前后方的救治经验不断汇总盘点。“一人一方案，精准施治”这是以四川省新冠肺炎医疗救治专家组组长、华西医院院长李为民等专家组成员提出的救治原则，这套办法也在武汉前线不断实践。

在全力救治重症患者的同时，华西医院严防医疗队员交叉感染。

“刚来武汉的时候，病人量非常大，确诊病人和疑似病人混在一起，通道也没有分开，医护人员交叉感染的风险非常大。”华西医院医院感染与管理助理研究员朱仕超说。

朱仕超介绍，初来当地医院时，医院院感部门只有一人，流程制度尚未建立，医疗队第一时间对医院感控进行全方位改进优化。他和医疗队感控小组对队员进行感控培训（包括演示穿脱防护用品），制定驻地感控措施，制定医疗队感染应急处置流程，制定上下班防护流程，优化三区（清洁区、潜在污染区和污染区）和各出入通道布局及穿脱防护服流程，现场督导提高穿脱防护用品正确率，指导全院清洁消毒，梳理和制定各项疫情时期的应急制度等。“最直观的体现是，医疗队员都觉得现在这个防护让他们上下班非常安心。”朱仕超说。

医疗队队员从医院回到驻地酒店休息，还需经过十多个程序。“写出来有三页纸那么多。”朱仕超说。

华西医院重症医学科医生基鹏说：“来了以后，大到如何做个人防护，如何把工作区域规划得更完善更安全，在医院咋个穿衣服洗澡洗衣服，回宾馆咋个消毒换口罩擦脚底板，回房间咋个脱衣服洗澡洗衣服，甚至衣服挂在哪里、房间咋个消毒，都有院感老师做流程，层层部署的院感让我感慨良多。”

（2020 年 2 月 15 日新华社客户端　记者董小红、林苗苗、帅才、刘良恒、闫祥岭）

海报设计：乔琦宇

你说，我是你的摆渡人……

我把所有的梦想都画在墙上
等待被现实温暖被照亮

我把全部的倔强都藏进心脏
希望在人群中去融入去释放

我把所有的希望放在他身上
祈祷在寒冷黑夜能给我力量

我把命运的摇晃都当做奖赏
依然在路上

你说我是你的摆渡人
让你找回曾经的温存

从被忽略被遗忘被捉弄的世界
找回一切

你说我是你的摆渡人

让你学会面对爱和恨

在下一个路口

下个渡口

你说让我陪你走

（摘自 2020 年 2 月 8 日新华社微信公众号）

2月4日早上，火神山医院医护人员接诊首批转运病人。

新华社记者　肖艺九　摄

战『疫』，我们同在

疫情面前，广大医务人员以生命赴使命，像战士一样冲锋在前。新华社民族品牌工程第一时间响应，携手入选企业不断向疫情一线进行各种形式的援助与支持，一边助力织牢抗击疫情的信息网、物流网和资金网，一边开足马力助力复工转产保一线所需，充分展现了民族品牌企业的社会责任与担当精神。

截至 2 月 20 日，入选企业累计向各地捐赠 26.2 亿元现金、价值 3.3 亿元的物资，以及保额 50.685 亿元的保险。全力为医护人员筑起坚强后盾，为守护人民健康保驾护航。

新华社民族品牌工程入选医药企业行动在战“疫”第一线

近期，全国上下都在为坚决遏制新型冠状病毒感染的肺炎疫情蔓延势头，坚决打赢疫情防控阻击战贡献力量。扬子江药业、广药集团、天士力、济民可信、片仔癀、尔康制药、广誉远、腾药制药、佛慈制药、东阿阿胶、浙江寿仙谷等新华社民族品牌工程入选医药企业也全力以赴捐赠抗疫药品及医疗防护物资，保障生产供应以确保市场稳定，全力为医护人员筑起坚强后盾，为守护人民健康保驾护航。

加码医药生产 保障药品供应

在这场疫情防控阻击战中，药品短缺是“十万火急”的问题，医疗防护物资不足也增加了一线医务人员被感染的风险，部分定点医院不断发出物资告急的公告，让公众揪心不已。新华社民族品牌工程入选医药企业义不容辞，迅速响应，全力加急生产药品物资，保障供应。

疫情发生之初，扬子江药业集团和广大员工向部分急需物资的医疗机构捐赠了价值 2000 余万元的医疗防护用品和抗病毒药品，支援全国各地抗击疫情。

★ 1 月 22 日，扬子江药业车队连夜运输药品驰援抗疫

为全力保障急需药品供应，扬子江药业集团一方面派出车队连夜向包括湖北在内的各地紧急输送蓝芩口服液等抗病毒药品；一方面紧急动员，车间员工主动请缨，放弃春节休假，坚守操作岗位，多条生产线全速联动，开足马力生产抗病毒药品和国家集采药品。

“急疫情防控之所急”，在扬子江药业集团党委的号召下，下属各单位和广大员工纷纷慷慨解囊，奉献爱心，购买医院急需的口罩、防护服、护目镜、消毒液等防护用品，短短几天时间，将价值 2000 余万元的急需物资、药品和爱心款送到抗疫最前线。

★ 广药集团向武汉同济医院紧急捐赠 300 万元药物

1 月 27 日，广药集团通过广东省红十字会向湖北、广东等省份捐赠价值1200万元的药品、防护用品等急需物资。捐赠的药品及物资包括疫情防控所需的抗病毒药物、

抗菌药物以及官方诊疗方案推荐使用的中成药，如阿莫西林、阿奇霉素、头孢曲松、小柴胡颗粒、板蓝根颗粒、抗病毒口服液、克感利咽口服液、清开灵、安宫牛黄丸等，还有口罩、防护服等防护用品。1月29日，广药集团（澳门）国际发展有限公司向澳门特区政府捐赠广药白云山板蓝根冲剂90箱、广药白云山清开灵口服液35箱、广药白云山抗病毒口服液25箱、广药白云山小柴胡颗粒冲剂药物25箱等价值共30万元药物，支持澳门抗疫。

在疫情爆发之初，天士力控股集团就充分调动全国资源，紧急调集抗病毒防流感相关药品（柴胡滴丸200000盒、穿心莲内酯滴丸3000盒，藿香正气滴丸3000盒），价值约550万元，送往湖北地区，为疫情防控贡献力量。

近期，天士力控股集团又陆续向天津慈善协会、天津市北辰区委区政府、河北省安国市委市政府、甘肃省镇原县红十字会、天津“新冠肺炎”定点收治医院等单位捐赠了藿香正气滴丸、穿心莲内酯滴丸、柴胡滴丸等抗病毒防流感相关药品。

截至2月6日，天士力向全社会捐赠药品等总价值共计1000余万元，以实际行动支援疫情防控工作，并且新的捐助还在不断增加……

★ 1月30日，天士力向天津市北辰区捐赠疫情防控药品

天士力控股集团董事局执行主席闫凯境说，面对来势汹汹的新型冠状病毒感染的肺炎疫情，天士力迅速出击，多次召开会议紧急安排部署，严密筑牢疫情防控防线，确保企业安全稳定，保证国家下达的生产防疫药品任务全面完成。

★ 1 月 28 日，济民可信首批紧急采购的防护用品交付江西省疾控中心

济民可信集团向中国红十字会总会捐款 100 万元，该笔款项已专项用于湖北省武汉市雷神山医院的建设。向江西省卫健委捐献防疫急需的防护用品，首批紧急采购的 8000 只一次性外科口罩已于 1 月 28 日交付江西省卫健委调配给江西省疾控中心、南昌大学第一附属医院、江西省胸科医院使用。此外，济民可信集团还持续向全国各大医院捐赠抗疫药物。连日来，济民可信集团各分支机构积极响应驻地所在医院需求，第一时间落实抗疫药物的捐赠。

截至 2 月 5 日，济民可信集团已向江西、黑龙江、安徽、江苏、湖南、河北、浙江、广东、广西、陕西、河南、四川、北京等 17 个省区市的 103 家医院捐赠了价值超过 200 万元的药物。临床用于呼吸系统抗感染的国家一类新药悉能（硫酸依替米星）、激素类药物氢化泼尼松、清热解毒消炎的银黄颗粒，正在抗疫一线发挥积极作用。

片仔癀药业在疫情发生初期就向福建省漳州市红十字会捐赠了36万支片仔癀牌藿香正气水，并通过自有医药配送渠道，及时供应防控疫情一线。在国家卫生健康委办公厅、国家中医药管理局办公室1月27日发布的《关于印发新型冠状病毒感染的肺炎诊疗方案（试行第四版）的通知》（简称试行第四版新冠肺炎诊疗方案）中，藿香正气胶囊（丸、水、口服液）被列入推荐用药之一。

尔康制药公司向武汉市红十字会捐赠了200多万元的药品，并向公司所在地政府捐赠了11.5吨酒精消毒液，捐赠药品包括具有镇咳作用的复方甘草片和用于预防和治疗继发细菌感染的注射用磺苄西林钠。此外，尔康制药积极落实坚持疫情防控和复工复产“两手抓”的要求，加班加点生产75%酒精消毒液，各厂区随处可见醒目的防疫横幅，食堂每日给员工熬制预防肺炎的中药，并在微信公众号上推送了防控新冠病毒感染手册，全方位加强员工的疫情防控意识。

山西广誉远国药有限公司向中国红十字会、山西省红十字会、晋中市政府、太谷县政府和西安交通大学第一附属医院等累计捐赠价值610万元的双天然安宫牛黄丸和龟龄集抗疫药品。广誉远表示，未来公司将联合医药同行、

★ 广誉远驰援武汉疫情防控药品

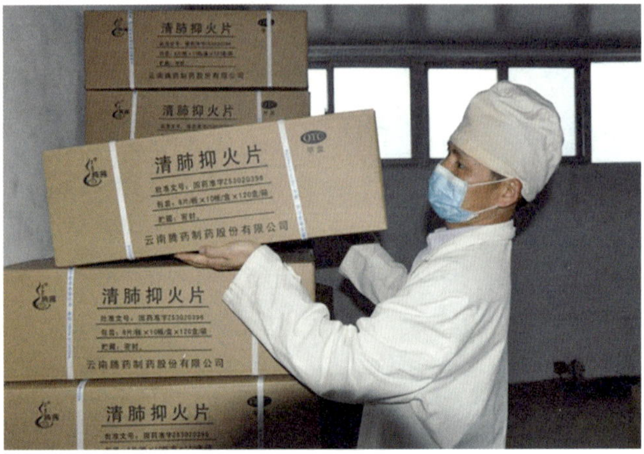

★ 云南腾药制药职工搬运捐赠药品

流通部门、供应商、零售药店等各方力量，调动企业内部一切资源，发挥产业链、供应链优势，全力保障春节期间药品及防控物资的及时供应，为始终坚守在战疫一线的医务工作者提供充足的“弹药”。

云南腾药制药股份有限公司通过腾冲红十字会向抗击疫情一线医护人员和公安干警捐赠了价值 140.24 万元的药品及医用物资，包括感冒苏风片、银翘解毒片、感冒清热颗粒、安宫牛黄丸、藿香正气水、消毒酒精和医用口罩等。

兰州佛慈制药股份有限公司捐赠了安宫牛黄丸、防风通圣丸、藿

★ 兰州佛慈制药向甘肃省医疗机构捐赠抗疫情物资

香正气丸及板蓝根颗粒、银翘解毒丸等价值213万元的药品。安宫牛黄丸、防风通圣丸都是试行第四版新冠肺炎诊疗方案中推荐使用的中成药。

保障抗疫一线医护人员健康

在医护人员缺口巨大的当下，一线医务工作者加班加点与疫情战斗，时常因工作无法及时进食，身体经历着极限挑战，免疫力下降，易受到病毒侵袭。医护人员是抗击疫情不可替代的中流砥柱，民族品牌医药企业纷纷捐赠相关产品，希望为医护人员的健康保驾护航，将温暖与呵护传递至前线。

疫情发生后，东阿阿胶紧急通过湖北省红十字基金会，向华中科技大学同济医学院附属同济医院、华润武钢总医院医护人员定向捐赠两批次复方阿胶浆共计9.5万余支，总价值约100万元，希望帮助武汉一线医护人员提高免疫力。2月3日，东阿阿胶又向聊城市人民医院、

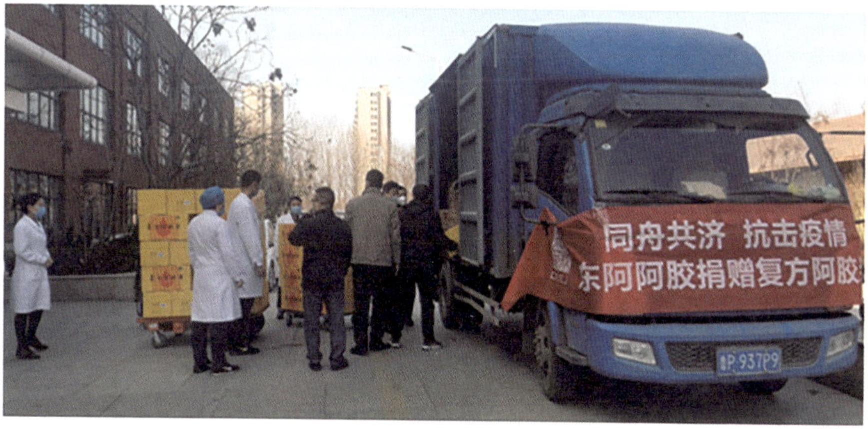

★ 东阿阿胶捐赠复方阿胶浆

★ 寿仙谷捐赠的灵芝孢子粉产品随第二批浙江赴鄂医疗队出征

聊城市肿瘤医院、东阿县医院等捐赠了3万余支复方阿胶浆。东阿阿胶针对全国多地医院的捐赠仍在持续进行中，相关负责人表示，希望捐赠的复方阿胶浆能为超负荷工作的医护人员补充能量，提高免疫力，赢得此次抗疫战争的胜利。

众志成城，接力不止。寿仙谷药业累计向中国红十字基金会等机构捐赠五批寿仙谷灵芝孢子粉，直接派发给浙江抗击新冠肺炎疫情一线医护和相关工作人员，希望帮助医护人员提高免疫力。

稳价格、送药上门 保障后方稳定

在一线抗疫工作紧张进行的同时，后方的稳定对疫情防控也有着重要意义。民族品牌药企坚守制药人初心，做出药品不涨价的承诺，一批企业通过免费送药上门的服务，让患者减少往返医院的次数，为国家疫情防控贡献力量。

疫情发生以来，广药集团提出“两不两保”四项承诺，即不提价，不停工，保证产品质量，保证公益为上。按照相关政府部门安排及部署，全力确保春节及疫情防控期间的抗病毒类药品、抗菌消炎药品、消毒感控产品等国家战略储备药品及医疗器械的生产、储备和供应。

广州医药有限公司从1月19日起全体采购人员取消休假，协调公司所属各成员企业、各零售药店千方百计采购订货，并安排24小时值班制度，开通绿色配送通道，确保紧急配送1小时送出，同时坚持不涨一分钱，确保市场稳定。春节期间，广药集团旗下的健民医药、采芝林等零售药店均照常营业。

片仔癀医药公司和片仔癀医疗器械公司春节期间加班加点抓紧生产。医疗器械公司每日保证完成5万只各种规格口罩的生产任务。

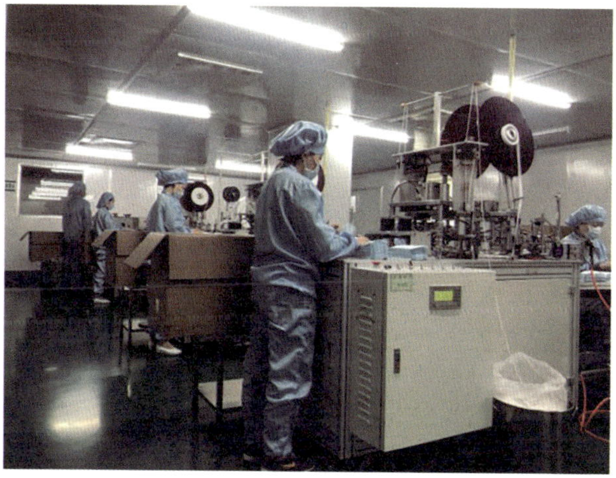

★ 春节期间片仔癀员工加班生产口罩

为了避免患者去医院取药，降低其传染病毒的风险，天士力控股集团将慢病药品配送供应链体系提前6天复工，从1月28日起让广大患者提前享受送药到户服务。

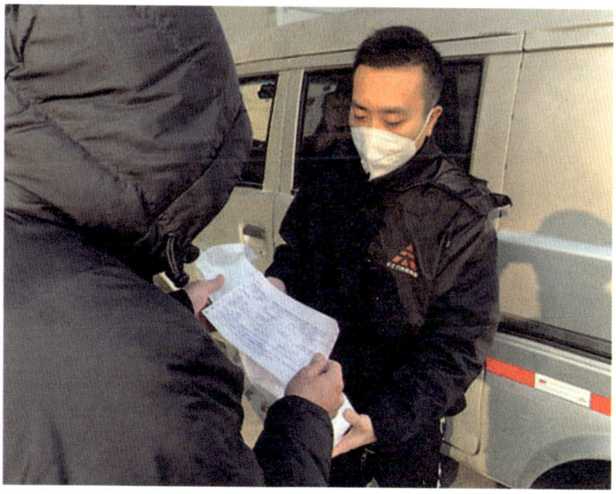

★ 天津市民收到天士力慢病药品配送人员免费送货上门的处方药

“在方便患者的同时，天士力慢病药品配送团队也非常注重保障配送工作人员的健康。团队为配送人员进行了预防感染知识培训，每日监测体温，给所有人配备了防护口罩，消毒液等防护消毒装备，并定期对人员与车辆进行消毒防护。”天士力相关负责人表示。

立春已至，寒极必暖。守护人民群众健康是民族品牌制药人的初心和使命，在疫情防控的关键时刻，新华社民族品牌工程入选医药企业初心不改，使命必达，助力广大医护人员全力战“疫”，共同期盼胜利的到来。

（中国金融信息网 2020 年 2 月 8 日）

新华社民族品牌工程入选酒企捐款捐物支援一线

突如其来的新冠肺炎疫情，给这个春节假期蒙上一层阴云。疫情防控阻击战瞬间打响，按照中央要求，各级党委和政府紧密部署，广大医务工作者坚守一线，一批批“逆行者”志愿者无私奉献，社会各界火速集结人力物力财力驰援武汉。茅台、五粮液、泸州老窖、汾酒、张裕、今世缘等新华社民族品牌工程入选酒企也纷纷慷慨解囊，捐资助战。截至目前，上述酒企支援抗击新冠肺炎疫情的捐款总额已逾2亿元。同时，多家企业还发挥渠道优势，全球采购医疗防疫物资，支援一线。

1月26日，五粮液集团向武汉市慈善总会捐款3000万元支持当地疫情抗击工作，率先揭开了酒企支援湖北的序幕。1月30日，系列酒五粮春向武汉市慈善总会捐款1200万元。1月31日，在疫情防控的关键时刻，五粮液集团向四川省捐款5000万元，用于支持省内抗疫工作。截至目前，五粮液集团累计捐款9200万元。此外，五粮液集团还组织捐赠了一批医用酒精、医用口罩等应急物资支援一线抗疫工作。

1月27日，山西汾酒向湖北省红十字会捐款2000万元，用于支持当地抗击新型冠状病毒感染的肺炎疫情。2月2日，山西汾酒向吕梁市红十字会捐款300万元，支持吕梁市疫情防控工作。此外，汾酒还向

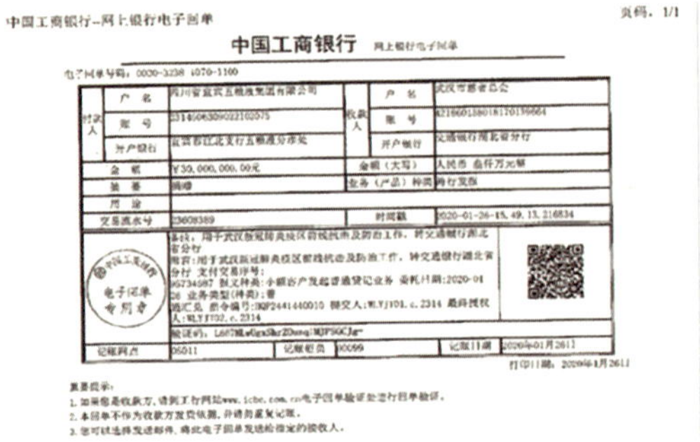
中国工商银行–网上银行电子回单　页码：1/1

中国工商银行　网上银行电子回单

电子回单号码：0000-3238-4070-1100

付款人	户名	四川省宜宾五粮液集团有限公司	收款人	户名	武汉市慈善总会
	账号	2314606309022102075		账号	421860138018170139664
	开户银行			开户银行	
金额		￥30,000,000.00元	金额（大写）		人民币 叁仟万元整
摘要			业务（产品）种类		
用途					
交易流水号		23608389	时间戳		2020-01-26-15.49.13.216834
记账网点		06011	记账柜员	00099	记账日期 2020年01月26日

电子回单专用章

★ 1月26日，五粮液集团向武汉市慈善总会捐款3000万元

★ 山西汾酒相关负责人向吕梁市、汾阳市捐赠款项

汾阳市捐款200万元。截至目前，山西汾酒已累计捐献各类钱款物资2500万元。

1月29日，茅台集团决定捐赠8000万元助力打赢疫情防控阻击战，其中，向湖北省慈善总会捐款5000万元，向贵州省慈善总会捐款3000万元。另外，集团参股子公司华贵人寿于1月27日向驰援武汉的贵州医疗救援队137名队员赠送每人50万元保额的保险，总保额为6850万元。

2月1日，今世缘酒业通过江苏省淮安市慈善总会捐赠1000万元。今世缘酒业党委书记、董事长、总经理周素明表示，为抗击疫情献爱心，是今世缘人结善缘的具体行动，也是民族品牌企业义不容辞的社会责任。今世缘酒业还倡议党员干部、广大员工以及利益相关方继续为抗击疫情予以必要的援助和支持，倡议得到了企业员工积极响应。截至2月4日，共收到3449名干部员工的爱心捐款共计364230元，还有百余名员工通过网络公益平台主动捐款、捐物，为抗击疫情贡献力量。

疫情发生后，部分医疗机构出现可医疗防护装备不足等问题。1月26日，泸州老窖得知部分地区出现疫情防控物资和药品紧缺的情况后，便紧急启动了疫情防控物资、药品全球采购行动，将正在国外参加商务活动的工作组立即转为疫情防控应急物资采购工作组，充分利用公司境外员工及全球经销商资源，为疫情防控筹措各类急需医疗物资，发动全球经销商在北美、欧洲、非洲、澳洲、日韩等地紧急寻找和采购应急物资，驰援国内疫情防控工作。首批医用口罩70000只、防护服1000套、各类药品2000瓶、护目镜13000个、手套13000副已采购到位，并从多个国家发往国内，最先一批物资于1月29日运抵成都。为了减少中间转运环节，泸州老窖发动在境外活动、休假的员工和客户紧急行动，赶乘回国航班并随人托运部分特别急需物资。1月27日，泸州老窖紧急召开临时董事会会议，通过了捐赠2000万元医疗防护装备及现金的议案。

★ 今世缘酒业干部、员工踊跃为支援抗击疫情捐款

张裕公司积极利用旗下布局全球四大洲的六个海外酒庄、辐射全球70多个国家的销售渠道，携手众多海外合作伙伴、经销商一起采购防疫物资。旗下智利、法国等国的多个酒庄以及韩国、日本、马来西亚、泰国等国家的张裕海外经销商，也正在组织力量加紧采购相关物资。

八方支援，万众一心。新华社民族品牌工程入选酒企支援抗疫行动仍在持续，为早日打赢疫情防控阻击战贡献力量。

（中国金融信息网 2020年2月6日）

全力抗击疫情
新华社民族品牌工程入选车企在行动

当前，新型冠状病毒感染的肺炎疫情牵动着全国人民的心。疫情当前，使命在肩，新华社民族品牌工程入选车企快速行动，通过捐赠现金及医疗物资、捐赠车辆、提供出行服务等各种形式，积极履行社会责任，支持和配合地方政府做好疫情防控，作出汽车人应有的贡献。

积极捐资捐物

为助力早日打赢这场没有硝烟的战争，中国第一汽车集团有限公司（以下简称“中国一汽”）、东风汽车集团有限公司（以下简称“东风公司”）等新华社民族品牌工程入选车企在第一时间积极捐赠现金及医疗物资，全力支援武汉抗击疫情。

作为驻鄂央企，1月23日晚，东风公司紧急决定向武汉市慈善总会捐赠人民币1000万元；随后又于1月26日携旗下企业，再向湖北捐赠2600万元。至此，东风公司已累计向湖北捐赠3600万元。

此外，中国一汽携旗下一汽－大众、一汽丰田捐赠1700万元现金，用于支持全国特别是武汉市新型冠状病毒感染的肺炎疫情防控工作；

★ 广汽集团捐赠口罩现场

吉利控股集团携手李书福公益基金会，设立2亿元人民币新冠肺炎疫情防控专项基金，用于支援湖北、广东、浙江、河南等全国新冠肺炎疫情严重地区的疫情防控工作；1月31日，广汽集团宣布，将追加捐赠900万元现金及物资，用于新型冠状病毒感染的肺炎疫情防控工作，连同1月26日宣布捐赠的500万元，广汽集团迄今已累计捐赠1400万元现金及物资；奇瑞控股集团有限公司决定向湖北等疫情较重的地区捐赠总价值1000万元的款物；安徽江淮汽车集团股份有限公司宣布通过武汉市红十字会捐赠现金1000万元驰援武汉市防控新型冠状病毒感染的肺炎疫情。

部分车企还借助国内分公司、海外公司的力量参与到抗击疫情的行动中：中国一汽表示，集团在全国各地的所有分、子公司将坚决服从当地政府疫情防控要求和统一调度，积极参与疫情防控工作；1月27日上午，一批来自东风公司十堰基地多家子公司筹措的医疗防护用品送达国药东风健康产业有限公司；吉利控股集团协同旗下海外子公司，充分利用吉利驻全球各地机构的高效、便利优势，在瑞典、白俄罗斯等国家和地区筹措购买疫情防控急需的口罩、手套、防护服等医疗物资，首批25万只医用口罩从瑞典先行发往国内。

发挥优势提供出行服务

时间就是生命！汽车作为日常交通工具，在抗击疫情的关键时刻发挥着重要作用。因此，新华社民族品牌工程入选车企除了捐赠现金及医疗物资外，还发挥企业自身优势，通过提供无偿出行服务、捐赠车辆等措施，全力投入疫情防控阻击战。

根据武汉市新型冠状病毒感染的肺炎疫情防控指挥部通知，从 1 月 26 日零时起，除经许可的保供运输车、免费交通车、公务用车外，武汉中心城区区域实行机动车禁行管理。为解决市民居家出行不便等问题，武汉市在每个社区配备数台应急保障用车，由社区居委会统一调度使用。

来自吉利旗下新能源汽车共享出行服务平台——曹操出行的一群司机师傅组成“应急防控保障车队”，参与出行保障服务，成为武汉社区交通应急保障新“动脉”。为了更好地组织保障车辆，曹操出行运营中心和客服部门已经成立了专项调度小组，24 小时配合疫情防控用车调度。据了解，为了支持曹操出行提供免费服务，曹操出行的 A 轮投资机构天堂硅谷和硅谷天堂也共同出资了 100 万元，用于相关运行支出。截至 1 月 30 日上午，加入曹操出行“应急防控保障车队”的司机师傅已达数百人，服务人数超过 1000 人次。

★ 曹操出行（武汉）成立“应急防控保障车队”

中国一汽旗下“一汽出行”公司也组织“特

别爱心车队”，按照武汉市需求，统一调度为医护人员及市民提供相应出行服务。除此之外，“一汽出行”公司还将在其业务所覆盖的所有因疫情防控采取交通管制措施的城市组织“特别爱心车队”，供当地政府统一调度使用。

1 月 24 日，武汉市新冠肺炎防控指挥部宣布，从当日中午 12 时起，全市网约出租车停止运营。本着一切服从大局统一安排，东风网约出租车 APP 平台“东风出行”暂停武汉网约车业务后，300 名“东风出行”司机报名应征组建起应急车队，护送医护人员到一线。在湖北十堰，应十堰市疫情防控指挥部要求，“东风出行”先期组织 30 辆应急车队，满足十堰城区交通需求，后续将视需要增加车辆。

★“东风出行”组建起应急车队

除提供出行服务外，一些车企还捐赠车辆用于疫情防控部门统一交通运输调配。例如，东风小康汽车有限公司决定通过重庆市慈善总会向湖北省慈善总会捐赠包括东风风光 580、东风风光 ix7 等车型在内的总价值约 500 万元的车辆；广汽乘用车也将通过广州市慈善会向武汉市慈善总会捐赠价值 100 万元的全新一代传祺 GA6 轿车。

保障救护车等专用车辆投入抗疫

在救护车辆生产、物流运输等领域，新华社民族品牌工程入选车企也在发挥着不可替代的重要作用。

1月24日，华晨集团接到工信部下达生产负压救护车任务的指令，立即组织筹备，确保做好应急响应，全力支持各地防疫工作。

经过专业论证和数字模拟，华晨集团选择以金杯阁瑞斯底盘为基础生产医用负压式救护车，其特点是利用负压技术，使车内气压低于外界气压，确保车内空气能够经充分的无害化处理之后排出，进而最大限度地减少医务人员交叉感染的机率。该车配有呼吸机、除颤仪、心电监护仪等全套抢救设备。紫外线消毒灯、中心供氧接口等专业配置齐全，具备防范疫情、抢救监护等多种功能，可有效快速响应危重病人和传染病等特殊疾病的抢救。据了解，正月十五(2月8日)之前，至少15台专用救护车将整装开赴抗疫前线。

★ 金杯 G16 高顶豪华型救护车

★ 整装待发的奇瑞瑞弗负压救护车

奇瑞控股旗下的瑞弗特种车辆有限公

司，在接到支援疫区的任务后，也于大年初一(1 月 25 日) 紧急布署，开始生产用于病人救护专用的负压救护车辆，确保 20 台负压救护车于近期运抵相关疫情地区。

★ 江淮格尔发重卡整装待发

除了治病救人外，武汉蔬菜稳定供应问题也是社会关注的焦点。1 月 30 日，安徽江淮汽车集团股份有限公司派出 9 辆格尔发重卡、1 辆瑞风 M6 商务车，与其他物流公司的 3 辆重卡组成应急车队，满载 8 个品种、300 吨新鲜蔬菜，由合肥周谷堆大兴农产品国际物流园出发驶向武汉。

江汽物流公司相关负责人表示，将按照集团公司新型冠状病毒感染的肺炎疫情防控工作领导小组的部署要求，尽快把支援物资安全送达武汉，确保武汉人民吃上新鲜安全的蔬菜，用实际行动助力保障武汉蔬菜稳定供应。

在接下来的日子里，新华社民族品牌工程入选车企还将根据社会需要继续予以必要的援助和支持，助力早日打赢这场没有硝烟的战争！

（中国金融信息网 2020 年 2 月 1 日）

国务院联防联控机制：七大举措给战“疫”一线医务人员有力保障

国家卫生健康委员会副主任曾益新14日说，多部委已出台措施改善一线医务人员工作条件，包括加强医务人员职业暴露的防护设施建设和设备配置、合理安排医务人员作息时间、为疫情防控一线医务人员和防疫工作者发放临时性工作补助等。

曾益新是在当天举行的国务院联防联控机制新闻发布会上作出上述表示的。

他说，新冠肺炎疫情发生以来，广大医务人员英勇奋战在抗击疫情的最前线。日前，国务院办公厅转发国家卫健委、人力资源和社会保障部、财政部《关于改善一线医务人员工作条件切实关心医务人员身心健康若干措施》的通知，提出七方面措施，为坚决打赢疫情防控阻击战提供有力保障。

这七方面举措包括：改善医务人员工作和休息条件，维护医务人员身心健康，落实医务人员待遇，提高卫生防疫津贴标准，加强对医务人员的人文关怀，创造更加安全的执业环境，弘扬职业精神做好先进表彰工作。

根据网络直报数据，截至2月11日24时，全国共报告医务人员确诊病例1716例，占到全国确诊病例的3.8%；6位医务人员不幸去世，占全国死亡病例的0.4%。

在当天的发布会上，人社部副部长张义全说，人社部会同有关部门采取了一系列特殊措施，包括向防控任务重、风险程度高的医疗卫生机构核增不纳入基数的一次性绩效工资总量，开辟医务人员工伤认定“绿色通道”，简化程序、临时增补一线医疗机构人员等。

财政部部长助理欧文汉说，截至13日，各级财政用于医疗设备和防护物资购置、支持改善医疗卫生机构设施条件的支出达到259.4亿元。其中，对参加一线疫情防控的医务和防疫工作者，按照风险程度等因素，分别给予每人每天300元、200元补助，该补助资金由中央财政全额负担。

（新华社北京2020年2月14日电　记者董瑞丰、许晟）

三 凡人亦英雄

——来自战“疫”前线的医护心声

脱下白大褂，他们是父母的孩子，忙碌的父母，平淡的夫妻。日复一日，生活总有柴米油盐，酸甜苦辣。医生和护士这个职业，说起来也没什么特别，无非是亲戚朋友遇到头疼脑热会想起的那个人。

直到生死关头，与命运交手，与死神对峙——他们穿上白大褂的身影，让平凡的世界有了“英雄”的模样。

凡人亦英雄

——连线一线医护人员

脱下白大褂，他们是父母的孩子，忙碌的父母，平淡的夫妻。日复一日，生活总有柴米油盐，酸甜苦辣。医生和护士这个职业，说起来也没什么特别，无非是亲戚朋友遇到头疼脑热会想起的那个人。

直到生死关头，与命运交手，与死神对峙——他们穿上白大褂的身影，让平凡的世界有了“英雄”的模样。

这是来自新型冠状病毒感染的肺炎疫情“火线”的连线。凡人亦英雄，只因医者仁心。

“我的儿子却收拾行李，逆向而行”

【人物】史庆辉，51岁，空军军医大学口腔医院放射科医生。1月27日驰援武昌医院工作。

【连线】“每天从早上七点半一直忙到下午两点多，穿三层防护服，出汗都蒸发完了，根本想不起来上厕所，交班后吃饭上厕所一次性解决。”史庆辉说，自己每天要看80多张CT图片，加上换衣服，一天高强度的工作达7个小时。

他说激励自己拼命战斗的是自己母亲张茹英的"朋友圈"："今年是大年初一，大家都分别奔向家庭，奔向幸福，奔向平安，我的儿子却收拾行李，逆向而行，奔向疫区，创造幸福，创造平安。2008年汶川地震时受命去抗震救灾，今年又去疫区战斗，一生中有两次这样的经历也不多见，值得骄傲。天佑中华！祈祷一切平安凯旋！"

"疫情中感染的大多数是老年人，看到他们就会想起我的妈妈，还有什么说的，上吧。"史庆辉说。

"我先生比以前做得更多了，弄得我都不好意思"

【人物】谌利琴，51岁，武汉大学人民医院感染科护士长。2020年1月7日起，在新型冠状病毒感染的肺炎疫情救治一线至今。

【连线】"我已经工作32年了。家人很清楚我的工作性质，因此非常支持。"谌利琴早上七点上班，晚上七点回家。有时遇到转运病人、病人较多，担心夜班护士忙不过来，"我住得较近嘛，夜间也来临时加班，偶尔熬一点夜。"

她最愧疚的是自己的丈夫。结婚这么多年，她顾不上家。丈夫是家里做事的那一个。"先生是大学教师，现在寒假，成了后勤。"谌利琴眼睛里闪着温柔的光，声音很轻："我让他们给我留一点饭就行，他们先吃，他们还是等到很晚一起吃饭。我在家里，几乎干不了什么家务事。特别是我先生，比以前做得更多了，像照顾病人一样照顾我，递茶、递水果，弄得我都不好意思。"

“妈妈，妈妈。我对着月亮许愿了，保佑你早点平安回来”

【人物】段孟岐，35 岁，广东中山大学附属第三医院 PICU 护士长。1 月 24 日除夕夜，随广东医疗队对口支援武汉汉口医院。

【连线】“我已经过懵了，刚熬完两个夜班，平均每人每天能够睡五个小时。”段孟岐说，护理这一块直接接触病人，工作量特别大。总共有 82 个护士，分成 7 个组排班，11—12 人一组。4 个小时排一个班，每天只有一个组轮空休息。

“我先生和我同一个医院，本来他也要和我一起来的。”段孟岐说，“走的时候，大家都很克制，怕煽情，就是简单说了句，‘注意安全，去吧’。”

段孟岐最想 5 岁的儿子。初一那天，小朋友通过微信，给她发了一段留言：“妈妈，妈妈。我对着月亮许愿了，保佑你早点平安回来。”还问了她一句话：“妈妈，你把那些人治好了吗？”这句话，段孟岐累了、困了时，就会拿出来听一听。

“同事们都在一线，我不能成为一名逃兵”

【人物】严丽，45 岁，华中科技大学同济医学院附属同济医院急诊科副主任医师。1 月 20 日放弃休假，坚守岗位至今。

【连线】为了弥补对丈夫和孩子的欠账，3 个月前，严丽就提交休假申请，精心制定了旅行计划表。登机前，严丽接到医院的紧急电话，“两个同事生病，门诊量剧增。”二话没有说，严丽拿着行李从机场返回医院。

“同事们都在一线，我不能成为一名逃兵。”严丽说，一线的工作很辛苦。你可以想象一下，穿着一个不透气的套子，不吃不喝不上厕所，一直说话 10 到 12 个小时。

很少有人知道，和正常人一样拼着干的严丽是一名肿瘤患者，住过 7 次院，动过多次手术。“所有人，都是拿命在拼。没有休假的，也不是我一个人。”严丽说，“号角已经吹响。唯有坚持，唯有坚持！”

“白衣战士这个称号对我来说太高了”

【人物】丁新波，40 岁，武汉大学中南医院重症医学科护士长。2020 年 1 月 1 日，科室组建了隔离病房以来，他奋战至今。

【连线】丁新波是少见的男护士长。2004 年毕业后，他一直在最苦、最累的重症病房工作。说起这段战斗经历，他坦言，这是我从医 15 年来没有遇到过的工作压力和困难。

“穿了防护服、戴上口罩和护目镜，大家认不出来了，就在背后写上名字，有的人写上自己的小名，还有写自己的外号。在这样的条件下，大家都还挺乐观。”他咧开嘴，笑得阳光。

他最感动的是，每次发问卷问手下的护士愿不愿意休息，结果他们都说自己不愿意退下来。还有许多其他科室的同事申请来一线。“救死扶伤，我们回到了医护人员的初心。我觉得白衣战士这个称号对我来说太高了，可能有时候我们比较辛苦，但只要能得到老百姓的认可，我就感到比较欣慰。”

“直接报名，多简单的一件事。”

【人物】王瑞兰，53岁，上海市第一人民医院急诊危重病科主任。1月26日驰援武汉市第三医院。

【连线】每天晚上5点多脱下防护服，能够慢慢地喝上两大杯水，是王瑞兰一天最放松的时间。“因为穿着防护服不好上厕所，我早上尽量不喝水，下午讨论时可以喝上两口水。”对王瑞兰来说，因为太忙，每天不太想吃东西，要吃饭也像打仗。每天下班后，只想慢悠悠地喝口水。

大年初二，王瑞兰来到防控疫情的一线。“医院开大会，要求呼吸科和ICU的医生支援湖北，必须是正高。”王瑞兰说：“科里三个正高，一个高血压，一个摔过，我是科主任，又是搞病毒感染和重症肺炎研究的，理应该我来。我直接报名，多简单的一件事。”

“在国外读书的女儿在召集校友筹集医疗物资，先生也在找他的同事同学帮忙。”更让王瑞兰感动的是，在这场没有硝烟的战争中，没有一个医护人员退缩，很年轻的护士和医生他们也没有任何怨言，主动冲上前去。“我希望能够尽快回归平静的生活，这应该是大家最向往的。”

（新华社武汉2020年2月1日电　记者屈婷、廖君、黎云、黎昌政、梁建强、侯文坤）

“我在一线，请你们放心！”

——记上海市公共卫生临床中心呼吸与危重症医学科主任李锋

2月13日上午9点，记者来到位于上海市金山区的上海市公共卫生临床中心，呼吸与危重症医学科主任李锋正在集中收治新冠肺炎患者的A3病区清洁区域交接班，即将开始新一天的工作，而前一个晚上他才睡了两个小时。

当天凌晨2点，李锋躺下，凌晨4点，他接到电话，一名病人病情危重，李锋起床，与主治医生和护士反复讨论、研究病情；9点，听上一班的医生介绍完情况、交接完毕后，李锋又“隐身”在防护服下进入病房，由于业务熟练，他穿脱防护服格外迅速。这是李锋进入隔离病区的第三周，从1月23日开始，他每天吃住在这里。

在隔离病区，李锋的工作主要有两方面，一是全面负责危重病人的诊疗和管理，二是统筹协调整个病区医生护士、医疗物资、转院病人等事务，“我没有固定的休息时间，病人病情的任何变化都需要及时处置。”

长期从事呼吸、感染等领域工作的李锋，尤其擅长对肺部感染的诊断和治疗，特别是对老年、重症、合并多脏器功能障碍病人的诊治。他所在的隔离病区除了轻症患者外，还承担了所有上海地区的重症和危重症患者，每日都超负荷运转。由于特殊的防护装备，他进出病房会满身大汗、全身湿透，而且一天数次。

李锋领衔的中心“人工心肺”(ECMO) 团队在疫情开始的第一时间就进入隔离病房，至今已成功开展多例。最近两例 ECMO 在同一个晚上连续开展，从晚上 8 点接到指令开始，整个团队通宵工作到次日凌晨 5 点，终于将这两个病人转危为安。

截至 2 月 14 日，上海共有 90 例病例治愈出院。除个别病例外，这些病例基本是从上海市公共卫生临床中心痊愈出院。

1 月 23 日入驻隔离病房那天，恰好是李锋次子两周岁生日，李锋回家匆匆吃了顿饭后就拿起行李出发，生日餐只是走了个流程。然而，刚入驻隔离病区不久，李锋细致地发现一名病人即将过生日，在他的提议下，护士长准备了生日蛋糕。大年初一，医护人员们身穿防护服、端着蛋糕，给病人送上生日祝福。这名病人出院时说：“我知道医生们一定能把我治好，但没想到他们会给我过生日。”

每天李锋会抽空给家人打电话，正牙牙学语的次子说的最多的话是“爸爸回来”。无论是对病人、同事、家人，李锋常说的是：“请你们放心！”

（新华社上海 2020 年 2 月 14 日电　记者仇逸、潘旭）

“天使在人间”：军队支援湖北医疗队队员郭玮和战友的故事

值完夜班回到驻地，按规定用20分钟冲个澡，郭玮累得倒头就睡。一觉醒来打开手机，近千条未读消息，她还以为自己眼花了。

“这么多消息都为了一件事。”郭玮拿出一张照片，里面的她穿着湿透了的深绿色手术服，脸颊部位的皮肤红肿，一道道压痕从颧骨蔓延至鼻梁。

这张照片，拍摄于郭玮脱下口罩的那一刻。经媒体报道后，众多网友留言点赞：“这个医生好美！”“天使在人间！”“这才是最最可爱的人！”

“许多亲朋好友发来微信要我保重，有些人还哭了。”郭玮说，“我打心眼里感谢他们。”

郭玮是解放军支援武汉医疗队的一名队员。每天，她和上千名战友一起，裹上防护服，系紧口罩，戴好面屏，像战士披挂上阵般进入“红区”病房，投入新冠肺炎疫情阻击战。

除夕夜，郭玮接到命令奔赴武汉，她的一对双胞胎女儿，趴在门框上，探出两个小脑袋，盯着一身迷彩的妈妈收拾行装。婆婆不住地

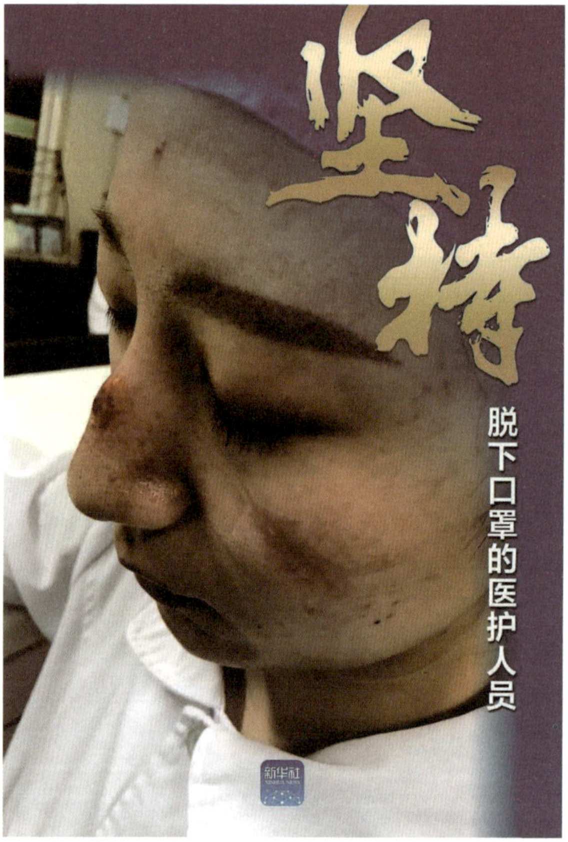

海报设计：潘红宇 殷哲伦

叮嘱：“你照顾好自己，别操心家里。”小姑子也插话：“嫂子放心，家里有我，随叫随到。”

郭玮的丈夫却一言不发，默默帮郭玮把行李拎下楼，开车送她去医院集结。一路上，车里静悄悄的。“从后视镜里，看到他的眼泪一滴一滴地往下掉。”郭玮说，“我假装没看见，结婚这么多年，他没哭过。”

当郭玮乘坐的军机抵达武汉天河机场时，她给曾为军人的父亲发了一条消息。很快，父亲回复：“已猜到，军人以服从命令为天职。”这句话，她听父亲说过许多遍。

郭玮说，她没有后顾之忧，这得感谢自己的家人。

医疗队队员走进驻地时，前台姑娘赶忙上前，帮着拿行李、按电梯，队员们不住地道谢。眼前这名戴着口罩的武汉姑娘却带着哭腔说：“你们来了，我们就放心了。”

隔离病毒并不隔离真心。“在武汉，我们得到了大家太多关爱。”郭玮如数家珍：医疗队 4 班倒，接送他们去医院的司机师傅就一班接一班地奔波；为了让错过饭点的队员也能吃上热乎饭，同时减少交叉感染的可能，在当地企业的捐助下，驻地每层都配备了微波炉……

“红区”病房里，患者也常常让郭玮心头一暖。“我帮一位阿姨换药时，她问我，能不能在她跟前站一会儿。”郭玮回忆道，“其实，她是想让我歇口气儿。”

武汉人民的善良，让医疗队队员的斗志越烧越旺，也让郭玮觉得身边处处是榜样——

护士长冯晶除高强度病房值班外，每天还负责医疗队的管理，忙得没时间与家人联络。“她的孩子刚上幼儿园，正是天天喊妈妈的时候，你说她怎么割舍得下？”同为人母，郭玮深知冯晶的不易。

医生郭永博去年就已退伍转业，但这一次，依旧主动请缨支援前线。郭玮明白他的选择：“若有战，召必回。这正是退役不褪色。”

护士吴妙玲负责给患者配药。“隔着厚厚的护目镜，要确保药量分毫不差，就必须瞪大眼睛反复查验。”郭玮佩服吴妙玲的耐心细致。

说着说着，郭玮哽咽了：“谢谢战友们，给我这么多正能量。我们每个人都在用自己的方式，为打赢这场疫情阻击战贡献力量。”

（新华社武汉2020年2月15日电　记者黎云、贾启龙）

“别怕，有我们在”

——翻开安徽7名援鄂医疗队队员的“战‘疫’日记”

新型冠状病毒感染的肺炎疫情发生以来，有一群人暂别父母妻儿，逆行而上奔赴抗疫前线，留下最美身影。近日记者收集到一批安徽省援鄂医疗队队员的“战‘疫’日记”，记录下他们在武汉金银潭医院、协和东西湖医院援助时的所行所思。那儿被称为疫情的“风暴眼”，愿他们平安归来、春暖花开。

1月28日 武汉

我叫任君清，来自宣城市人民医院。

到武汉后，下午开始培训，为即将到来的大战积蓄力量！

收到老父亲发来的微信：“六子，你妈担心你早上有饭吗？我说的话你不用回答我，你很忙，一定要注意身体，加油！”看完信息我眼眶湿润了，父亲平常并没有对我说过什么关心话，他并不善于表达自己的情感，每次关心我总说是我妈的意思，这次仍是如此！

1月28日 武汉

我叫费君，来自安医大二附院。

因为分组，我和其他同事分开了，防护物资都在他们那里。同事联系了她在武汉当地的朋友，这位热心朋友二话没说，开车就来接我去搬物资，在车上我说："非常抱歉麻烦你跑一趟"，他却说："要感谢你们来驰援武汉"，还说："你别嫌弃我的车，现在有人怕被传染连车也不敢坐。你们支援，说明国家没有放弃武汉。"

为武汉人民的坚强点赞，我们与你们同在，共同过难关。

1 月 29 日 武汉

我叫王佳佳，来自中国科大附一院（安徽省立医院）。

在进病房前，心中还是有些许害怕。不过，当看到病人那无助的眼神，瞬间就消除了顾虑。我们是白衣战士，我们怎能会怕！

今天，13 床的大妈努力向我们点了点头。我们告诉她："别怕，有我们在！"

1 月 30 日 武汉

我叫庞金霞，来自安医大附属阜阳医院。

脸上过敏，眼睛肿得睁不开。

进入病区后，为患者送饭、送水、测血压、测血氧饱和度，所有患者测完，防护面罩上已经全是水滴，紧接着给患者进行输液。每位患者都会很亲切地对我们说："谢谢"，感动。

我相信，在大家的共同努力下，我们一定能胜利。

1 月 30 日 武汉

我叫张振伟，来自中国科大附一院（安徽省立医院）。

今天武汉是晴天，大家的心情也变得很好。

一位老太太持续在氧疗，氧饱和度不太好，似乎有点紧张，我缓缓将床头抬高一点，希望能让她的呼吸好一些。帮助她喝水，雾化，进食，静脉治疗，血糖检测……每一项操作后，老人家都特别感激地把手放在额头前向我表示感谢，而我也会用通俗的肢体动作为她加油，为她鼓气！虽然语言不通，但我能感受到病魔带给她的痛苦和她求生的那种迫切！

作为一名医务人员，能看到他们一天天都好转、康复，是我不枉此行的信念！

2 月 1 日 武汉

我叫沈杭，来自安医大四附院。

这种天天快节奏、高强度的工作对我们是一种挑战，每回脱下防护器具，泡白的脸，一层又一层久久散不去的勒痕，被汗水浸透的贴身衣服……不敢喝水，每次“卸下层层铠甲”第一时间就是百米冲刺的速率跑进厕所。

有人问我，为什么都在防护服上写名字？我想说，这真不是作秀。我们来自五湖四海，穿上防护服后，基本无法识别。写名字是为方便辨别，也方便患者需要帮助时喊我们。

2 月 1 日 武汉

我叫霍佳佳，来自安医大一附院。

今天是责护班。有一位年龄较大的病人，一直闭着眼睛不理我，我心想：是不是听不懂我的口音呢？于是我请武汉协和的一位老师帮我用武汉话跟她说："老人家，今天小霍负责护理您。"这时老人家才看了我一眼说："没有用哦，没法治哦。"我顿时眼泪流了下来，原来她不是听不懂，只是太悲观。

我握着老人家的手说：我们是从外地专程为你们来的，我们都没有放弃你们，请你不要先放弃！老人家这才看着我笑了笑。看到她的笑容，我感到欣慰一些。

今天很疲劳，衣服能拧出水，新的白大褂粘身上都脱不下来，一身都馊了，但是一切都是值得的。

（新华社合肥2020年2月2日电　记者张紫赟、戴威）

新华社记者秦迎 李尕 帅才 编制

派我去，我能行

——倾听“90后”支援湖北医疗队员的声音

“以前你们保护我们‘90后’长大，现在该‘90后’保护你们了！”疫情当前，一批涌向湖北一线的“90后”医疗队员，用实际行动喊出“请战”最强音，书写年轻人的责无旁贷与奋发担当。

2月5日清晨，华中科技大学同济医院中法新城院区，郭亚辉完成了抵达武汉后的首次护理任务。“4个多小时，我和队友完成对40多位新冠肺炎病人的接收和护理，可以说整个人在严密防护下都处在缺氧状态，双手在五层防护手套中‘浸泡’出了褶皱，但是我们依然要拼尽全力去帮助他们。”初次上岗的他显得信心十足。

1991年出生的郭亚辉来自山西白求恩医院重症医学科，是山西第二批支援湖北医疗队的一名成员，也是医疗队中为数不多的“90后”。

郭亚辉说，春节前院方发出支援湖北的倡议。“请派我去。”他报上了自己的名字。

2月2日这一天，郭亚辉如愿加入支援湖北医疗队。

抵达武汉的第二天一早，郭亚辉写好了入党申请书，交给医疗队的联络员，全身心投入到抗疫工作中。

在郭亚辉一行来到武汉前一周，山西首批支援湖北医疗队就先行抵达湖北，分赴各地。

“90后”的闫玉佩是山西省人民医院神经外科的一名护师，也是一位3岁孩子的妈妈。在来到湖北潜江市妇幼保健院的十余天，她常常用日记的方式记录自己的心路历程。

闫玉佩在2月3日写道：“今天是进入隔离病房的第四天。在进入病房给一位病人输液时，病人亲切地问道：你是不是山西来的小姑娘？我说：是啊，是和您一起抗击病毒的，不要怕，很快会康复的。在出病房前他又说道：你尽量少进病房，距离我远一些，保护好自己。”

朴实的话语不禁让闫玉佩泪目。她说，有时候觉得自己是那么的渺小，是那么的无助，似乎对疾病无能为力。“但因为全国医护人员共同的战斗，因为医学界同仁对抗击病毒的努力，社会各界无私的鼎力相助和全国人民的支持，让我更多时候感觉到自己是那么的强大。”

同样在潜江市驰援的“90后”小伙吕国峰是山西医科大学第一医院重症医学科护师，他的主要职责是帮助疑似病例进行基础护理和健康宣教等。

“国家重托，义不容辞，我们到了应该承担责任的时代。”吕国峰说，自己也会把一线工作的心得分享给周围的人，安慰大家没必要过度恐慌，做好自身防护，不要出去乱跑，勤洗手、消毒，齐心协力渡过难关。

每当夜半时分回到潜江的住处，吕国峰会望着外面的点点灯光，一片寂静，打开窗户，扑鼻而来的是泥土的芬芳。

（新华社太原2020年2月8日电　记者王皓）

战“疫”前线的医生心声：前线保住了，后方才安全

口罩、帽子、防护面罩、鞋套等全副武装，戴上双层手套……穿戴完毕，在武汉金银潭医院参与救治的东南大学附属中大医院重症医学科副主任医师潘纯，开始了新一天的工作。

潘纯和援助湖北医疗队的医生们，负责金银潭医院五楼病区重症患者的救治指导等工作。病区有 5 位病人，每天都需要医护人员帮助翻身。算起来，一天要翻很多次。穿着包裹严密的防护服给患者翻身，医护人员的工作量要比往常大很多。“每次给病人翻身都需要 5 个医生一起，遇到体重较重的病人，就更费劲了。”潘纯说。

在隔离病房里，常常一待就是三四个小时，每次出来时，汗水都湿透衣背。潘纯说：“还好现在是冬天，如果夏天穿着防护服待这么长时间，人肯定会更难受。”

潘纯 1 月 24 日接到要做好驰援武汉准备的消息，他没有半点犹豫。家里人虽然有些担心，但还是给予了支持。“去吧，穿上这身白大褂，这就是你的职责。我们等你平安归来。”父亲对他说。

26 日 13 时 38 分，潘纯乘坐高铁奔赴抗“疫”第一线。到达武汉

第二天，在经过必要的培训后，立即进入工作状态。

在隔离病房查看病人情况、写医嘱，与同事讨论疑难、复杂患者的救治方案……忙碌了一天，晚上从病区回到住的地方后，工作仍在继续。潘纯还需要通过工作群了解每位患者情况、指导救治。遇到紧急情况，要随时“冲”回患者病床前进行救治。潘纯所在的病区有 13 位医生、19 名护士，和他一样，每个人每天都是“超长待机”工作。

面对的全都是重症患者，经常与感染源“零距离接触”，有没有觉得怕的时候？他说：“没有，从来没有。重症医生是挽救患者生命的最后一道关口，就是要到最危险的地方去。从接到任务的那一刻起，就做好了准备，竭尽全力救治每一位病人。只有战‘疫’前线保住了，后方才安全。”

回到住处，有空时，潘纯也会给家人报个平安，但他很少说起前方可能遇到的各种风险。来自 7 岁的儿子的鼓励，总让他觉得动力满满——“爸爸，加油！早点回来！”

（新华社武汉 2020 年 1 月 31 日电　记者邱冰清、梁建强）

ICU 里的驰援笔记

“我焦急如焚，那里一定很需要重症监护室医生”“每个医生都在努力为病人争取更好的救治条件”……

浙江大学医学院附属第一医院（以下简称“浙大一院”）综合监护室主任医师郑霞，在武汉金银潭医院 ICU 已连续奋战 20 多天。她的笔记里，武汉天气从下雨、阴天到转晴，她用动听的声音告诉我们，这座英雄的城市正在“复苏”。

“2020.1.23 杭州 雨。看着（武汉）不断上升的确诊和重症患者人数，我焦急如焚，那里一定很需要重症监护室医生。”

主动申请支援武汉不到半天，郑霞就接到了上级的“号令”收拾行李出发。“因为武汉交通管控，我从杭州东站出发先到临近武汉的某城市，晚上 8 点多，直接到金银潭医院，我的武汉抗疫之战打响了。”

“2020.1.25 武汉 雨。因为前期医护人员相对不足，治疗过程中大家觉得很疲劳”“2020.1.27 武汉 阴。金银潭医院 7 楼的 ICU 病房中主要是危重症患者，他们年纪普遍偏大，即便是普通肺炎，也很容易导致病情凶险”“大家对于自己管理的患者有深深的责任感，每个医生都在努力为病人争取更好的救治条件。”

ICU 隔离病房，密闭而安静。郑霞说，病人清醒时，总会握住医务人员的手。不能清晰表达，双手合十的拜谢代表了一切。

“2020.2.4 武汉 晴。今天是父亲的生日，我一忙好立刻视频连线祝贺老人家生日快乐”“老人家说着说着，突然哽咽了，我知道，他是在担心我。”

“爸爸，别担心，其实我来到这里的每一天，都感受着各方面的温暖和照顾。领导同事纷纷打电话来询问，告诉我医院是我的坚强后盾”“各地医护人员不断前来支援，大家配合越来越顺，越来越默契，能做的事情越来越多。”

“2020.2.7 武汉 晴。我管的病人中有一位天门的医生，因为救治病人不幸染病。每次我穿着笨重的防护服走进去，只要一开口，他都能立刻知道那个人是我。”

“2020.2.8 武汉 晴。今天是元宵节，那位天门医院的医生，今天下午已经转到普通病房继续康复治疗了，我和广州呼研所的桑岭教授开心地握手庆祝。”

（新华社杭州 2020 年 2 月 14 日电　记者俞菀）

“我给病人当美发师”

——记河南首批支援医疗队护士丁晗

“阿姨，我来帮你剪吧！”护士丁晗找来剪刀，用酒精擦了擦，咔嚓嚓，咔嚓嚓……为16床病人甘阿姨剪起了头发。

这是2月12日武汉市第四医院重症隔离病房里发生的一幕。丁晗身穿隔离服，戴着口罩、护目镜，“笨手笨脚”地剪了起来。

这是她第一次给别人剪头发，丁晗觉得剪得不好，甘阿姨却竖起大拇指：“不错不错，麻烦了，实在不好意思！”丁晗边修剪头发边说：“这是我该做的，不要客气。”

丁晗是河南省首批支援湖北医疗队的一名护士，来自河南大学淮河医院。1月26日晚，她随医疗队赶到武汉，经过简单培训，27日下午奔赴武汉市第四医院。

甘阿姨入院10多天了，是名重症新冠肺炎患者。经过治疗，这几天病情明显好转，可CT显示肺部病灶吸收不好。她非常焦虑，情绪不稳定，也睡不好觉。

细心的丁晗发现了甘阿姨的情绪波动。“患者不仅需要药物治疗，更需要精神减压。”她主动加了甘阿姨的微信。

平时，只要有空，无论是否上班，丁晗都会通过微信与甘阿姨聊天，安慰她。

“放轻松点，多休息、多吃饭，肺部吸收有个过程，不要太着急了！”

“无聊时看看手机，少看让人不安的视频，转移注意力。”

“玩玩小游戏，转移注意力！”

入院后，甘阿姨一直没洗头，12 日早晨，精神不错的她主动提出想洗洗头。丁晗很高兴，小心翼翼打来开水，让她洗头。洗完头，阿姨发现，“不知不觉，头发这么长了，能不能剪个头？”

丁晗痛快地答应了。她说：“病人自己做不了，迫不得已，才很为难地开这个口。头发长了洗一洗、修剪下，心情好点，也有利于康复。”

护士们的工作强度很大，虽然四小时一换班，但上班前一两个小时就要控制饮食饮水，开始做准备。交接班、消毒清洁、穿脱隔离服，戴口罩、护目镜，一个班下来也要七八个小时。

“穿上全套防护装备就像待在闷罐子里，胸闷气短，走路都能听到自己的呼吸心跳，一会儿就汗湿了。”丁晗说。

给病人打针时，护目镜里有哈气，视野不清楚。戴上双层手套，更只能靠触感凭经验，争取“一针见血，一次成功”。

首批支援湖北的河南医疗队，由河南省 5 家三甲医院的 137 名队员组成。重症隔离室干的是苦活累活，河南医疗队不仅选派精干的医生，还特意选派了 31 名男护士。丁晗等姐妹们和这些男护士一共 93 人，为医疗队管理的两个病区做护理服务。截至目前，两个病区共收治患者 113 人，其中治愈出院 28 人、病情减轻转入“方舱医院”3 人。

今年 32 岁的丁晗小孩才 3 岁多。半个多月没见，她很想念孩子。丈夫怕影响她工作，从来不主动打电话。等她闲下来给家里打。每次跟孩子视频时，孩子总问：“妈妈你在哪儿，什么时候回来？”丁晗时常掉泪："妈妈打怪兽去了，很快会回来。"

"疫情防控形势还很严峻。但救死扶伤是我们的职责，我们不能退缩，一定要把工作做好。"丁晗说。

丁晗所在的武汉市第四医院一病区收治35名病人，已出院9人，明显好转9人。

（新华社武汉2020年2月15日电　记者黎昌政、梁建强、廖君）

新华社记者 秦迎 王全超 编制

三位天津援鄂"白衣战士"的"战疫"日记

当新型冠状病毒感染的肺炎疫情在武汉蔓延并波及全国时，来自各地的医护工作者逆行出征，驰援武汉，与病毒交锋。这群人中，有来自天津的270余名医生和护士。

翻开他们从"战役"前线传回的日记，记者感受到了"白衣战士"们无畏生死、全力以赴的决心和众志成城、战胜疫情的信心。

1月28日　武汉

我叫穆群，是天津市中西医结合医院重症医学科护士，作为天津援鄂医疗队队员赴武汉支援。

我常年负责重症护理工作，积累了不少经验，也经历过2003年的非典，又是共产党员，国家有难，我必须冲上去。

我的爱人起初也担心我，也埋怨过：为什么非得是你，没有别人吗？不是没有别人，而是我没有向组织说过我的困难，因为谁都有各自的困难。

昨天是领队的生日，简单一碗面条就当过了生日。同事们也都把头发理得很短，为了安全，也为争取更多时间救人；当地政府工作人员和酒店工作人员怕我们不适应南方的湿冷气候，给我们准备了棉被和热水袋，诸多点点滴滴的小事让我们每个人为之动容。

我们对患者提出的问题耐心解释，努力消除他们的焦虑心情，让患者树立信心配合治疗。我们进病房前，按程序是要穿上防护服、隔离衣、帽子、口罩、护目镜、鞋套和两层外科手套，这种专业的防护服是一次性的，为了给前方节省资源，大家都尽量不喝水，不上厕所。

虽然条件艰苦，但我心里十分欣慰，我正在做神圣而有意义的工作，内心非常自豪。从来到武汉的这一刻，我有信心打赢这场硬仗。

1 月 30 日　武汉

我叫尹楠，是南开大学附属医院手术室护士，也是天津市首批援鄂医疗队队员之一。我和其他 135 名医疗队员分成 6 班，在武汉市武钢二医院救治新型冠状病毒感染的肺炎患者。

28 日，我进入“红区”病房正式开始工作。在穿上防护服的那一刻，之前的紧张、不安都消失了，心里想的只有如何配合医生护理好患者，如何更好地为患者解除病痛，调整患者心态，坚定他们战胜病魔的信心。

穿戴上厚重严密的防护服、防护鞋、口罩、护目镜后，以前轻快的脚步变得沉重，但看见患者为我们竖起的大拇指，辛苦就一扫而空了。

来武汉之前，我最放心不下的就是家里的老人和孩子，但是我的爱人芮鹏说：“我援非一年，你支持我，将老人和孩子照顾好，现在你支援武汉，我一定照顾好家里，你不要有后顾之忧！”结束一天的工作，回到驻地看到微信中爱人和孩子发来的视频，我笑了，也放心了。

1 月 31 日　武汉

我是天津市肿瘤医院重症监护科张涛，一名“80 后”男护士，天津首批援鄂医疗队的一员。

现在是1月31日凌晨3点10分，我在武汉市武钢二医院的“红区”病房，正穿着严密的防护服，巡视责任病区内的10名新型冠状病毒感染的肺炎患者。

刚才发现35床患者氧气压力接近低限，我立即更换氧气罐，确保氧气供应充足，缓解患者憋气不适症状。虽然我动作很轻，但这位原本在睡梦中的患者还是醒了，看着我一边穿着笨拙的防护服，一边轻手轻脚地更换氧气罐，嘴里轻声说：“谢谢，我感觉好些啦！”这一刻，我心里温暖。

26日深夜，我们进驻武汉市青山区；27日开始为救治新型冠状病毒感染的肺炎患者奔忙；28日病人数量激增，同日第二批天津医疗队抵达武汉；30日，病区三层全面接管收治患者……我们始终齐心协力，规范诊疗方案，严守防控纪律，誓与病毒“赛跑”。

从落地那一刻起，我们的人与武汉同在，我们的心与武汉人民相通。愿每一位患者都能与我们一同坚定信念，抗击病魔！

为了阻挡疫情蔓延，无数白衣天使在抗击疫情的第一线勇敢战斗。疫情阴霾终会被无数的“逆行者”驱散，我们目送你们出征，守望你们凯旋。

（新华社天津2020年2月6日电　记者张宇琪）

一篇篇战“疫”日记里的大爱与担当

“有些担心，但不会退缩”“穿上防护服的我，仿佛变成了‘超人’”“希望明天会更好”……连日来，来自抗疫一线医务工作者用一篇篇日记记录下他们在医院救援时的所行所思，字里行间流露的大爱与担当，成为这个寒冬里的一股股暖流，给予我们战胜艰难险阻的力量！

1 月 23 日 襄阳 “做工作的时候，要记得你是名共产党员！”

我叫杨梦婷，26 岁，是湖北襄阳市第一人民医院隔离病区护士。

在隔离区工作第一天，对什么都充满了好奇，并没有意识到情况严峻。

病区是全隔离状态，没有家属陪护，里面每一位患者均为病重患者，需要 24 小时严密观察隔离。

其中一名 32 岁的患者，在我还没和他讲具体事项时，他问我：“我可以一个人转院，不要家属来吗？家里有孩子，有人来医院不好。”

还有一名 72 岁的老人，虽然生活可以自理，但仍然有些步履蹒跚。我刚刚进到病房，他就告诉我：“我一个人可以，不需要家属，所有东西都收拾好了。”

此时的我内心五味杂陈，不论是患者还是我们医护人员，做的所有选择，第一考虑的都是我们的家人。

一天工作结束，交完班，坐在值班室看家里微信群里一大堆担心我工作危险的讨论。突然想起外婆对我说的一句话：“做工作的时候，要记得你是名共产党员！”

1 月 24 日 长沙 “穿上防护服的我，仿佛变成了‘超人’”

我叫王轶娜，是中南大学湘雅二医院老年医学科医生。

经过部署与培训，大年三十早晨，我赶到感染科发热门诊。

因为害怕出错，我不敢贸然从柜子里拿出防护服。因为防护服需求突出，护士长反复提醒不能浪费任何一套。

一步一步、一件一件按流程穿上，可只能看到两只眼睛，完全看不出表情。

忘记了穿着防护服的不舒适、长时间戴着 N95 口罩的憋气，忘记了几个小时没有上厕所、没有喝水。穿上这身防护服，我就变成了“超人”。

1 月 25 日 武汉 “岳父，您一定能理解我的选择吧！”

我叫王广，是吉林大学第一医院援鄂医疗队领队、重症监护室医生。

大年初一，医院选派人员参加援鄂医疗队的消息传来，我陷入了深深的纠结中：是救死扶伤，还是“孝”字当先？我把自己的“为难”说给病床上的岳父听。当说到“作为医生，尤其是重症医学医生，前方很需要我”时，意识不太清醒的岳父眼睛眨动了几下。我觉得岳父是在鼓励我舍小家为大家。

我刚刚抵达武汉5小时，岳父便离开了人世。得到消息的那一刻，我的歉意像潮水一样涌上心头。

虽有遗憾，但不后悔。疫情面前，我们是战士；守护生命，抗击疫情，是我们不可推卸的责任和使命。我想，天堂中的岳父会理解和支持我的选择。

1月27日 武汉 “为了节约防护服同事穿上了纸尿裤”

我叫李婉贞，是中南大学湘雅二医院血液净化中心护士。

1月27日下午，我和同事进驻武汉金银潭医院重症监护室支援，主要工作是为病人提供连续性肾脏替代治疗。

为了节约防护服，我们在穿上防护服之前都要上厕所，并且少喝水，有的同事干脆穿上了成人纸尿裤再穿防护服，这样可以减少浪费。防护服一旦脱下来就不能再用了，少上一次厕所，就能节约一套，所有这一切只有一个目的：减少短缺的防护资源损耗。

1月31日 武汉 “希望明天会更好”

我叫马跃明，是国家援鄂抗疫医疗队队员、北京大学人民医院呼吸科护师。

入鄂第六天，今天中午隔着窗户看到了阳光，感觉暖暖的。

闺女打开微信，问我为什么总不给她回微信。

闺女说：“妈妈您什么时候回来啊，我上学前，您能回来吗？”

我说：“真的不知道啊！”

闺女说：“您回来给我发个小礼物吧！”

我说：“当然可以啊！”

我知道她不是真的想要个礼物，她想让妈妈说到做到，能尽快回去陪她！

今天晚上夜班，我要好好休息，精神饱满地进病房！

希望疫情快点过去，希望武汉慢慢好起来，希望我们每个人健康平安，希望我能早一天回去，陪陪两个小捣蛋鬼……希望明天会更好……

（新华社北京2020年2月4日电　记者侯文坤、刘芳洲、帅才、赵丹丹、孔祥鑫、林苗苗）

新华社记者秦迎 编制

不过是“心头肉”穿上一身白大褂

——多位父母眼中的白衣战士

“待春暖花开，疫情退去，全家人等你回来……”河北省南和县人民医院重症呼吸科护士李晓耿驰援湖北武汉时，父亲李立平给了他一个大大的拥抱后这样说。

新冠肺炎疫情发生以来，很多年轻的医务工作者成了无数患者将生死相托的白衣战士。然而，在父母的眼里，他们不过是小不点、“心头肉”穿上一身白大褂。当疫情袭来，因为医者仁心，他们义无反顾。

农历大年初二，河北省邯郸市峰峰矿区教师张国强两口子忙碌了一桌午饭，直到12：20，女儿张昀才匆匆回家，一进门就告诉父母一个消息：刚才接到医院通知，马上集合，去武汉支援抗疫。

饭没吃，张国强把女儿送走了。

从收拾东西，到看着女儿和丈夫出门，母亲李廷花没能说出一句话。待丈夫回到家中，回过神的妻子才不停地追问：“你说，年轻护士也会在一线吗？新闻说有一名医护人员被感染了，你说咱昀昀会有危险不？”

张国强回答不了这些问题，他假装平静：“放心吧，全国各地派出那么多的医护人员，最高水平的医生都在那，不会有事儿。”

河北省邯郸市中心医院东区重症医学科一病区护师张子明，在接到单位“去不去武汉”的问询时，秒回了“好，我去！”

张子明的父亲张伯东在邯郸市中心医院办公室负责车辆调配。接到上级让派车送8名医疗队员赴武汉一线时，他还不知道其中有自己的儿子。他告诉记者：“那天，远远地送儿子出征那一刻，我悄悄扭过脸，不想让孩子看到我流泪。当听到同事们对儿子的赞扬，心里既心疼又高兴，只好给同事说，小子长大了，没给男人丢脸、没给咱医院丢脸就好。”

虽然是自己的“心头肉”，但是当自己的孩子选择了挺身而出，父母们既欣慰又自豪。

河北省邱县中医院儿科主任宋毅的父亲宋顺法是一名普普通通的农民，在他眼中，女儿白色的大褂就如同她的军装，穿上这身军装，就成为了一名白衣战士。

“我的手术不用你过多担心，到最需要你的地方去。你在隔离区一定要坚守岗位，注意安全。”电话里，计划近日做眼球摘除手术的宋顺法一再嘱咐女儿，不要为了自己的病情分散精力。

同样在邯郸市传染病医院抗疫一线的齐桂华，即便事先曾说“孩子去武汉会被心疼死”，在得知儿子上战场的消息后并没有难舍难分。张子明在抗疫笔记中写道：“当时母亲一如既往地冷静，并告诉我既然决定了那就去吧。妈妈支持你！”

如今，母子二人相隔千里，有限的通话时间全部是业务的叮嘱。视频中看到儿子值半天班下来满脸防护装备的压痕，齐桂华经常会禁不住泪流满面，但是在心里，她也暗暗为儿子叫好。

采访后记：这世上，哪里有什么白衣战士，不过是一群孩子换了一身衣服，学着前辈的样子，治病救人，和死神抢人；这世上，哪里有什么英雄，只不过是些平凡人，扛起了“责任”二字；这世上，哪里有什么岁月静好，不过是有人替你负重前行。

（新华社石家庄2020年2月10日电　记者范世辉、秦婧）

明天会更好

——武汉方舱医院救援队员的元宵祝福

元宵夜，正在武汉方舱医院救治患者的戢新平医生和同事们录制了一首《明天会更好》，向家里报平安。

整首歌都没怎么在调上，但戢新平的妻子听着听着就哭了，“看到你平安，我就放心了。”

戢新平是中国医科大学附属盛京医院呼吸内科副教授，2 月 4 日，他带领 10 名盛京医院医护人员奔赴武汉，参与辽宁省国家紧急医学救援队方舱医院的救治工作。

50 岁的戢新平说：“我主动报名，因为我是武汉人，武汉是我家乡！”原来，武汉人戢新平 19 岁考上了中国医科大学来到沈阳，毕业后在沈阳工作成家。春节时，看到家乡武汉受到疫情侵袭，戢新平坐不住了，接到辽宁到武汉建设方舱医院的任务，戢新平立即报了名。

到武汉仅仅 5 天，医疗队从零开始、在一座体育馆里建立起方舱医院，并已收治了百余名患者。

一转眼到了元宵节，辽宁省国家紧急医学救援队的队员们，纷纷跟家人报平安。戢新平突发奇想召集来队员说：“咱们一起录首歌，给武汉加油，也是给家乡人送去一个元宵节祝福，怎么样？”队员们纷纷响应，一首《明天会更好》就这样诞生了。

戢新平说：“再次回到武汉，昔日繁华的家乡好像睡着了，心里很悲伤。但我有信心，我们有这么专业的医疗救助人员和设备，全国各地还在不断驰援武汉、驰援湖北，疫情防控的措施也越来越紧密有力，我相信，我们一定可以战胜疫情。”

（新华社沈阳 2020 年 2 月 9 日电　记者李铮）

★ 2 月 12 日，武汉体育中心方舱医院，这里可提供 1100 张医疗床位，收治新冠肺炎轻症患者。（新华社记者　程敏　摄）

等你凯旋

1月26日，重庆市医疗队队员、重庆医科大学附属第一医院呼吸内科主治医师蒋磊（右）同未婚妻高佳在重庆江北国际机场道别。两人原定于2月2日领结婚证，但现在只能推迟了。“虽然我很担心他，也很舍不得他，但我还是鼓励他去好好工作”，高佳说，“我们现在计划改在5月20号再去领证，我希望他加油，我等他胜利归来”。

当日，130余名医务工作者组成的重庆市医疗队从重庆出发，前往湖北省孝感市支援。（新华社记者　王全超　摄）

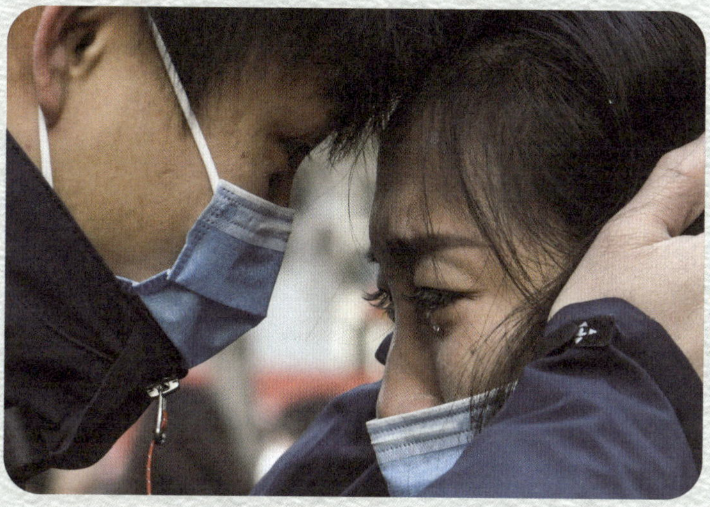

★ 1月28日，在新疆医科大学院内，医疗队队员、新疆医科大学第一附属医院重症监护室的吕俊（左）与家人道别。

当日，由142人组成的新疆首批医疗队从乌鲁木齐出发，驰援湖北抗击新型冠状病毒感染的肺炎疫情。（新华社记者　王菲　摄）

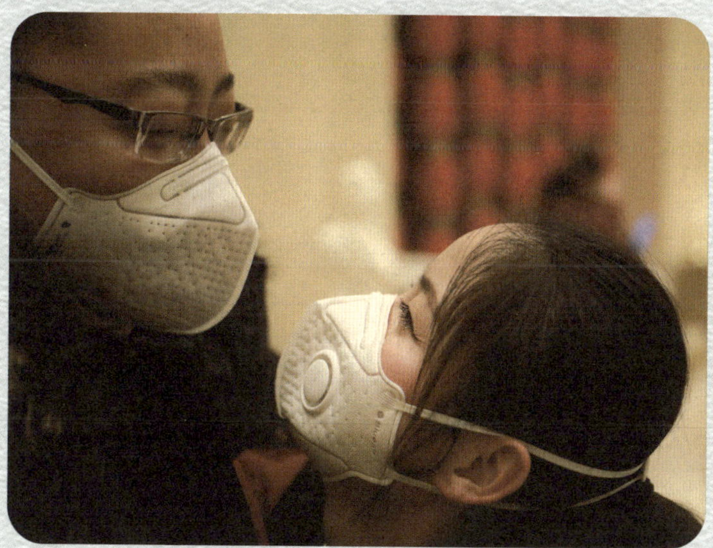

★ 2月4日，甘肃省第二人民医院骨科主管护师谭锦柯（右）在出发前和丈夫王海默告别，王海默也是甘肃省第二人民医院的一位医生。（新华社发　杜哲宇　摄）

★ 2 月 9 日，合肥市蜀山区南岗镇卫生院护士汪莉与未婚夫告别，执行前往武汉支援任务，未婚夫和她约定“等你回来，我们就结婚”。（新华社发　葛庆钊　摄）

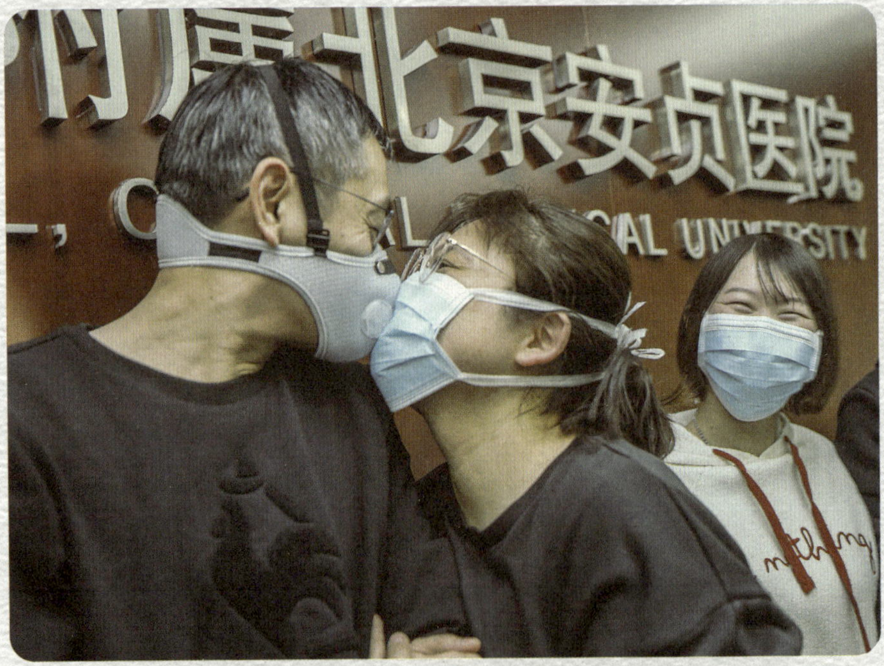

★ 1 月 27 日，北京安贞医院医疗队队员曹李瑶（中）与爱人王斌在医院告别。

当日，由 136 人组成的北京市属医院医疗队组建集结，带着首都人民的重托驰援武汉。这支医疗队来自北京友谊医院、北京朝阳医院、北京天坛医院、北京安贞医院、宣武医院、北京中医医院等 12 家北京市属医疗机构。（新华社记者　张玉薇　摄）

★ 2月11日，贵州省对口支援鄂州医疗队队员在机场和家人吻别。（新华社记者　陶亮　摄）

★ 2月4日，中南大学湘雅二医院国家紧急医学救援队队员、中南大学湘雅二医院放射科主管技师姜山（左）在出征仪式上和爱人告别。（新华社发）

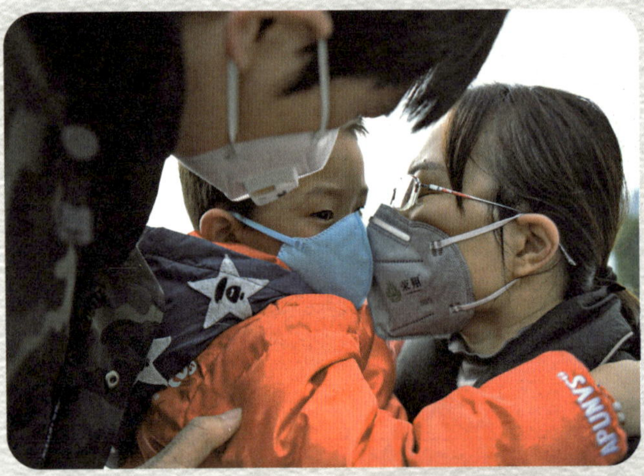

★ 2月9日，浙江绍兴市中医院呼吸科医生王一萍隔着口罩亲吻儿子七七。5岁的儿子七七舍不得妈妈，跟着爸爸赵先生一起到出发现场给妈妈送行。分别在即，一家三口相拥在一起，七七对妈妈说："妈妈，你早点回来！"（新华社发　袁云　摄）

★ 2月9日，河北省张家口市组建的支援湖北抗疫医疗队启程，前往湖北。这是医疗队队员、张家口市中医院护士任慧敏（右）出发前与女儿告别。（新华社发　武殿森　摄）

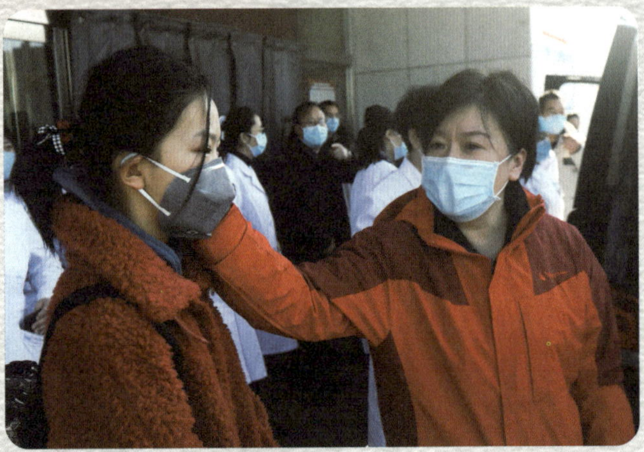

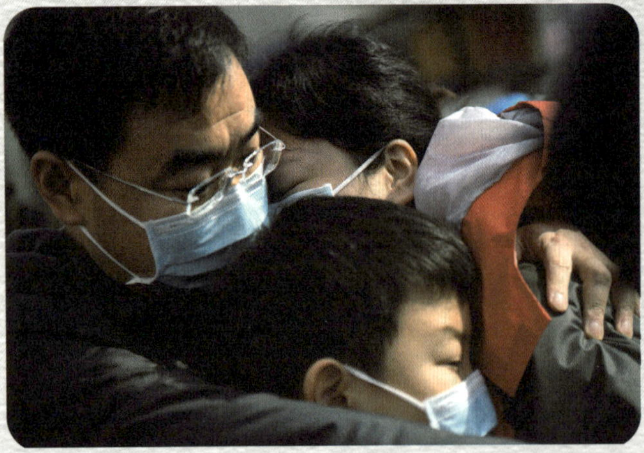

★ 2月8日，西安交通大学第二附属医院支援湖北抗疫国家医疗队出征，医疗队队员龙俊宏（右上）在出发前与丈夫（左上）和儿子拥抱在一起。（新华社记者　李一博　摄）

★ 2月16日，云南第五批援助湖北医疗队队员张田芬（右）在出发前和她10岁的儿子拥抱告别。（新华社记者 胡超 摄）

★ 1月26日，天津首批医疗队驰援武汉，在天津滨海国际机场，天津环湖医院重症医学科护士邢蕊（右）与前来送行的7岁半女儿拥抱。（新华社记者 马平 摄）

★ 1月26日，辽宁省医疗队队员、大连市友谊医院呼吸内科医生王利菊（左）在出发前与儿子告别。（新华社记者 龙雷 摄）

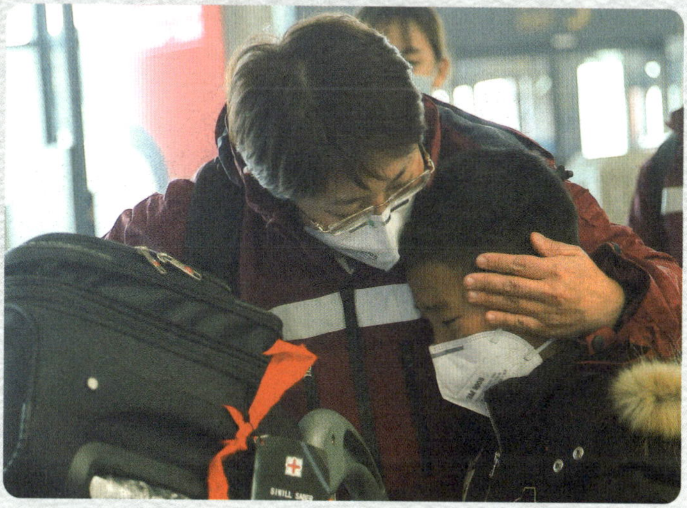

★1月24日晚，医疗队成员同送行的家人拥抱。除夕夜，由陆军军医大学抽调精干医务人员，组建的150人医疗队连夜从重庆出发，飞赴武汉支援抗击新型冠状病毒感染的肺炎疫情。（新华社发）

★2月2日，陕西省第二批医疗队从西安出发，前往湖北支援疫情防控救治工作。西安大兴医院医生李晓燕（左）与陕西省医疗队队员高茜拥抱告别。（新华社记者 李一博 摄）

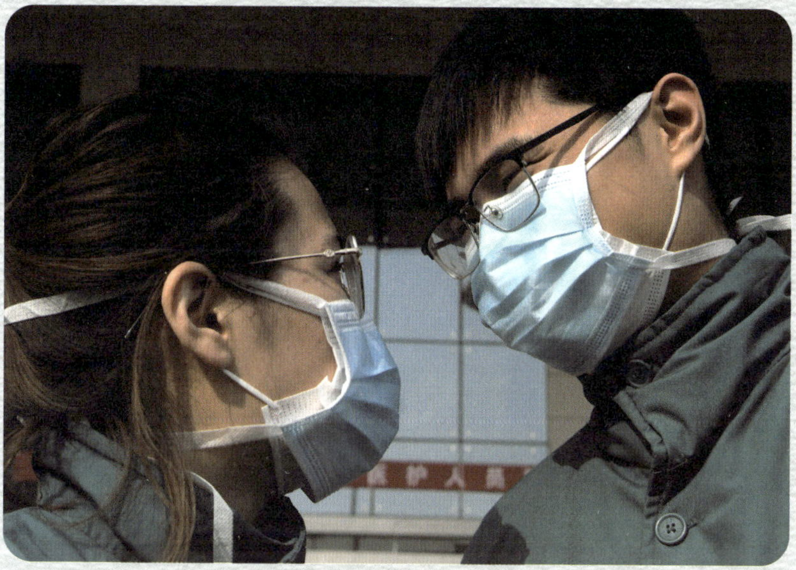

★ 2月2日，河南省第二批驰援湖北抗击新型冠状病毒感染的肺炎疫情的医疗队出发。在医疗队中，来自河南省直第三人民医院的刘光耀（右）和乔冰是一对“90后”情侣。相恋两年多的他们同在急重症医学科工作，医疗队出发前，两人拥抱着相互鼓劲。“回来后，我娶你”，刘光耀对乔冰说。（新华社记者　李安　摄）

★ 2月9日，浙江省德清县人民医院主治医师吴峥明（左）在出发前与同为医护人员的妻子张奕“吻别”。当日，德清县派出医护人员参加浙江支援湖北抗击新冠肺炎紧急医疗队，前往抗击疫情。（新华社发　谢尚国　摄）

爱在“疫”起

——“逆行者”的爱情告白

“与你相识之初，我就在心里筑了一座桥。一直渴望牵着你的手，走过这座桥。桥上是绿叶红花，桥下是流水人家，桥的这头是青丝，桥的那头是白发。”

2 月 13 日早上 8 点，河北省秦皇岛市第一医院手术部一改往日的紧张严肃，一场跨越千山万水的“婚礼”告白仪式正在视频投影下进行……

视频投影中的准新郎叫穆福春，是秦皇岛市第一医院重症医学科一病区的“90 后”护师。此时的他，正在武汉市第七医院，是一名抗击新冠肺炎的“逆行者”。而微信连线这边的告白准新娘，是秦皇岛市第一医院手术部护士李宛蓉。

新冠肺炎疫情突如其来，无数“逆行者”义无反顾地冲上“疫”线。他们当中，有很多“夫妻档”，连续奋战在疫情防控火线，有的相隔千里，有的近在咫尺，以夜以继日的奉献写下并肩作战的思念。

14 日凌晨 4 点，路佳穿上防护服和隔离衣，再次进入武钢第二医院接收确诊患者的区域，开始 4 小时的夜班工作。

路佳是天津医科大学肿瘤医院感染管理科医师，也是天津市首批支援武汉医疗队的成员之一。这已是她入驻武钢第二医院的第19天。

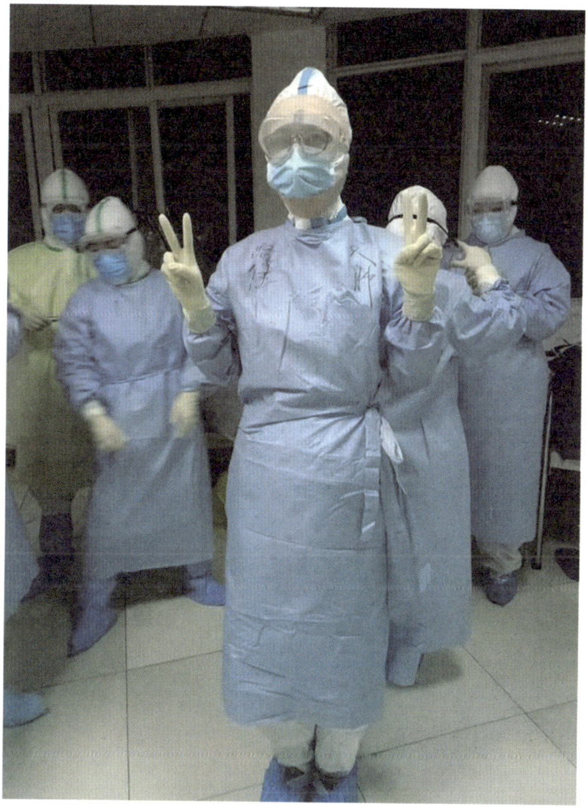

★ 1月29日，在武钢第二医院的二层病区，路佳将防护用品穿戴齐全后，准备上夜班。（受访者供图）

同院的结直肠肿瘤科医师郑磊是路佳的丈夫，他说：“正月初二那天，我恨不得能替她去，但她的专业在前线比较需要，能帮助人，也能多救人。我爱人没表现出畏难情绪，我很骄傲。”

在武钢第二医院，路佳不同于其他医护人员，她更多在负责医疗队中医护人员以及病患们的防护工作，为医疗队营造清洁安全的工作环境，避免由于医护人员疏忽造成患者间交叉感染。

如今，路佳已适应4小时一轮班的作息时间，丈夫郑磊也在积极投身医院发热门诊的值班工作。分别十几天，郑磊最担心妻子的安全。“你守护患者，我守候思念。”郑磊想对妻子说，希望她不辱使命，平安归来。

以医者之心坚守在一线，像他们一样的抗疫夫妻还有不少。

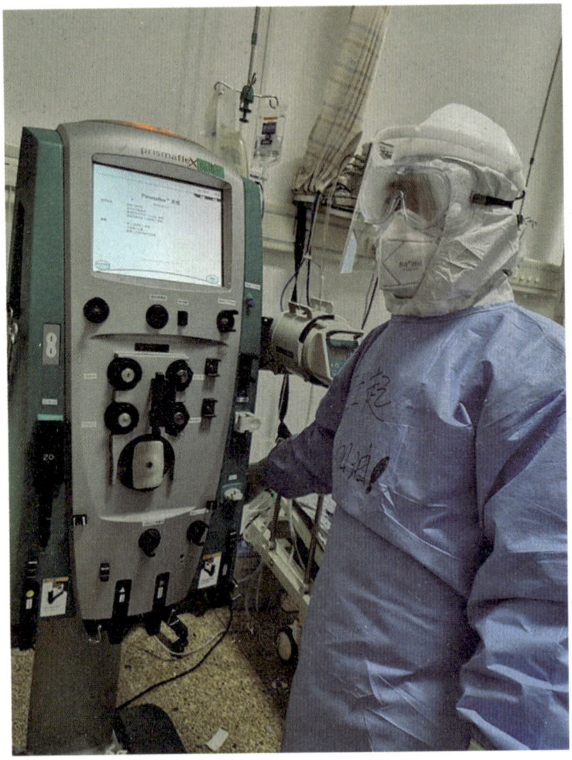

★ 2月10日，在海河医院感染一病区，董士起护士配合医生顺利股静脉插管后，准备床旁血滤机的测试。（受访者供图）

13日21点，护士李会从新冠肺炎确诊病例定点收治医院天津市海河医院重症室走出，准备返回定点隔离酒店时，在E区甲楼门口见到了好久不见的丈夫董士起。“他的手好冰，不知等了多久。”李会话语中有些哽咽。

36岁的董士起是医院血透室的护士，自大年初一起，他就留宿医院宿舍。疫情期间，夫妻二人的见面次数屈指可数，家也成为他们暂时回不去的地方。

董士起说，因为两人看护的都是重症病人，心理压力会很大。“但我想告诉她，一定要细心稳住，我们定能战胜疫魔。”

“妈妈现在在武汉杀病毒哦，宝宝快来给妈妈加油！”结束了连续几天的值班，回家休息的李观拨通和妻子唐慧京的语音通话，两个孩子立刻拥上前来抢着跟妈妈说话。

李观是广西桂林市第三人民医院肺病科医生，1月26日他就进入负压隔离病房救治新冠肺炎患者，次日唐慧京也作为广西第一批支援湖北的抗疫医疗队成员，奔赴武汉。送行时，不善言谈的李观对唐慧京的嘱咐，只有一句“加油”。在他们心中，这是医者最自然的选择。

从第一次进隔离病房时混杂着窒息感与压力到如今的坦然和熟练，北京朝阳医院33岁的医疗队副队长、护士长赵路在武汉支援已近20天。千里之外的北京，他的妻子、29岁的张明珠作为一名急诊科护士，也忙碌在抗击疫情一线。

今年这个特殊的情人节，他们没有时间给彼此准备玫瑰花或者巧克力，只是隔着屏幕互道一声平安。

2014年埃博拉疫情发生，赵路曾主动请缨前往救助一线，可是作为第二梯队队员，最终没能前往一线。第一次进到隔离病房，赵路感受到迥异的工作状态和强度。为了不穿尿不湿，同时减少感染暴露风险，进病房前赵路坚持不吃不喝，进病房后往往要扛8—10个小时，等到下班后才能进食。为了鼓励更多病人，舒缓他们的紧张和焦虑情绪，赵路和同事们在防护服上写些鼓励的话语、画个加油的手势。

“走的路越多，耗氧量越大，戴着两层口罩，难免会有气短的症状。相比女护士，我努力承担更多，主动搀扶病人，护理离护士站更远房间的病人。”赵路说。

“之前孩子已经会叫妈妈了，希望回去的时候能听见她叫我爸爸；期待我们能早日打赢这场战‘疫’，更多人能和家人们团聚。”赵路说。

南宁市第二人民医院驰援武汉的医疗队成员唐嘉蔓，此时正在武汉洪山体育馆的方舱医院里奋战。

“亲爱的，我爱你。”1月28日，唐嘉蔓向远在南疆守边的丈夫梁箫微信留言，伴随的还有推迟婚礼的请求。如果没有这场疫情，此刻她应该与梁箫在筹备婚礼，接受众亲友的祝福。

26岁的唐嘉蔓主动报名争取机会到武汉参与抗击疫情。出征前，梁箫特地请假从边关赶来送行。他是广西友谊关出入境边防检查站的警察，疫情发生以来一直坚守岗位，夫妻俩已经1个月不曾见面。

“老婆，你一定要保护好自己！这样才能救治更多人。”临别时，梁箫轻声叮嘱，并摘下自己的金色领带夹赠予妻子。

经过严格的培训后，唐嘉蔓于2月8日进入方舱医院工作。接收或转出病人，测量和观察病人生命体征，发药，饭点分发食物，及时与病人沟通……在每个轮班里，她都全身心投入护理工作。下班休息时，她开始憧憬，“等到疫情结束的那一天，我要好好拥抱我的丈夫。”

爱在“疫”起，是这个情人节最深情的“逆行”表白，坚定了人们与疫魔战斗到底的决心，也为爱情注入了有力的信念……

（新华社北京2020年2月14日电　记者宋瑞、王昆、罗鑫、黄凯莹、朱丽莉、吴思思）

有一种爱情叫共赴使命

“老公，这里是凌晨 3 点 50 分的武汉。我已经到了武汉同济医院中法新城院区，要去上夜班啦！”

2 月 14 日凌晨，吉林大学第一医院首批援武汉医疗队护士宋龄给远在吉林长春的丈夫李敏哲发了一条视频信息。很快，她就收到了回信。

“你吃饭了没？今天我也是夜班，早就上岗了，你一定要做好防护，听到没？”

李敏哲是吉林大学第一医院二部呼吸科大夫。夫妻两人一个在家乡长春，一个在湖北武汉；一个在发热门诊综合评估就诊患者的疑似症状，一个在重症疗区照护新冠肺炎住院患者。

虽然相隔2000多公里，今年的情人节又不能一起过了。但他们却说，我们的爱情叫共赴使命。

李敏哲与宋龄同是 33 岁，在工作岗位上相识、相恋，并于 2016 年结婚。疫情来临时，他说“让我去”，她说“还是让我去吧”。

除夕那天，李敏哲报名加入援武汉医疗队，宋龄担心得一夜未眠。第二天，宋龄也主动跟医院请缨去武汉支援，“我想和他一起出征”。但是，院里考虑到他们家中还有年幼的孩子，不能两个人都去，未予批准。

农历大年初一，名单公布。根据院里总体安排，李敏哲所在的吉大医院二部暂时“不动”，负责保障本地的疫情防控工作。“我们俩总应该有一个人去帮帮忙，所以我二次请缨。”宋龄说。

这一次，院里批准了。“当晚宋龄哭了，有对家人的不舍，有对此行的担忧，也有一名医护工作者必须完成使命的坚决。”李敏哲说，“我老婆上前线救患者，我在后方对省内的发热患者进行诊断。职责虽不同，但使命相当，我们一直在一起战斗。”

2 月 13 日，李敏哲有一个 24 小时连班。他想在 2 月 14 日送媳妇点什么礼物，想来想去，打算给妻子录一段视频。“我就是个‘闷瓜’，特别不善于表达。我就想告诉她，我一直在这里支持她，等她回来，我爱她。”

13 日早上 9 点，宋龄照护完患者，脱下了厚厚的防护服。几天前，由于穿戴过于厚重，宋龄感受到了窒息，心跳一度达到 130 次 / 分钟，整个人几乎快要晕倒。院里安排她休息几天，而她却拒绝了。

“目前医护人员的工作压力很大，很繁重，我休息就代表别人要多上班，既然来到前线就是战士，我一定要坚持。”为了不让老公担心，她也录制了短视频，一有空就通过这种形式报平安，更是传达爱意和思念。

“老公，我照顾的老大爷前几天大小便失禁，现在都能自己吃饭了！”“老公，你看，我的患者现在心率正常，各项指标也正常了，过几天就能出院了！”“老公，我和同事们现在下班了，我们要回去睡觉了，武汉加油！”“老公，我爱你……”

（新华社长春 2020 年 2 月 14 日电　记者赵丹丹、姚湜）

为节省10分钟，这对医护夫妻“以车为家”

22日晚9时许，不远处“武汉市金银潭医院”的霓虹灯光，揉进车内昏暗的光束里，映在涂盛锦和曹珊脸上，让这个夜晚显得不是那么冷。

这是这对医护夫妻将要在车上度过的第29个晚上。

和往常一样，涂盛锦在前排副驾斜躺着，翻着书，曹珊在后排半卧着，盯着手机，时不时两人就把头凑一块聊上几句。

今年44岁的涂盛锦是武汉市金银潭医院南六楼重症隔离病区副主任医师，40岁的曹珊是南二楼病区护士。

首批7名“不明肺炎患者”转入金银潭医院后的第二天，涂盛锦就参与到了救治工作中。后来，病区越开越多，曹珊从1月7日也投入到了这场战“疫”。

同一栋楼，但俩人白天各自忙各自，没时间见面，11岁的儿子完全交给了家中的老人。

“家在武汉南湖边，隔着长江，开车要40分钟。”曹珊说，平时都是涂盛锦开车，一起上下班。

疫情暴发后，医院成为抗“疫”前线，涂盛锦所在的重症病区上下班没准点。曹珊说，有次俩人下班匆匆忙忙回到家，丈夫车都没下，又

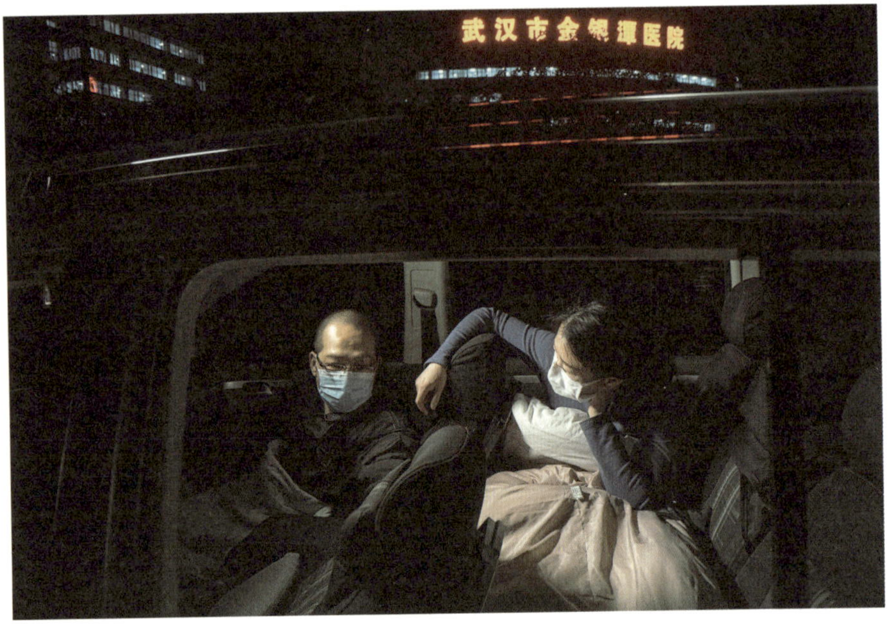

★ 2月22日晚，在武汉市金银潭医院内，涂盛锦（左）和曹珊在车内休息。（新华社记者　熊琦　摄）

要赶回医院继续上班，“第二天一早又来家里接我上班，那样他太辛苦。”

1月23日，武汉关闭出城交通，不久市内公共交通停运，全院医护和工作人员不能回家的太多，加上前来支援的医疗队，单位宿舍爆满，酒店房间也吃紧。夫妻俩决定把机会让给其他同事，“在车上睡几次也习惯了。”

正月初一那天开始，这辆陪伴8年的爱车成了他们的第二个家。

“买车时特意挑了一款后备厢大的，想着以后有机会自驾露营。”曹珊笑了起来。

“我个不高，前座也还塞得下。她睡后排，为了方便她伸开腿脚，塞了纸箱把后排空隙填起来，还有爱心人士捐的暖宝宝。”涂盛锦对眼前的“居住环境”还蛮知足。

这些天，医院又协调出一些附近的酒店房间，可两人反而有点舍不得这个“小家”。

“房间是有，但酒店到医院开车都得10多分钟。遇到抢救的，那是按秒算，有这时间就可能把患者从死亡线上拉回来！”涂盛锦还是决定在车上过夜，而且基本不脱外套，就盖个被子，“现在是吃饭、睡觉都要抓紧时间的时候，能省多少时间是多少。”

“病房里一个电话，他比谁都跑得快。”曹珊说，知道涂盛锦放心不下病人，她也留下来陪丈夫，“我一个人睡不着，我不在旁边，他也睡不安稳。”

白天4层楼的距离，对涂盛锦和曹珊来说可望而不可即。每天车上说说话，俩人已经很满足。

平日里，涂盛锦不怎么爱说话，但在车上这会，总喜欢凑着曹珊聊天。

曹珊说，没了生活上的琐事，就聊聊科室里的工作，说着说着就睡着了。

涂盛锦偷偷告诉记者，曹珊一晚上大概要翻身10次左右，“我都数着呢。她一有动静，我都能感觉到，动一下就回头看她一眼，被子有没有掉了，腿有没有放好。”

深夜，武汉的风依旧凛冽。

“以后回想起来，应该是挺浪漫的一件事吧。”涂盛锦放下手里的书，扭头盯着已相识近20年的曹珊说道。

小车里，有点挤，有点呼噜声，余下的，是关于“疫”时的别样陪伴。

早晨6点半，是夫妻俩下车的时间，他们又将开始新一天的战“疫”。

（新华社武汉2020年2月23日电　记者侯文坤）

四 抗疫勇士特写

——守护你们，绝不后退

世界上最遥远的距离在哪里？
海角？
天涯？
你说，不！
那是生与死的距离。
疫情警报响起，
你义无反顾地选择成为逆行者；
面对家的呼唤，
即使近在咫尺，你也望而却步……
对于家人的亏欠，
你会哭得像个孩子。
但扛起职责和使命，
你活脱脱地是个战士。
出征那天，来不及道别，
还有很多事，你放心不下……
请相信，你从不是一个人在战斗，
你的身后是14亿中华儿女。
携手同心，就没有过不去的关；
众志成城，更没有迈不过的坎。
等到战“疫”胜利，
我们一起去迎接英雄们凯旋！

1月28日，中国工程院院士、国家呼吸系统疾病临床医学研究中心主任、高级别专家组组长钟南山在广州接受新华社专访时表示，全国帮忙，武汉是能够过关的。武汉本来就是一个英雄的城市。（新华社记者　刘大伟　摄）

1月29日，“新华视点”记者专访了中国工程院院士、国家卫生健康委高级别专家组成员李兰娟。她说，对传染病思想上永远不能松懈。依靠各级党委政府全民总动员，依靠广大专业的医务人员，我们一定能胜利。（新华社记者　黄宗治　摄）

拼渐冻生命　与疫魔竞速

——记疫情“风暴眼”中武汉金银潭医院院长张定宇

生命，有起点，也会有终点。张定宇——武汉抗疫一线一位医护人员，似乎在按倒计时的方式与生命和时间进行着搏斗。

手里接打着一个又一个几乎不间断的电话，脚下步子也不停，还不忘对身边人发出一个又一个清晰的指令……

这，是武汉市金银潭医院院长张定宇给人的第一印象。

金银潭，老武汉人都未必熟悉的一家传染病专科医院。这些天频繁见诸媒体。这里，是最早集中收治不明肺炎患者的医院，是这场全民抗“疫”之战最早打响的地方。

张定宇在这场与病毒赛跑、与死神竞速的战事中，已经战斗了33天。而他自己，也在同“渐冻症”进行着顽强斗争。

个性“粗糙”的院长：“幸亏靠了他的暴脾气和果断！”

2019年12月29日，武汉，雾，多云。

武汉市华南海鲜市场首批7名不明肺炎患者转入位于武汉三环外的金银潭医院。

“当时不少医疗机构也陆续出现不明原因肺炎病人，绝对不能大意。”多年从事传染病防治，职业敏感让张定宇第一时间判断，这不是普通的传染病。

果断决策，他将这些病人迅速集中到隔离病房，穿上防护服，进隔离区查看症状，分析研判。

隆冬，一股寒意向张定宇袭来，情况比他想象的要糟。

12 月 30 日一早，他再度决策：紧急布置腾退病房，抽调更多医疗力量，新开两个病区，转入 80 多名病人，完成清洁消毒，设备物资人员调配……

平时少有人知晓的金银潭，拌和着空气中浓浓消毒水味的，还有凝重紧张的气氛。

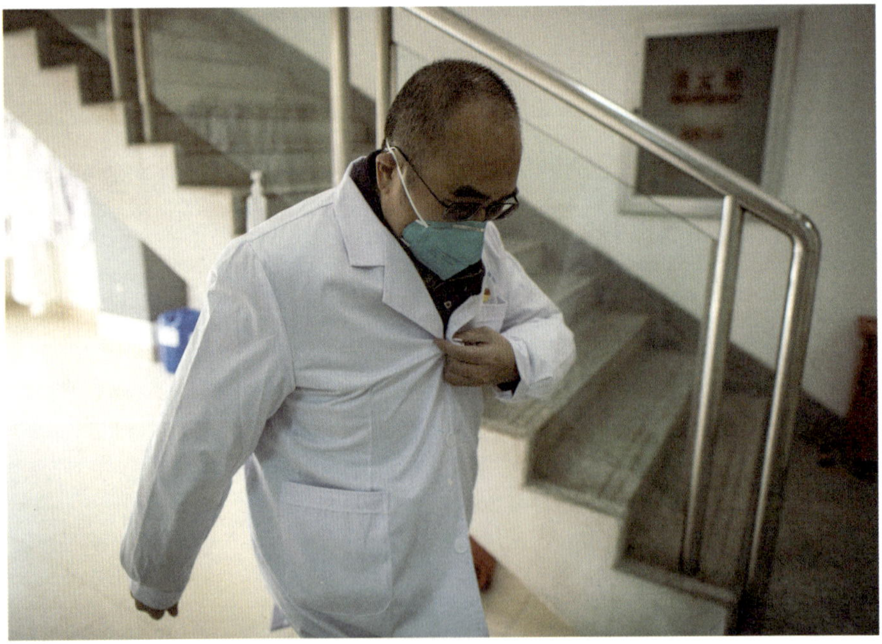

▲ 2020 年 1 月 29 日，武汉金银潭医院院长张定宇回到医院后马上换装投入工作。（新华社记者　肖艺九　摄）

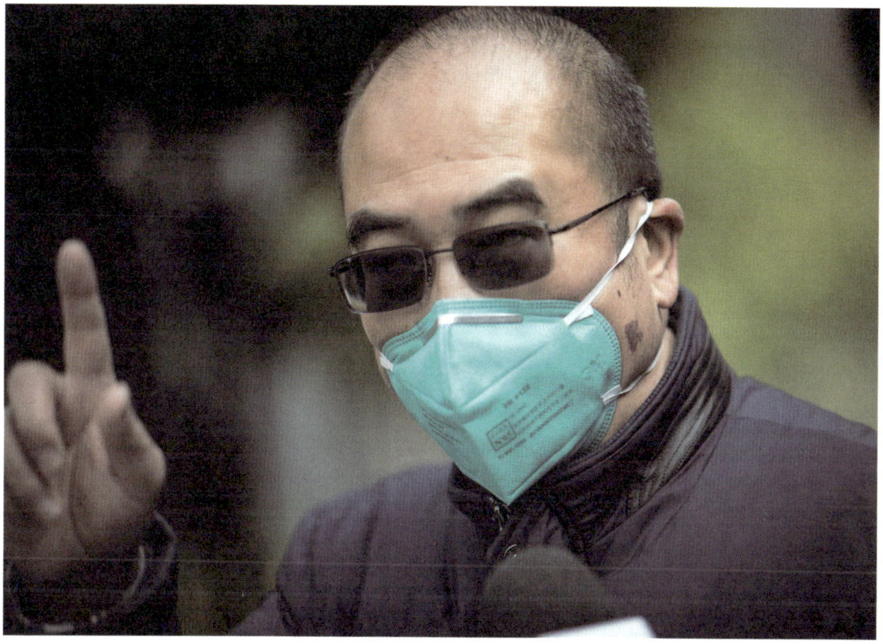

▲ 2020 年 1 月 29 日，武汉金银潭医院院长张定宇接受新华社记者采访。（新华社记者 肖艺九 摄）

人类与重大疾病斗争史上，未知和恐惧，从来都如影随形；清醒和果敢，也愈加珍贵地相生相伴。

之后的日子，时钟的钟摆对金银潭、对张定宇、对已知和未知的所有，似乎都踏上了加速度的轨道。

不断有新病人转入，相当于医院要不断“换水”，任何一丝不细致都会弄出乱子。

早上 7 点半，往往换班的医护人员还没到，张定宇就已经到了。“今天收了多少病人？”“多少出院？”他每次问，都要回答者脱口而出说出精确数字。“收病人、转病人、管病人，按道理有些事他可以不管，但他都会到现场亲自过问。”南三病区主任张丽说。

张丽2003年曾参与过抗击非典，对传染病防治是见过大场面的。搁平时，这位资深传染病医生，见了张定宇却多少会躲着走。“脾气粗糙，你和他说话都不许插嘴”，张丽说。

张丽没想到的是，这次不仅是“粗糙”，更是躲不过去的“折磨”。“任务布置急、要求高，事无巨细，骂起人来都不留情面。”

被“折磨”的张丽在这次危机中却感觉到张定宇“粗糙”脾气下的细致。“幸亏靠了他的暴脾气和果断。有困难找他，总会有办法。现在看到他的身影，有种踏实的感觉。”

1月8日，国家卫健委公布，初步确认“新型冠状病毒”为此次疫情的病原。

武汉，九省通衢，有1100万人口。几乎一夜间，成为一场波及全球疫情的“风暴眼”。

“风暴眼”中：“有他在，医护人员、病人、家属心里都有底。”

疫情袭来，冲击着每一个人。坚毅，能不能战胜恐慌？

武汉，紧张中蕴含着不安和骚动。金银潭医院病区内，呼叫医务服务的铃声此起彼伏，与病楼外疏落的人影形成强烈的反差。

“风暴眼”中，张定宇走着、说着。

对病人，他是一种语气。

“您家莫急莫急，我马上安排人出来接。”

对下级，他是另一种态度。

“搞快点，搞快点，这个事情一点都等不得，马上就搞。”

严厉，但是镇定。

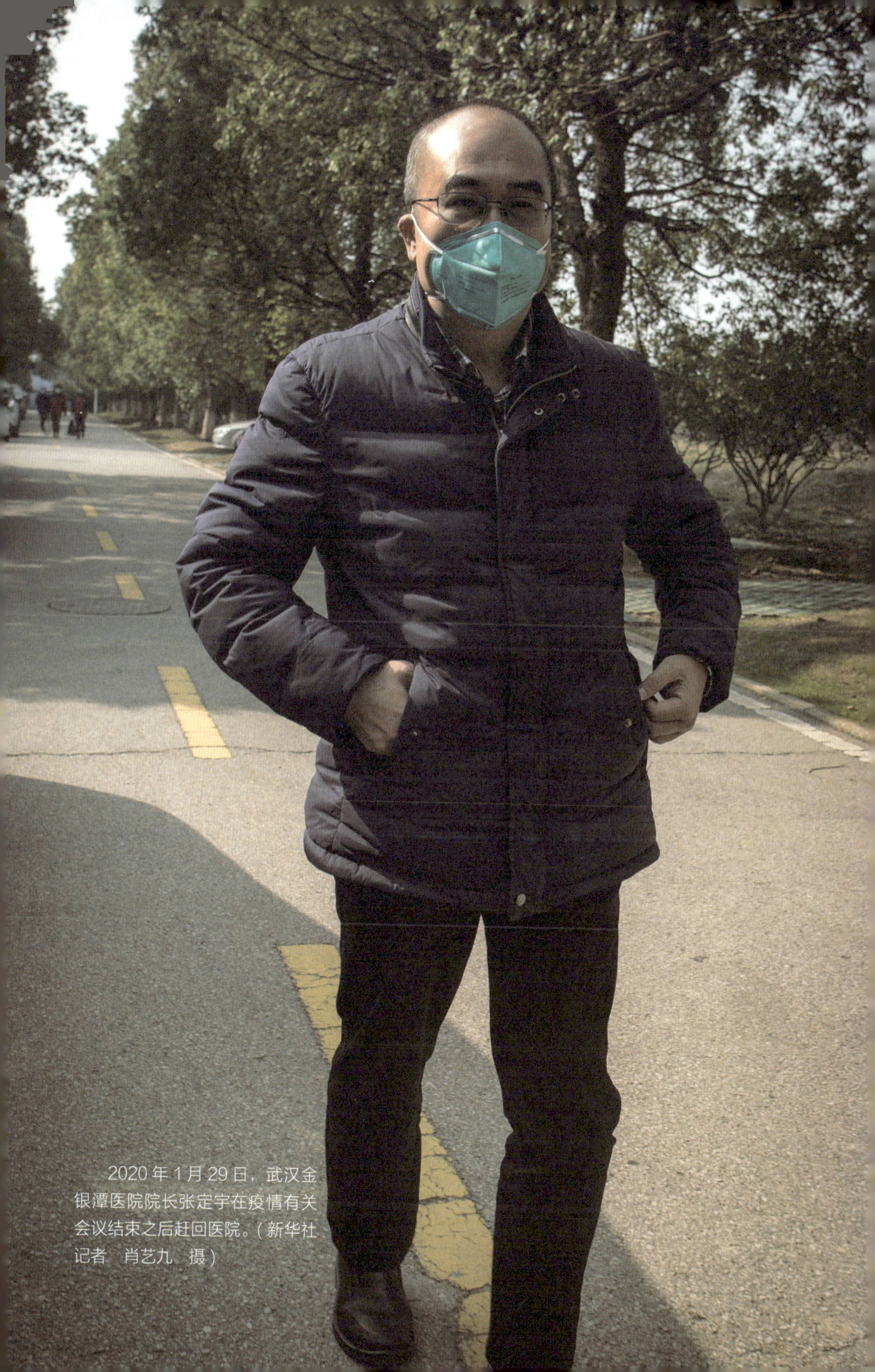

2020 年 1 月 29 日，武汉金银潭医院院长张定宇在疫情有关会议结束之后赶回医院。（新华社记者　肖艺九　摄）

张定宇告诉大家：对呼吸道传染病不必过于恐慌，按要求做好防护就没危险。“我们要胆大心细！有什么责任有我担着。”

他身后，从一个病区，到一栋楼，到三栋楼；护士从2小时交接班一次，延长到四五个小时一次；医生更是恨不得把一个人掰成两个人来用……

“去年12月29日到现在，他没休过一天，只有两个晚上离开医院稍微早些。”金银潭医院党委书记王先广说。给他留下深刻印象的还有这位搭档蹒跚的身影。

越来越多的同事发现，一向脚步如风的院长下楼梯脚步越来越慢。面对越来越多人的追问，张定宇终于承认“我得了渐冻症，两年前就犯病了，下楼吃力，更怕摔倒。”

渐冻症是一种罕见病症，慢慢会进展为全身肌肉萎缩和吞咽困难，直至呼吸衰竭。“我特别怕下楼，必须扶着。平时，我下楼都会抓住我爱人。”

“多少次问他，都说膝关节动过手术。”感染科主任文丹宁说。直至这次，她和其他同事才回过神来，“为什么他脚步高低不平，上下楼一定要抓紧扶手，慢慢挪。”

北七病区护士长贾春敏却不承认。“他明明走得好快！”1月21日晚腾退完病房后，正等待转入新病人，贾春敏就接到张定宇电话：“五分钟到北7楼，看新病区还差些什么？”

放下电话，贾春敏赶着拉上装物资的小推车一路小跑。“他从办公室到北7楼比我远，等我到的时候，他已经在那儿了。”贾春敏说，“平时他老跟不上我们，但他拼的时候，我们跟不上他。”

“有他在，医护人员、病人、家属心里都有底。”文丹宁说。

33 天和 30 分钟：“没说太多话，都很疲惫，只是离开时叮嘱了下：保重。”

慢和快，在张定宇身上，在疫情发生后，组成奇妙的复合体。

清早 6 点钟起床、次日凌晨 1 点左右睡觉，不知不觉成了常态。好几个夜晚，张定宇凌晨 2 点刚躺下，4 点就被手机叫醒。

情和痛，也从不知什么地方会来个突然袭击。

金银潭医院收治首批病人 22 天后，张定宇得到消息。在武汉另一家医院工作的妻子，在工作中被感染新型冠状病毒，住进相隔十多公里的另一家医院。

妻子入院三天后，晚上 11 点多，张定宇赶紧跑去探望，却只待了不到半小时。“没说太多话，都很疲惫，只是离开时叮嘱了下：保重。”采访时，张定宇不愿多回忆那宝贵的 30 分钟。

“实在是没时间。我很内疚，我也许是个好医生，但不是个好丈夫。”眼前这位五大三粗，和普通人眼中医生形象很不匹配的硬汉，眼圈忽然红了。“我们结婚 28 年了，刚开始两天她状态不好，我就怕她扛不过去。”

不能完全停下来，也不能时时刻刻在动。张定宇的渐冻病需要比别人更好掌握这个度。

几乎没时间去看患病的妻子，却又搁不下、放不了挂念，没法想象张定宇心里怎么过的这道坎。

一个多月，夜以继日，张定宇病了。躺在床上输液时，手里仍拿着各种材料数据了解病人情况、重症人数、救治进展，布置各项工作……刚刚好一点，只要可能，张定宇都会再穿上被称为“猴服”的防护服，从病人通道走到隔离病房，走到重症室查房。

“穿着防护服，走路都能听到呼吸、心跳，出来前心后背都湿透了。”张定宇的感受，是疫情笼罩下，医护人员最真实的感受。

好在，坎过去了。妻子在入院十天后的1月29日下午，痊愈出院。这个消息让已经了解张定宇，知道了这样一位战“疫”勇士事迹的人们，都松了一口气。

急切的记者电话核实这个压抑中难得的好消息时，已经是晚上11点了。开车回家路上的张定宇说了一句话:“对，两次核酸检测呈阴性。”

张定宇的“三重身份”：“无论哪个身份，在这非常时期、危急时刻，都没理由退半步，必须坚决顶上去！”

共产党员、院长、医生，是张定宇的三重身份。

“无论哪个身份，在这非常时期、危急时刻，都没理由退半步，必须坚决顶上去！”张定宇说。

57岁的张定宇，从一名普通医生起步，先后担任武汉市四医院副院长，武汉血液中心主任。

从医33年，他曾随中国医疗队出征，援助阿尔及利亚；2011年除夕，作为湖北第一位“无国界医生”，出现在巴基斯坦西北的蒂默加拉医院……

他和同事们的身影，也曾出现在重大灾害发生的现场。2008年5月14日，四川汶川地震第三天，他带领湖北省第三医疗队出现在重灾区什邡市……

“像张定宇这样的党员干部，始终冲在最前线，让大家都感觉特

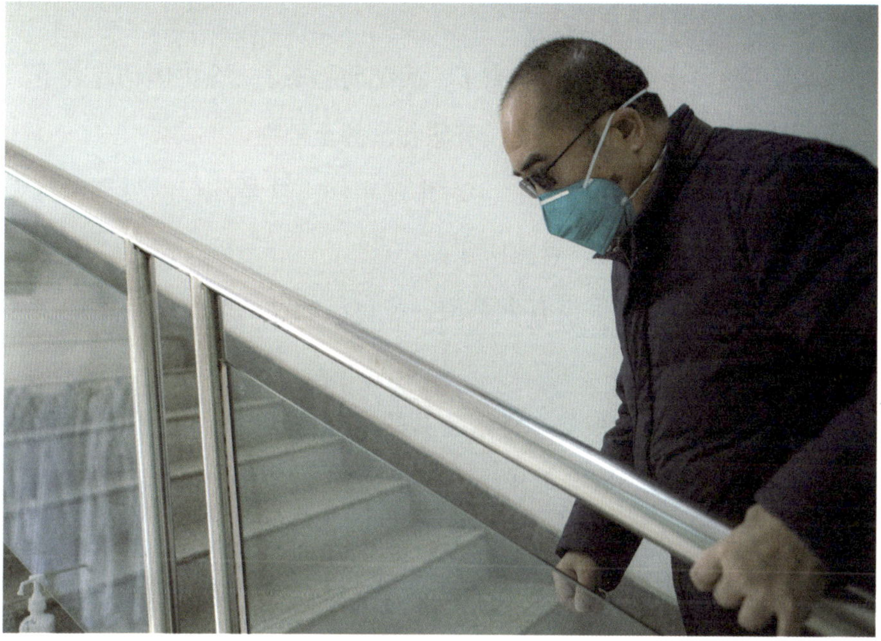

▲ 2020 年 1 月 29 日，由于渐冻症的关系，张定宇爬起楼时十分不便。（新华社记者　肖艺九　摄）

别有主心骨。”张丽说。

55 岁的南六病区主任陈南山顶上去了！在春节期间人手最紧张的时候，临危受命，参与两个 ICU 病区建立，最多的时候 1 人管理 3 个病区近百名病人。

南四病区副主任余婷和同在医院护士岗位的妻子顶上去了！夫妻俩把上小学孩子丢给父母，坚守一线 30 多天。

一米五出头，看着柔弱的 ICU 病区主任吴文娟顶上去了！从首批不明原因肺炎患者入院，直到自己因疑似感染新型冠状病毒被隔离才下火线。

金银潭医院 240 多名党员顶上去了！没有一个人迟疑、退缩，全部挺在急难险重岗位。有了张定宇和党员们，600 多名职工全部坚守岗位，从未有人主动要“下火线”。

战疫魔，金银潭医院动起来了，武汉动起来了，全中国动起来了。战事还远未结束，还会有惨烈，有悲壮，甚至牺牲。

“健康所系，性命相托”。对张定宇们，这是践行的誓言！对无数民众，这是力量所在，希望所在。

动如风火的张定宇也有个希望，在自己能动的时候，跑赢这次与新型冠状病毒的赛跑。

“我会慢慢失去知觉，将来会真的跟冻住了一样。”张定宇下意识地摸了摸腿，“慢慢我会缩成小小一团，固定在轮椅上。每个渐冻病人，都是看着自己一点点消逝的……”

“生命留给我的时间不多了。必须跑得更快，才能跑赢时间，把重要的事情做完。”

▲ 2020 年 1 月 27 日，在武汉金银潭医院综合病区楼，张定宇在联系协调工作。（新华社发　柯皓　摄）

伴着高低不平的脚步，和电话那头急促的声音，张定宇转身，朝着隔离病区走去……

1 月 31 日，难得的冬日暖阳照进了这座非常的江城。

下午 5 点左右，消息传来：20 名新型冠状病毒感染的肺炎患者从金银潭医院集体出院，最大年龄患者 64 岁，最小年龄 15 岁。这是疫情发生以来同时出院人数最多的一次。

截至目前，金银潭医院累计出院确诊患者 72 例。

（新华社武汉 2020 年 1 月 31 日电　记者钱彤、李鹏翔、侯文坤、黎昌政）

“我们只想救好病人”

——走近上海市医疗救治专家组组长张文宏

“现在每个人都是战士，你在家里不是隔离，是在战斗啊！”

2 月 6 日，上海又有 10 例新冠肺炎患者痊愈出院。继发出“共产党员先上”的“硬核”表达被网友点赞后，上海市医疗救治专家组组长、复旦大学附属华山医院感染科主任张文宏接受采访的视频，又一次刷屏。

可是，这位医生无暇关注外界对他的聚焦。自 1 月 20 日上海报告第一例确诊病例以来，他就在上海市疾控中心、市公共卫生临床中心等地昼夜奔波、工作，每天睡眠不足 6 小时。

“大家都习惯了，疫情来了这就是职责所在”

“大家都习惯了，疫情来了这就是职责所在。”1 月 22 日，记者在上海市疾控中心，见到了匆匆而来的张文宏。

他前一天晚上在上海市公共卫生临床中心忙了一夜，早上 6 点半还去探望了 3 名重症病人。

多年的职业训练，基本在连轴转的张文宏依然保持着挺直身形，语速和动作都没有放慢。口罩上方，眼睛周围的黑眼圈清晰可见。

疫情就是命令。1月21日上午10点，华山医院紧急召集首批赴上海市公共卫生临床中心支援专家组，张文宏作为医疗救治专家组组长，成为抗击疫情的焦点人物。

华山医院传染病楼5层，张文宏的办公室。桌上一袋摊开的饼干，诉说着非常时期的繁忙。

开会、查房、讨论治疗方案……事无巨细，记者无从了解张文宏每天穿梭于各处的工作安排，只能见缝插针，跟踪记录华山医院抗疫队员们的行踪去向。

早晚查房、三次报表……感染科副主任医师毛日成每天要在位于金山的上海市公共卫生临床中心隔离病房工作16个小时。

“我感觉好像刚躺下就又起来了。”结束任务、完成隔离后，毛日成又换岗到发热门诊。

这是一场硬仗！张文宏对全科室人员下了“一刻都不能放松”的命令。

从非典到禽流感再到新型冠状病毒感染的肺炎，每当重大公共卫生事件突发，张文宏所在的华山医院感染科始终站在“紧急应对”的第一线。

此次疫情暴发，担任党支部书记的张文宏特意带领大家过了一次简短而又隆重的组织生活会。

镜头记录下这个特殊的场面：面对党旗，面戴口罩的全体党员齐声宣誓：“迎难而上，共同战斗！”

副主任医师徐斌是张文宏的徒弟，大年夜他终止休假、主动请缨，跟随上海第一批医疗队赶赴武汉金银潭医院。

1月28日，感染科护师徐惠加入上海第二批医疗队前往武汉市第三医院救治危重症患者。

2月4日下午，感染科副主任张继明教授担任队长，孙峰主治医师、曹晶磊护师加入的国家紧急医学救援队奔赴武汉……

感染科医生一定要有“感染力”

1月29日，伴着新闻媒体的直播，张文宏做出的一个决定刷屏了：

“让一直奋战在一线的医生全部换岗。我们派驻党员医生上抗疫前线支援，不打招呼，直接报名，没有商量。”

“一线岗位全部换上党员，没有讨价还价！”“不能欺负老实人”……宣布这个决定，张文宏的语气干脆、语调坚决。执行这个决定，全科室无人质疑、各就各位。

有人说：张文宏是个超人，让人服气。

不折不扣，张文宏是上海市医学会感染病专科分会主任委员和上海医师协会感染病医师分会名誉会长，还当选上海市“医务工匠”和上海市领军人物。

耳濡目染，张文宏团队的年轻医生，都练就了一身过硬本领。华山医院感染科的人，“人人争先，个个肯干！”

张文宏常常说，感染科医生一定要有“感染力”，这种“感染力”，来自干劲和奉献。

在华山医院感染科，张文宏从30多岁起就被大家称为“张爸”，“他为病人为团队其他人安排得妥妥当当，才会想到自己”。

三甲医院的门诊向来人满为患，一间不足4平方米的诊室，常常挤满了全国各地的病人。

张文宏的学生、刘其会医师介绍，很多外地患者慕名而来，挂不上号，张老师都会尽量给他们加号；素不相识的病人急需住院没有床位，他会连打好几个电话，帮忙联系落实；对于不方便来院就诊但需要随访的病人，他还会留下自己的邮箱，为他们出具诊疗意见。

作为博士生导师，张文宏在复旦大学上海医学院的学生们眼中，是位“感染力”超群的大咖，可是他调侃报考他的研究生需要“勇气”。

一是因为张文宏要求严格，二是因为他太忙，当他的研究生需要早晨6点半来和他讨论课题，因为那是他一天中最不容易被打扰、可以专心谈学问的时间。

多一些时间，我们就可能多救一个病人

华山医院感染科，年门诊量逾14万人次，年接受转诊病人2000余人次、会诊病人数千余人次。

这样一份工作，张文宏已经专注投入二十多年。他说：“感染科的岗位是很艰苦、很危险，但必须要有人去做，因为这不仅关系到一个病人、一个医院，还关系到一个城市甚至一个国家。”

1月17日凌晨0点22分，张文宏在“华山感染”公众号更新了一篇文章，首次介绍了新型冠状病毒感染的肺炎情况。

此后，无论是在隔离病房通宵达旦，还是在各种会议研究论证，他都坚持利用深夜闲暇更新公号。

武汉封城、国际关注的公共卫生紧急事件、无症状病毒感染者、返程与返工后的疫情走向……忙了一天还要奋战在电脑前，张文宏对

这些科普文章较真儿："我们要用理性的数据和专业知识给大家解读疫情。"

做科普，是张文宏骨子里的热爱。几次采访，从救治情况到疫情研判，张文宏都是有问必答、深入浅出。对于任何有可能混淆的问题，他都会举有趣的例子，给记者讲透彻。

可是，一谈到他自己，他就立刻开始回避。"我们医务人员只想救好病人，不需要讲自己。"

兜兜转转，张文宏和同事们对进一步采访的拒绝大同小异："多一些时间，我们就可能多救一个病人。"

是啊！时间！在汹涌的疫情面前，每分每秒都关系着存亡、意味着责任。

记者不再追问，因为深深懂得，在这些白衣战士心中，个人的声名同宝贵的生命相比，实在微不足道。

（新华社上海 2020 年 2 月 7 日电　记者季明、仇逸、吴晶）

拦住“死神”的三位“掌门人”

“又送来两个重症”“这个病兆比较典型，讨论一下”“你这里还有什么秘诀吗”……每天早上8点，浙江大学医学院附属第一医院例行会诊，三位“掌门人”一说话，数百人鸦雀无声。

浙大一院为浙江新冠肺炎重型危重型患者集中收治点，目前入院患者“零死亡”。综合监护室主任医师方强、呼吸内科主任周建英、感染病科主任盛吉芳，在成功抗击非典、禽流感后再度联手。

2月13日，一位96岁的危重症老人治愈出院。三位“掌门人”松了一口气。

“老人刚转来的时候，整个人的状态很糟糕，当时我们所有人都揪着一颗心。”方强说，只有病人活着，呼吸内科、感染病科的专家们才能发挥专长治好他们。

在综合监护室（ICU）里，方强想尽办法让老人活下来。加强呼吸机送氧、提高氧浓度、进行俯卧式通气……一套抢救流程下来，方强的工作服完全湿透，护目镜上满是雾气。“我们的作用是陪着病人挺过最危险的时刻，因为可能你一个转身，他的某项指标就发生突变。”

48小时后，方强从“死神”手上抢回了这位老人。随之而来的问题是，病人的机体功能如何，高龄又有慢性病的患者到底该如何用药？

周建英、盛吉芳“坐镇”，会诊的医生们心里就稳了许多。

“老奶奶各脏器毕竟工作96年了，团队治疗时不光要考虑她肺部的问题，还要全面考虑她的心脏、肾脏、消化系统等。”因为骨折而坐在轮椅上的周建英，依然每天准时准点出现在会诊现场。

“新冠肺炎作为一种新发疾病，有很多超出我们认知的地方。危重病人救治，一定要注意细节！”周建英说，“人活一口气，呼吸科医生的心就是随着病人的这口气而跳动的。”

“还好老奶奶本身体质还行，经过抗病毒治疗，适当使用激素，同时进行高流量吸氧等，她恢复很好。”谈到患者痊愈，以严肃出名的盛吉芳眼里全是笑意。

类似的联合救治，每天都在发生。

三位岁数加起来将近200岁的专家，在国家诊疗方案基础上，摸索出了一套浙江的救治方法：中西医结合抗病毒治疗“组合拳”，控制住细胞因子风暴，高流量吸氧稳定病情，预防感染和营养支持。截至目前，浙大一院共收治确诊患者99人，治愈出院45人。

生死之间，看似“云淡风轻”，实则一路“枪林弹雨”。花甲之年的三位“掌门人”，脚步从未停歇。

（新华社杭州2020年2月17日电　记者俞菀、唐弢）

再战抗“疫”最前线

“非典没能压垮我，这疾病一样不怕。”在湖北省中西医结合医院里，简短的两句话，给护士注入强心剂，也给患者吃下定心丸。

发声的是张忠德，曾经是抗击非典的勇士，如今的国家援助湖北第二支中医医疗队队长，是大家口中的“德叔”。他率领100人的中医医疗队伍在武汉奋战了20天，一张前后对比照里，他瘦脱了相，白发更多、皱纹变密。

自除夕夜驰援武汉以来，张忠德争分夺秒，行程满满当当：六点半起床，先后在武汉市金银潭医院、湖北省中西医结合医院、武汉市汉口医院等查房，下午、晚上不停歇地专家会诊，每日工作十几个小时，手机信息响个不停。

无论是检查、治疗还是抢救，“德叔”和17年前非典时期一样。时任广东省中医院急诊科主任的他，不幸感染，一度呼吸衰竭，写了遗书。所幸治疗后转危为安。他意识到，中医辅助治疗对抗这类疫病可有作为。

这一次，张忠德将队员分为信息管理组、院感防控组、保障后勤组等，有序运用中医四诊合参、辨证施治并结合影像学等检查为患者制定治疗方案。

他们共构“最强工事”，不折不扣地执行防护措施。他说：“今

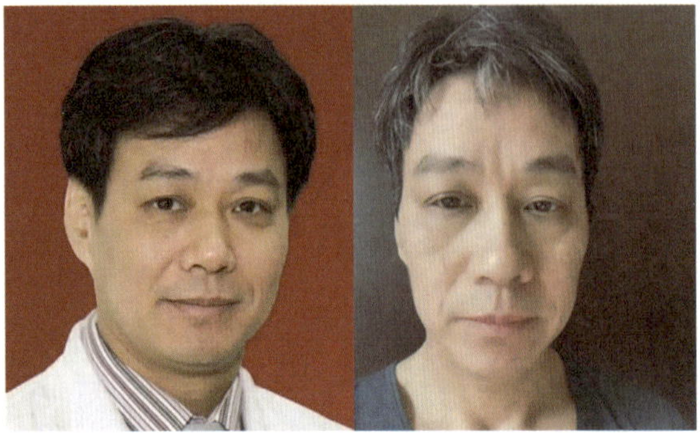

★ 张忠德驰援武汉前后对比照（图片来源：广州广播电视台）

天的严厉就是对你生命的尊重与爱护。”张忠德要求院感科主任对全员培训，考核通过才能上岗，“不合格就培训到合格为止”。

初时，疫情严峻，他们接手的湖北省中西医结合医院两个病区有床位70张，两个星期累计收治111名病人，重症、危重症者逾九成。疫情就是命令，每次查房三四个小时，厚重闭塞的防护装备下，张忠德和队员内衫早已湿透，护目镜框底都积了汗。

“舌象是什么证”“生麻黄还是炙麻黄”。一如往常，10日下午，援助湖北中医医疗队专家与广东省中医专家开展近三个小时的视频远程会诊。

“每次讨论三四个重症病例，集中改善一种病症。行之有效的方案会及时推广。”张忠德说，他只恨时间不够，盼着尽早找到病机和规律，制定更有效的方案。

在他的带动下，团队发挥中医特色，编有《中医生活饮食调护手册》，还为病人实施穴位按摩、练八段锦等护理治疗。

一次次冲上战“疫”前线，有人问张忠德，“都56岁了，何必如此拼命？”

他说：“我不上，谁上呢？像我这样得过非典，又进行中西医结合治疗的医生不多，必须加紧研究应用，这笔‘财富’才能价值最大化。”

（新华社广州2020年2月13日电　记者丁乐、肖思思）

一直在一线，从来未缺席

——军队支援湖北医疗队专家毛青记事

毛青说他永远不知道苦。在传染病防治一线工作34年，他先后参与抗击非典、援非抗击埃博拉疫情等非战争军事行动。

毛青说他一点都不老。56岁的他已近退休年龄，这回又“逆行”来到武汉。

毛青说他从来都不怕。这些年，爱人习惯了他的职业危险性，送他出征已不会泪流满面。

在毛青看来，秉持科学态度加上乐观精神，依靠完整的防护体系和专业力量，必将取得抗击疫情的胜利。大年三十，解放军传染病防控专家毛青随医疗队星夜驰援武汉，已和战友们在一线连续工作了13天。

责任：保护好一线的医生护士

毛青走路带风，踏过被消毒液浸湿的地垫，黑色作战靴上依然可见泥点。“一次性接触那么大数量的传染病病人，大量的事情需要适应、组织和协调。”毛青说。作为陆军军医大学西南医院全军感染病研究所所长的他，这次主要承担防控感染指导工作。

★ 毛青为即将进入一线的医护人员做防护培训（1月25日摄）。（新华社发 高涛 摄）

从金银潭医院、火神山医院到新建的方舱医院，都需要构建一个完备安全的救治流程。这个流程的构建，是毛青这几天重要的工作内容之一。

在专门收治新型冠状病毒感染的肺炎重症患者的武汉金银潭医院，毛青和军队医疗队员争分夺秒，48小时内即完成实地了解诊疗环境、制定工作规范流程、明确医务人员分组，并整体接手金银潭医院综合病房楼的两个病区，接手当天收治确诊患者。

“并不是每个医务工作者都有防控传染病的经验，我们的任务就是要帮助他们避免在不知不觉中犯下错误。”毛青说，特别是在脱下防护服的过程中，如有丝毫疏忽，就可能把病毒从污染区带到清洁区。

根据在利比里亚抗击埃博拉病毒的经验，毛青和他的团队在病区设立了监控机制，通过摄像头实时观察医务人员洗手消毒、穿脱防护服等各个环节，一旦发现不规范操作会马上喊“停”，并提供专业的补救措施。

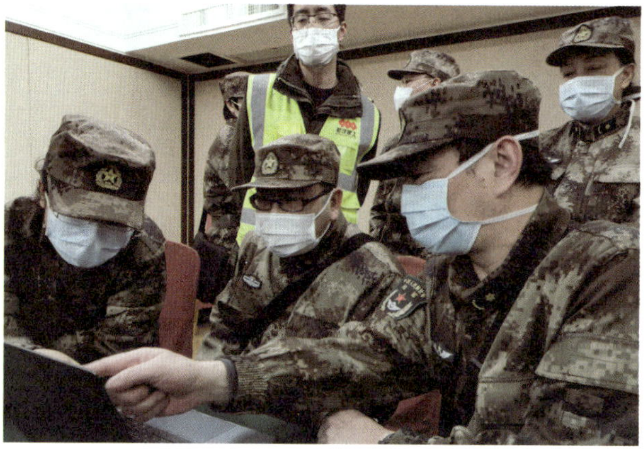

★ 毛青（右一）在火神山医院研究布置病房防护措施（2月5日摄）。（新华社记者　黎云　摄）

“我们的目标不仅要打胜仗，同时还要实现零感染。我必须建立严格规范的工作程序，更需要每个人都严格遵守。”毛青说。

担当：军装是用来冲锋陷阵的

毛青与军队有着不解之缘，两岁就进入保育院过“集体生活”，17 岁时考入当时的解放军第三军医大学。他穿着妈妈的旧军装到军校报到，“进了学校领到属于自己的新军装，高兴得马上就换上。”

大学期间，毛青除了专业成绩突出，还是校田径队、足球队的队员，爱好书法、会篆刻。毕业后，他遵从自己的初心，成为感染科的一名军医。

与高危污染物、烈性病毒打了 30 多年交道，毛青常笑称自己是跑全场的“老运动员”了。“最紧张的经历要属抗击埃博拉，病死率高、传播快，我们在国内没有遇见过。”毛青回忆，每收治一个病人，后面都要安排一个洗消组队员，沿着前者的脚印消毒。

一次急救完一批病人后，穿着 3 层防护服的毛青刚准备休息，又送来一位已经昏迷的病人。为了抢时间救生命，毛青和另外 3 名同事决定“扛一扛”。待到他们脱下防护服时，已连续工作了近5个小时。

“当时汗水堵住了出气口，我以为自己快要被憋死了。出来以后大口喘气，一连喝了两瓶水。”毛青说，“靴子里可以倒出水来。”

在异国他乡奋战60多天，历经生死考验，毛青和战友们圆满完成了国家赋予的任务。医疗队被联合国认为是技术力量最强的队伍，被利比里亚总统授予“金形象奖”。毛青也被战友和同事称为“可以生命相托的人”。

“这身军装，就是用来穿起冲锋陷阵的。”毛青说，援非抗埃的经验对这次抗击疫情提供了帮助。当年一起派出的医护人员，这次又一起加入抗击疫情的战斗中。

★ 毛青（左二）和同事在金银潭医院一线病房工作时合影（1月26日摄）。（新华社发）

心愿：愿世界从此再无瘟疫

“脱第一层防护服和第二层防护服的两个房间之间，必须要有一个缓冲廊道！”在火神山医院医护人员进出通道，毛青用手机灯光照着检查。“这是遵循感染防控的递减原则，没有缓冲走廊风险很大。”毛青说。

在很多医疗队队员眼中，毛青是一位重量级的人物，说话干练利索，句句击中要害。拿不准的地方，大家会四处找他：“毛教授，您能不能来一下？”

“救死扶伤是我们的职责，为此就要保证医生护士的安全，以更好地救治别人。”毛青说，这些都是从抗击非典、抗击埃博拉等实战中总结出来的防护原则，有了专业的防护措施，没有什么病毒是无法抵御的。

毛青的这些话，总能让一些年轻队员紧张的心情放松下来。“这也是我们一代代军队感染防控人几十年一线工作的结晶。”毛青说，自己进入感染病房的第一位老师、全军著名传染病专家向居正教授影响了自己一生。

“爱兵、爱病人。”毛青说，“老师那种爱可不是停在嘴上的。”

大灾大疫面前，一直在一线，从来未缺席，但毛青更希望世界永远没有瘟疫，让自己的专业知识毫无用武之地。

（新华社武汉 2020 年 2 月 6 日电　记者黎云、喻珮、王作葵）

范珊红：白衣天使的“火眼尖兵”

“不要急，慢一点。手抓着防护服内侧，一点点向外卷，千万不要碰到自己衣服。”一走出病区，范珊红就敦促护士杨小林，严格按照防护流程一点点安全脱下被病毒污染的隔离服。

范珊红是空军军医大学医疗队感控组专家，在军队支援湖北医疗任务中负责医护人员的病毒防护工作。

新型冠状病毒传染性强，医护人员需严格按照防护要求，从头到脚、从内到外，毫无差池地换脱隔离服、防护服、护目镜、面屏、手套、鞋套等8类防护用具。一旦哪个环节不慎失误，医护人员就可能会被感染。

范珊红每天的工作，就是监督10人一班的医护人员安全换脱防护用具，并走进病区全程监管他们实施无感染操作。

“白衣天使全力在一线拯救患者生命，我们更应该为他们的安全保驾护航。”范珊红被战友们称为“火眼尖兵”。

一个班次，从进到出至少5个小时，严密厚实的防护服下，医护人员可能会因劳累而忽略自身已处在被污染的危险境地：上班时，面屏戴歪或者掉落；刚与患者接触完，忘记手部消毒；有的还未离开更衣区，就摘掉了口罩；有的脱防护服时，暴露的皮肤不慎被污染……每次，眼疾手快的范珊红都能及时处理，化危险于无形。

为了实现医护人员“零感染”，范珊红从食宿到工作，实行“零死角”监管：每天跟班，全程紧盯输液等操作；每晚睡前，给80余名队员逐一监测体温；每天零时，为病区全面消毒一次。

“日子久了，我觉得自己成了爱唠叨的‘婆婆嘴’。”范珊红说。

从物资准备到病房监控，从车辆洗消到病区消毒，范珊红生怕某个细节出现错漏。

这几天，范珊红每天都要随施工方到医院，忙得脚不着地。来武汉后，她最大的愿望就是能美美地睡上一觉，这个“奢侈”的愿望至今未实现。

这种累，范珊红早已习惯。这些年，她先后参加了援非抗埃、抗震救灾等行动。

来武汉前，范珊红作为专家组成员，赶赴广西南宁督导当地防疫感控工作。回到宾馆，她又接到了组建医疗队驰援武汉的命令。迅速交接工作后，她连夜改签机票飞回西安赶赴武汉。

白天西安，晚上广西，凌晨武汉。24小时转战3地，78岁的老父亲对她说：“你妈身体不好，就不要告诉她你去武汉了。”

抵达武汉后，范珊红实地了解疫情防控环境和感染防控工作流程，建立更换防护服区域督导员制度、细化完善全接触点消毒杀菌流程、设立患者和医护人员专用通道，对医护人员进行感染防控培训考核，做到人人过关。

“‘打胜仗，零感染’是我们的目标，战友们冲锋在救治一线，我愿做他们的守护者，确保他们的安全，让战友们能够救治更多的患者。”范珊红说。

（新华社武汉2020年2月7日电　记者贾启龙、黎云）

“我们选择齐心协力共同抗疫”

——非常时期坚守的香港医护人员

今年是杨梅芬在香港伊利沙伯医院工作的第19年，她的日常工作是协助护士为病人测量体温、血压、血液含氧量等指标。最近她和身边的同事们比往常忙碌很多，虽然目前香港的新冠肺炎疫情不容乐观，但他们都充满斗志，坚守岗位。

“我所在的病房没有医护人员退缩。大家见面时会互道‘加油’，鼓舞士气。”杨梅芬说，“我们选择齐心协力，共同抗疫。”

在新冠肺炎疫情袭击香港的紧急关头，那些尽忠职守、恪守医德的医护人员们无惧病毒威胁，以病人福祉为先，或坚守岗位服务病患，或主动请缨协助抗疫。这些充满爱心的白衣天使，展现了不屈不挠的香港精神。

截至2月7日晚8时，香港已经出现26例新冠肺炎确诊病例。杨梅芬的家人自然对她的安全有些担心。“他们最近经常叫我要小心一点，注意防护，但他们都支持我继续在医院工作。”杨梅芬向记者表示，“我们一定会做好自我防护，因为只有自己不倒下，才能为抗疫尽一份力。”

杨梅芬告诉记者，香港特区政府及公立医院为医护人员提供的防护衣、面罩、N95口罩等医用物资目前很充足。她表示，相信特区政府可以保障抗疫物资的持续供应。

而在香港广华医院坚守岗位的前线护士阿 Yan，已经连续数日加班工作。她 6 岁大的儿子只能暂时送到姐姐家中照顾。连日来，母子俩只能靠视频通话“见见面”。每次听到儿子说“妈咪抱抱”，阿 Yan 都不禁眼眶泛红。但为了履行医护人员的职责，她只能强忍对儿子的思念。

尽管工作量大增，甚至连上厕所的时间都没有，但阿 Yan 说，病房内的同事们士气高昂，互相鼓励。病人的声声“多谢”“加油”，成为她和同事们坚持下去的最大动力。

目前，承担香港抗疫工作的主力是香港医院管理局（医管局）下属公立医院的医护人员。面对这次来势汹汹的新冠肺炎疫情，加上每年流感高峰夹击，近日“香港私人执业专科医生协会”“医护诚信同行”以及“香港执业眼科医生会”，基于专业考虑和医管局的迫切需要，正在组织一批私人执业医生和护士重返医管局，志愿支援公立医院前线同仁，跟他们一起对抗疫情。私人医生周伯展就是其中一位。

“我是一位眼科医生，我可以替代医管局中对新冠肺炎有过知识培训的眼科医生的工作，让他们可以安心去前线抗疫，我们可以填补相应空缺。”周伯展告诉记者，医生的天职是救死扶伤，哪里有病人就应该去哪里。

据周伯展介绍，目前已经有 40 位眼科医生和超过 130 位其他专科的医护人员报名，并得到香港医管局的积极反馈。据了解，报名医护人员的名单会交予医管局一个负责统筹的部门，再由该部门排班委派工作。现在，周伯展等医生是随时候命。

对于如何预防病毒入侵，作为专业眼科医生的周伯展提醒，未洁净的手不要触摸脸，因为手上的病菌会经过呼吸系统和眼睛进入身体。他表示，由于病毒可由眼睛进入人体，所以建议大家去人多的地方时，不管近不近视，最好都戴上一副眼镜，越大越好，可以起到阻挡病毒的作用。

杨梅芬和周伯展都曾经历过2003年的“非典”疫情。作为医护人员，他们对香港医护界团结一心、抗击病毒的日子刻骨铭心。

“当时我们的医护人员以及香港社会都是比较团结的，大家可以说是众志成城，一致对付疫情。有很多医护人员自愿上前线，不怕病毒威胁。”周伯展呼吁，如今的香港医护人员要牢记当年战胜“非典”时的勇气，不忘医护救死扶伤的初心。

“‘非典’疫情初期时也很艰难，但是我们香港的医护人员勇敢面对、毫不退缩，最终打赢了那场仗。”杨梅芬回忆道。

过去数年，杨梅芬曾去过内地多个城市游玩。武汉大学的樱花、上海的高楼大厦、福建的小吃美食，都给她留下了深刻印象。“希望香港和内地的医护人员一起加油、努力，我们一定能打赢这场战‘疫’。”她说。

（新华社香港2020年2月8日电　记者刘明洋、周文其、林宁）

你战武汉，我守南宁

“今天情况怎么样？”

“刚接管了一个病区，忙着和这边的医务人员协调工作呢，要相互配合。”

“注意身体，好好保重。”

1月27日，广西医科大学第一附属医院重症医学科医生温汉春作为广西赴鄂抗疫医疗队137名医务人员中的一员，从南宁出发，奔赴武汉。她的丈夫朱继金继续留守南宁，作为同院急诊科的一名医生，他在抗疫一线坚守了多日。

抵达武汉第二天，温汉春被安排到武汉市黄陂区中医医院，接管病区、培训医务人员……投入到紧张有序的工作中。在1000多公里外的南宁，朱继金与急诊科医务人员加班加点，守好疫情防控工作的关键一环。

夫妻俩一人驰援武汉，一人坚守南宁，前方和后方并肩作战，只有在晚上，才利用短暂的休息时间通电话，互报平安。

新型冠状病毒感染的肺炎疫情牵动着每一个人的心，多地纷纷组建医疗队驰援武汉。温汉春是一名“老将”，从事重症医学工作将近20年，曾战斗在抗击H1N1、H7N9一线。听到武汉各医院人手紧缺的消息，她二话不说，主动请缨前往武汉。

“武汉那边情况紧急，作为党员，在这种关键时刻，我责无旁贷，更应该到前线去。我志愿申请参加救援医疗队，不仅是因为医疗队需要重症医学专业的人，还因为我有做 ECMO（体外膜肺氧合）的经验，我对我的专业能力有信心。”温汉春说。

武汉对于温汉春而言，是一个有着特殊意义的地方。温汉春的妈妈是武汉人，武汉也是温汉春出生的地方。带着儿时记忆中的温暖和必胜的决心，她毅然出征，驰援故土。

“情况越是紧急，我们医务人员越要迎难而上。她主动到武汉增援，我是十分支持她的，也对她很有信心。”朱继金说。

虽然在同一个医院工作，夫妻俩对于奔赴前线、异地坚守已经习以为常，他们就是彼此的依靠和后盾。“每当我奔赴前线的时候，他都会在后方给我指导，也给我支持，让我在前线更加安心。”温汉春说。“你守着前门，我把住后门。”这是夫妻俩之间的“行话”，也是他们的日常工作状态。

在赴鄂抗疫出征仪式上，温汉春庄严宣誓：“我将勇于担当、不辱使命、敢打必胜，坚决打赢疫情防控阻击战。”

妻子在台上宣誓，庄重而坚定，丈夫在台下注视，振奋而自豪。

出征即是别离。在出发前，朱继金对妻子说：“服从指挥，完成任务，平安归来。等你回来后，我会把家里打扫得干干净净，给你做点好吃的。”

（新华社南宁 2020 年 1 月 31 日电　记者陈一帆、杨驰）

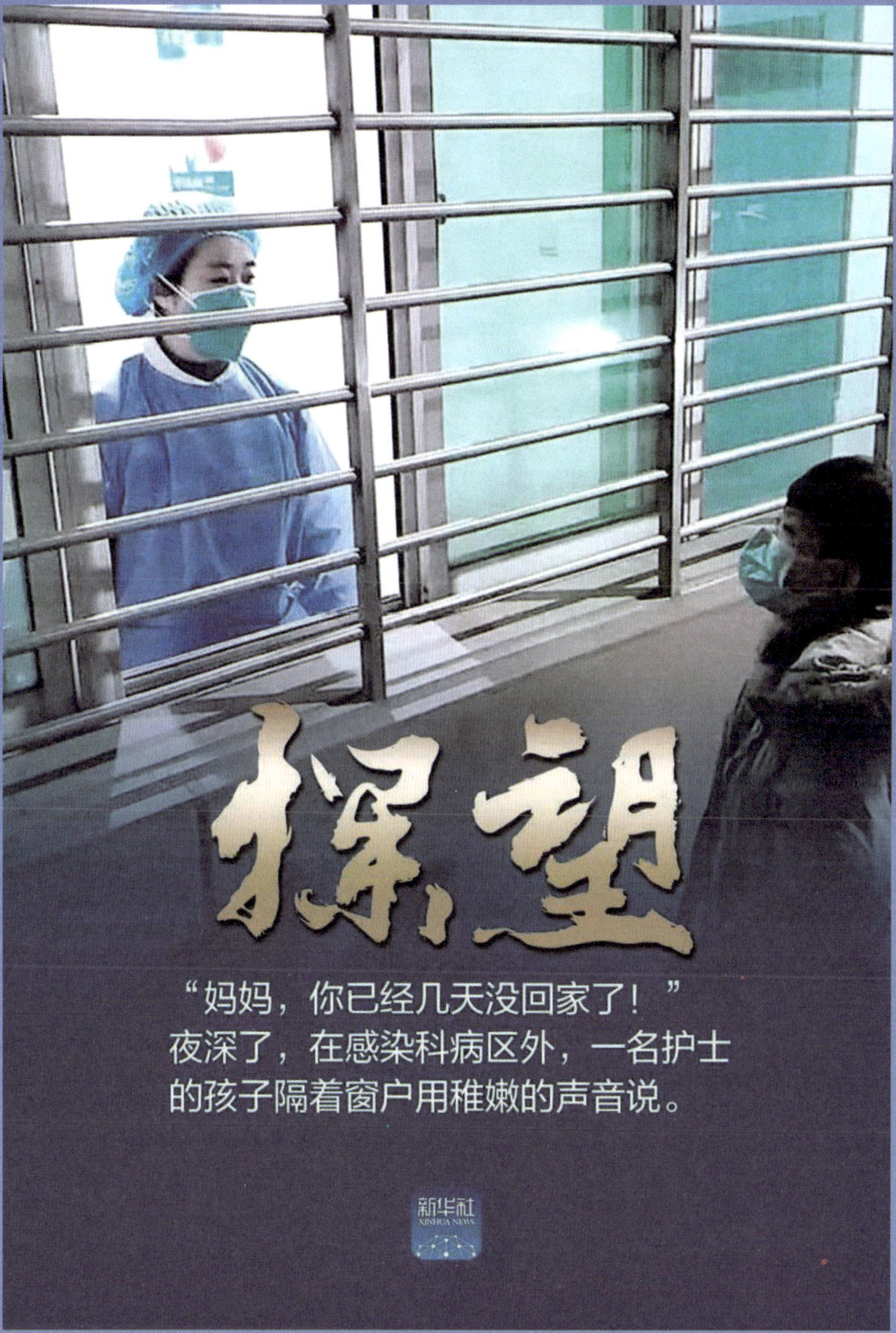
探望
“妈妈，你已经几天没回家了！”
夜深了，在感染科病区外，一名护士
的孩子隔着窗户用稚嫩的声音说。
新华社
XINHUA NEWS

海报设计：潘红宇 殷哲伦

许飞：“逆行是医者初心的召唤”

“我经历过非典，我心里有数，请相信我们。”南昌大学第一附属医院象湖院区隔离病房中，一个坚定而有力的声音穿透层层防护，让情绪波动的患者逐渐平静下来。

说话的医生是南昌大学第一附属医院呼吸与危重症医学科副主任许飞。17 年前，当时在北京协和医院攻读博士的他向老师主动请缨，参与一线救治，获得“北京协和医院抗击非典先进个人”。这一次，自江西确诊首例新冠肺炎病例以来，他作为首批救治团队负责人进驻隔离病房，在抗击疫情前线已奋战近 20 天。

英雄逆行，他们挺身而出的身影，一如从前。

父亲数月前去世，这个春节，许飞原计划回老家陪母亲。疫情来袭，怀着对老人的愧疚，许飞毅然取消行程投入救治一线，在进入隔离病房前给母亲打了一个电话。

“妈，医院要加班，忙完了再回去看您。”害怕母亲担心，对于抗击疫情，许飞只字不提。参加工作 27 年，许飞承担的类似救治任务不在少数，每次说辞也基本一致，都是一句“要加班”。电话那端的母亲也不戳破，但总会加一句“要注意安全”。

老人不知道的是，儿子所在的南昌大学第一附属医院象湖院区是此次江西省重症患者定点救治医院，承担全省各地重症患者的集中救治任务。每天，转运全省各地重症患者的救护车呼啸而来，即便是凌晨，这里也灯火通明，救治每时每刻都在进行。

逆行是医者初心的召唤。每次进隔离病房的时间明确，什么时候出来却是未知。厚厚的防护服下，护目镜上氤氲着水汽，鼻子无法顺畅呼吸，耳根被压得生疼。许飞说，只要踏进隔离病房，这些不适都已不复存在，每个医护人员眼里只有躺在病床上的患者，第一时间查看他们的呼吸是否顺畅，安慰他们不要紧张。

隔离病房工作紧张忙碌。救治前期，许飞几乎每天都是连轴转，最忙的时候一天只能睡四五个小时。同在医院工作的妻子涂虹知道，丈夫劳累过度会引发偏头痛，先是托人送来强力止痛药。后来，索性主动报名当疫情救治志愿者，也来到了丈夫所在的院区。

“自疫情发生以来，像许飞这样让人感动的医护人员还有很多。”江西省医疗救治专家组组长、南昌大学第一附属医院院长张伟说，医院党委在1月29日发布《致一附院全体共产党员的倡议书》之后，全院55个党支部共1192名党员主动请战。

“情况正在好转。”1月27日，江西首例治愈新冠肺炎患者符合出院标准在这里正式出院。2月11日，一例危重症患者治愈出院……每次看着一个个曾经的重症患者，健健康康走出大楼，许飞和同事们都会振臂高呼。“那一刻，觉得所有的辛苦和付出都是值得的。”许飞说。

“疫情终将过去，我永远记着你现在的模样。”隔离病房外，一位治愈出院的患者眼含热泪，对陪着自己下楼的许飞说。

（新华社南昌2020年2月11日电　记者高皓亮）

新华社记者陈聪颖 觉果 编制

战“疫”天使之“伤”

5日上午10点多，山西省汾阳医院传来好消息，吕梁市首个治愈的新型冠状病毒感染的肺炎患者出院了！其余4例确诊患者中一例重症患者已转为普通患者，其他3例体温恢复正常。

这背后离不开全体医护人员的辛勤付出。浮肿的双眼、被掐紫的胳膊、磨出水泡的脚……这是护士长张小娟在战“疫”最前线半个月来显露的“外伤”。

眼：废寝忘食熬得红肿

记者见到张小娟时，她口罩上面露出的两只眼睛有些红肿。“熬的，我托朋友送来了眼药水。”她说。

张小娟这半个月与家人的微信聊天记录让人泪奔。妈妈反复写道：“女儿，好几天了，没有一点消息，全家人非常担心你，妈妈希望你在百忙中抽一点时间给家人报个平安。”张小娟只回复过4个字“不用担心”；10岁的女儿发了一长串通话请求，只有一个被她接听，时长仅2分28秒！

“白天顾不上，晚上忙到凌晨3点……”张小娟双眼浮肿，哽咽地说，“那次我正好不是很忙就接听了，2分钟后又有事就挂断了。女儿问我能否回家，刚开始我说实话她立马哭起来，后来我找了个借口，她才高兴一点点。”

婆家，脑出血后遗症的丈夫需要人照顾；娘家，父亲做完心梗手术才一个月。

可当1月21日山西省汾阳医院吹响战“疫”号角后，作为感染性疾病科护士长的张小娟，连夜将父母、女儿送回老家，立即返回汾阳市家里收拾好生活用品，并在22日凌晨3点和同事们接回了医院第一例新型冠状病毒感染的肺炎疑似病例。

“已做好长期战斗的准备！”半个月过去，她一直和患者一起生活在隔离病区。

脚：几十米距离磨出水泡

“直线距离才几十米，但实际走的却是十几倍。”张小娟说，因为要严格执行进出要求，全部单向绕行，护士们的脚上都磨出了水泡。

作为传染病区的“大管家”，张小娟每天只休息三四个小时。早晨五六点起床后，她开始关注病人，一天至少进两次病房，每次穿脱防护服近一个小时、查房两个小时。她还负责物资供应、新仪器使用的人员培训等，常常忙到凌晨3点才能休息。

因为忙，张小娟常常顾不上吃饭，等有了时间，她的饭菜也凉了。但她却非常关心病人们的胃口。被隔离的小续想喝蜂蜜水，张小娟就托朋友从自家带来一瓶蜂蜜；患者郝阿姨牙齿咬不动东西，为了给她补充营养，张小娟每天送去一份蒸鸡蛋。

“还有病人要换拖鞋、要指甲刀、要卫生纸，我们都尽量满足。”

她说。

为方便联系，张小娟加了5位确诊患者的微信，随时关心他们的身心健康。患者小张刚到医院时抵触情绪很大，不愿被隔离，张小娟就反复做他的心理工作。小张配合治疗后，效果很好，已在为出院做准备。

胳膊：掐紫了也不能动

汾阳医院一名工作人员给记者看了一张图片——张小娟的一只胳膊上有一片青紫。这是她协助医生做气管镜检查时，男病人因为难受把她的胳膊掐成了这样。

张小娟说，这个检查需要将气管镜通过鼻腔插入肺内，如果这时

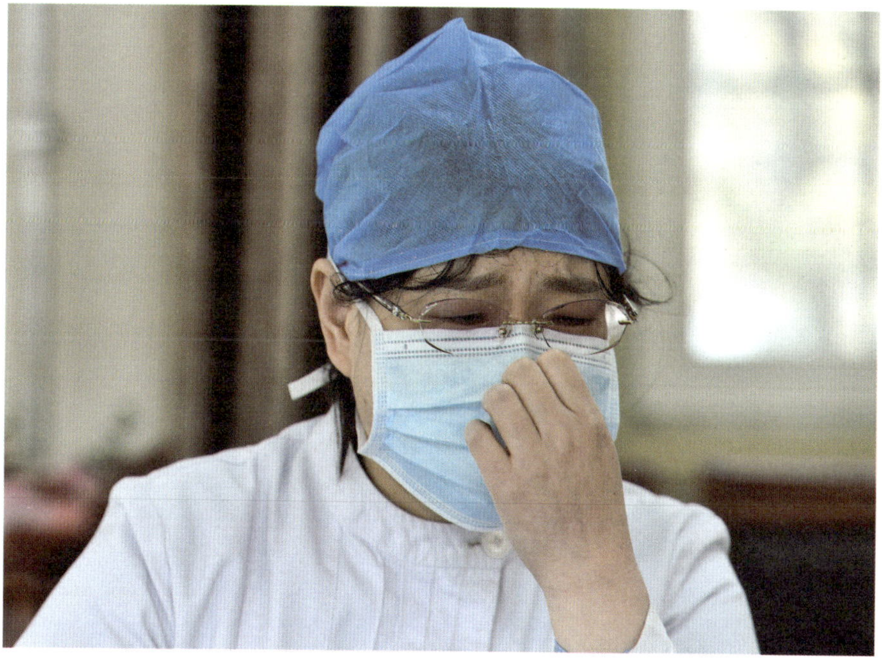

★ 1月31日，在山西省汾阳医院，感染性疾病科护士长张小娟在接受采访时一度哽咽。（新华社发　柴婷　摄）

病灶喷溅，感染的可能性会急剧增加，但张小娟还是主动冲到了前面。“这样危险的操作，只要我能上，绝不让其他护士干。”她说。

除了完成自己的工作，张小娟还操心着每个护士。“每个人从里面出来的状态，我必须第一时间知道。如果是含泪出来的，就得立马去开导……”张小娟再次哽咽。

她解释说，护士们一个班要连续工作 4 个小时，怕上厕所不敢喝水，负压病房温度较高，她们出来时像洗过澡一样，还要帮病人拖地、擦桌子、消毒马桶等。

“吃点苦不算啥，但护士们会因为操作难度大完成不好任务而自责。”张小娟说，防护眼罩上常有雾气，只能从缝隙里看清楚，另外戴两层手套手感也不灵敏，这些都给操作带来困难。如果护士采不出动脉血，就要换人，“她就会强烈自责，因为又浪费了一套防护服。”

（新华社太原 2020 年 2 月 5 日电　记者王学涛、孙亮全）

“指挥员”李德辉：“没遇上‘惊天动地’的事就是平安”

从接到命令，到出发奔赴定点救治医院，李德辉只有两小时。他来不及和妻儿好好告别，就投入到全天候全封闭的疫情救治一线去了。

李德辉今年 47 岁，是湖南常德市第一人民医院党委委员、感染病学主任医师。这位 2018 年“湖南好医生”获得者，是感染病治疗权威专家，也是非典、甲流等多场硬仗里的“战将”。

“刚刚查完确诊病房，今天有一位快 80 岁的老大爷精神不太好，我担心病情加重，给他转到 ICU 了。”2 月 13 日中午，电话那头，李德辉声音沙哑而疲惫。他已有两个多星期没回家。

从 1 月 27 日起，他就在抗击新冠肺炎定点救治医院常德市第二人民医院坚守。

李德辉有两种身份——既是定点救治医院领导小组常务副组长，是前线“指挥员”；又是医疗专家组组长，是救治“急先锋”。

临出发前，妻子有些担忧，可他却说：“我是去一线做事的，我应该比其他人都先去。”

为了建立一套完整的标准化的诊疗制度，他带领团队每天从早上七点工作到凌晨一两点。“这是最基础的工作，能让隔离病区高效有序运转。”常德市二医院院长屈贵顺说。

“最近我脾气都变大了。想争分夺秒，有时候就着急上火。”李德辉有些不好意思地告诉记者，为了尽快推进救治，他拍过桌子，摔过手机，又回过头找不少同事道过歉。

“指挥员”的急性子，在与病毒“打仗”时发挥了作用——

2月5日晚9点，常德市一医院发热病人王某的CT结果显示疑似新冠肺炎。负责指挥整个常德市病例转诊的李德辉第一时间组织网络会诊，同时联系疾控部门采样检测。很快，王某被确诊，医疗专家们判断他是危重患者。

“赶紧转院！定点医院ICU马上安排病床！”李德辉迅速调度，时间刚过2月6日零点，王某被送进了定点救治医院重症病房，此时离确诊仅过了几十分钟。直到凌晨两点，所有救护治疗安排妥当，他才离开。由于及时诊断治疗，王某病情已好转。

“有他迅速调度，我们才能真正与时间赛跑。”常德市一医院护理部副主任、一同来定点救治医院支援的童丽说。

面对病人，这位医疗专家组组长却格外有耐心——

1月25日，定点救治医院收治了50岁的患者孙某，她一度病情危重，几近绝望。“医生，我是不是没希望了？针也不用打了吧。”数次听到这样泄气的话，李德辉和医护人员们却总是不厌其烦安慰她，“我们一定尽全力帮你，你要有战胜病魔的决心，不要怕，肯定能好！”这样的加油打气，李德辉说了一遍又一遍。

2月11日，孙某顺利出院了。“是你们给了我信心，希望我的康复也能给你们继续战斗的信心。”她这样对李德辉道谢。

截至2月12日，常德市新冠肺炎确诊75例，治愈出院24例，治愈率达32%。

有13年党龄的李德辉，向常德市第一人民医院党委提出成立外派医疗队临时党支部。他作为临时党支书，带领大家许下铮铮誓言——“守初心，担使命，战疫情，保平安”。

“一线医护人员付出了巨大的努力，我只是团队一员。”李德辉说，自己和千千万万抗疫一线的“战友”一样，“没遇上‘惊天动地’的事，就是平安。”这么多天，他一日复一日在坚守，在隔离病区，身穿“战袍”与看不见的病毒搏杀……

（新华社长沙2020年2月13日电　记者袁汝婷）

军队支援湖北医疗队队员吴亚玲：化悲痛为力量

2 月 11 日中午，噩耗传到的时候，军队支援湖北医疗队队员吴亚玲正在武汉火神山医院上班。

因为主动脉夹层破裂，吴亚玲的母亲经抢救无效在云南昆明去世。

脑子一片空白，但吴亚玲明白，科室的运转就像一台巨大的机器，任何一个人停下来，都会影响工作。强忍着泪水，吴亚玲咬牙坚持把手头工作完成，一直到晚上八点多，才回到住所。

而母亲，去世前都不知道女儿去了武汉。

“我想看看妈妈。”12 日上午，母亲遗体即将火化，吴亚玲通过视频电话，见了母亲最后一面。科室的同事纷纷站到她的身边，每个人眼里都含着热泪，陪战友一起送母亲最后一程。

吴亚玲是火神山医院重症医学二科的护士，曾参加过汶川抗震救灾、援非抗埃。在疫情发生后，吴亚玲递交了请战书：“我有疫情处置经验，请组织允许我奔赴一线。”

为了不让年迈的母亲担心，吴亚玲对奔赴武汉一事只字未提。

随医疗队抵达武汉当天，吴亚玲便奔赴火神山医院与其他感控专家一起勘查现场。“必须确保感控设施达到标准，才可以收治病人。”

吴亚玲说，为了使病区尽快交付使用，他们反复根据实际情况调整现场布局，并和战友一起研究规范流程，明确病房物品摆放，一直忙活到凌晨三点。次日下午，火神山医院接收第一批患者，吴亚玲所在的病房接收了 13 名病人。

在战友许发发眼里，吴亚玲不仅细致，而且坚强。由于长时间穿着防护服高强度工作，有一次，吴亚玲突感不适，但她没有休息，坚持把工作干完。等到出了病区脱下防护服，她脸色发白，身上的衣服早已被汗水浸湿，护目镜在脸上勒出道道深痕。

即将进入重症病房，护士小杨反复查看自己的穿着是否符合规定，尽管前期已经参加过感控培训，但第一次进入病区，她的内心不免有些忐忑。

“不要紧张，严格按照流程作业就没问题。”吴亚玲来到她跟前，仔细检查她的穿戴，确保无误后微笑着鼓励。随后，吴亚玲帮她在防护服上写下名字，并在后面加了两个字——“加油！”准备就绪，吴亚玲给了她一个拥抱，目送着她走进病区。

作为一名经验丰富的感控人员，吴亚玲始终紧盯着科室里的每一个细节，从防护服的穿脱、消毒液的配置、医疗垃圾的处理，严抠每一个细节，严把每一个参数，为医护人员的健康筑起一道屏障。她常对身边人说：“任何一个步骤不谨慎，都可能引发感染，容不得半点马虎。”

心中有光的人，不会被黑暗打倒。擦干眼泪，吴亚玲又奔赴自己的岗位。她知道，唯有化悲痛为力量，尽职尽责做好感控工作，确保“打胜仗、零感染”，才是对母亲在天之灵的最好告慰。

（新华社武汉 2020 年 2 月 12 日电　记者黎云、贾启龙）

“我会站着，直到倒下”

——“跛子”医生的战“疫”路

李永刚双腿股骨头坏死10年了，刺痛常伴随着他。他走路时一跛一跛的，站立时身子总是向右斜，有时甚至要趴在床上办公。疫情来袭，这位“跛子”医生却选择冲在抗“疫”第一线，每当同事劝他休息，他却总是那一句话：“我会一直站下去，战斗下去，直到倒下去的那一天。”

58岁的李永刚是黑龙江省大庆市第二医院院长、市新冠肺炎救治专家组组长。大庆市第二医院是大庆唯一一所传染病医院，截至2月11日，这里收治了13例新冠肺炎确诊病例。

开早会布置任务、与北京专家连线会诊危重症患者、进重症监护室查看病人、参加市疫情防控布置会、牵头组织本地医院医生会诊、研讨接下来的工作……从早7点到第二天1点，李永刚度过了自己忙碌的一天。

自疫情发生以来，李永刚已经在医院收治一线战斗20多天了。“他比我们都累，而他的身体却是最需要休息的。”医院信息中心主任陈岩石看在眼里，急在心上。

同事们都知道，李永刚双腿股骨头坏死已 10 年了，“股骨头坏死影像学诊断分 4 期，他已经到了最重的 4 期。”陈岩石说。

病痛折磨下的李永刚，每走数十米就要停下来歇一歇，爬楼梯要抓紧扶手，一点点向上挪。疫情防治这些日子，李永刚走的路更多。“以前他走四五十米才需要缓缓，现在走十来米就要扶墙缓一下了。”医院办公室科员陈晓说。

“年前想过完年必须把手术做了，可是赶得不巧，再拖拖吧，疫情过去再说。”提起自己的病情，李永刚总是敷衍，但许多同事都知道，他已被定为四级残疾。

与疫情战斗的这些天里，李永刚每天花时间最多的地方，是确诊病例的隔离病房。

“他本来不需要到一线的，可是谁也劝不住他。”医院护士长刘玉莉说，穿上防护服，李永刚执意到一线，常常在隔离病房一待就是二四个小时。

对待病患，从日常起居到诊治用药，从病房温度到翻身次数，李永刚事无巨细，都要了解清楚、记录清楚。

陈岩石说，在隔离病房的几个小时里，李永刚要么站着询问病情，要么一边走着一边解决问题，出了隔离病房，双腿有时抖个不停，几乎站不稳。

“我是医院院长，是救治专家，更是一名共产党员，”李永刚说，“不到一线，怎么掌握第一手资料？怎么知道我们的诊疗是不是合理？怎么能第一时间发现和解决问题？不冲在前面，队伍怎么能带起来？”

冲在前面的李永刚，感动了医院里的许多人。疫情发生后，医院里有百余人请缨到前线，超过八成是共产党员……

“他非常关心我们一线医护人员的身心健康，请来心理专家给我们疏导、排忧，让我们没有包袱上阵。”刘玉莉说，“有他这样的主心骨在，我们都感觉安心多了。”

精心救治下，2月10日，隔离病房传来好消息，3名新冠肺炎患者病毒核酸初步检测转阴，情况逐渐好转。

而李永刚婉拒了大家让他休息的好意，他知道，这场战“疫”还没打完，他的“战斗”还没停止，他还要继续“站”下去，“战”下去……

（新华社哈尔滨2020年2月12日电　记者杨喆）

新华社发 程硕 作

毛样洪：用生命完成最后一次坚守

大年初一，素有福建“北大门”之称的浦城县寒风如刀，淅淅沥沥的冬雨更添几分冷意。

新冠肺炎疫情严峻，1 月 24 日凌晨起，浦城县在 5 个入境卡口设置监测点，24 时不间断对入境车辆人员测量体温。按照部署，25 日 16 时至 24 时，浦城县仙阳镇中心卫生院副院长毛样洪在忠信高速检查站监测点值守，这里距离浙江衢州仅 10 多公里，日均入境车辆约 3000 辆次。

夜幕降临，滚滚的车流灯光闪烁，忠信高速检查站气温骤降至零摄氏度，令人瑟瑟发抖，额温枪由于气温过低不时失灵，需要靠电加热器烘烤才能恢复功能。监测点前，两排隔离墩围成了一条体温检测通道，毛样洪手持额温枪站在通道边缘，挨辆车询问从哪里来，并细致地测量乘员体温。

晚 9 时许，毛样洪正准备对一辆入境车辆进行检测，一时紧张的车主却误将油门当成刹车，车辆失控突然撞向毛样洪，拖拽着他冲出去数十米远。毛样洪经抢救无效死亡，没等到最后一次值班结束，他 52 岁的生命定格在防控疫情一线。

同班执勤的村医熊志良说，毛样洪的表姐家住附近，当天傍晚，表姐到监测点叫他去家里吃饭，毛样洪说必须坚守岗位，一再拒绝。表姐离开后，毛样洪拿出从家里带来的一碗泡面，热水冲泡，在监测点旁的一张桌子上吃得津津有味。这一瞬间被身边人用手机拍下，不料却成为他人生中的最后一张照片。

作为一名基层医生，坚守岗位就意味着放弃休息，以医院为家。毛样洪近年来月均出勤28天、年均看诊量近万人次，连续三年春节值班，聚少离多是一家人的常态。

“当天中午他离家时，我们希望他在家里多待一会儿，他却说‘卫生院人手紧张，我是一名共产党员，在组织需要的时候必须冲到一线，我多付出一分，群众就更安全一分。’”毛样洪的儿子毛林楠回忆，“他用自己的生命，完成了最后一次坚守。”

毛样洪曾是抗击“非典”的一名老兵。妻子林丽维说：“2003 年他是九牧镇卫生院院长，五显岭消毒工作站地处入闽通道，工作任务繁重，他连续数月坚守工作站，像一根钉子死死钉在了五显岭。”2004 年 4 月，由于抗击“非典”表现突出，毛样洪被评为“福建省卫生系统先进工作者”。

“毛样洪从 16 岁进入乡镇卫生院工作，一干就是 36 年，他像亲人一样对待每一位患者，把一件件琐碎的小事做到扎实、做到极致，忠实履行了一名基层医务工作者的职责，成为当地患者最信赖的医生。”仙阳镇中心卫生院院长廖胜华说。

（新华社福州 2020 年 2 月 11 日电　记者王成）

致敬李文亮医生

医者仁心，如不灭的明灯

7日凌晨，李文亮医生不幸病逝。夜未央，人不眠，无数人为之哀伤。在与病魔的搏斗中，李文亮从未退缩。他预警了新冠肺炎疫情，是冲在一线救治患者的战士。医者仁心，在于用专业精神抗击疾病，在于用奉献精神守护公众。向李文亮医生致敬，向所有医护人员致敬！我们对逝者最好的纪念，就是携起手来战胜病魔。

（2020年2月7日　新华社“新华视点”微博#新华微评#）

生命的追问

被以“散布谣言”训诫、后仍坚守岗位不幸感染的李文亮医生还是离开了我们。身在病中，他还不忘报名到一线去，不忘澄清他“被吊销执照”的传言。李文亮尽了一个医生的责任、一个市民的本分。人们说应该还他一个公道。其实，这个公道不仅仅是撤销那份训诫，更在于我们对疫情防控要回归并坚持“实事求是”这四个字！疫情如火，再容不得半点虚伪和傲慢！这一定是李文亮医生念念不忘的，他是在用生命追问。

（2020年2月8日 新华社“新华视点”微博#新华微评#）

用坚持“实事求是”悼念医生李文亮

◇疫情如火，再容不得半点虚伪和傲慢！这一定是李文亮医生念念不忘的，他是在用生命追问

◇李文亮医生的遭遇也暴露了一些地方在治理体系和能力建设，特别是在重大突发事件应急管理中存在的明显短板和问题，值得我们深刻反思

◇还原真相，就能稳定人心；呵护正义，就能凝心聚力；捍卫法治尊严，更能凝聚起团结一心的强大力量

2月7日凌晨3点48分，武汉市中心医院官微发布消息：“我院眼科医生李文亮，在抗击新型冠状病毒感染的肺炎疫情工作中不幸感染，经全力抢救无效，于2020年2月7日凌晨2点58分去世。”

李文亮生于1985年，中共党员，毕业于武汉大学临床医学（七年制）专业。

2019年12月30日，李文亮在同学微信群中发布信息，称“华南水果海鲜市场确诊了7例SARS”，随后收到警方的训诫书。

此后，李文亮正常工作。1月8日，他在接诊时遇到不明原因的病毒性肺炎患者。因为发烧、咳嗽，李文亮于1月12日住院治疗，CT结

果显示双肺多发感染，磨玻璃样病，14 日转至呼吸科隔离病房。此后，他又逐渐出现呼吸困难加重的问题，于 24 日转至重症监护室。他的多名同事和父母也感染了新冠肺炎。

2 月 1 日，李文亮在自己的微博账号上称，核酸检测结果阳性，自己确诊感染新冠肺炎。接下来几天，其病情一直反复，并逐渐加重。

在接受隔离治疗期间，李文亮心态乐观、积极配合，表示“恢复后还要上一线”。

李文亮病逝后，广大网友自发沉痛悼念这位在抗击新冠肺炎疫情中倒下的“白衣战士”。

国家卫生健康委在官网发文表示深切哀悼，向李文亮医生的家属表示诚挚慰问。

武汉市人民政府网站发布公告称，武汉市中心医院李文亮医生，因感染新型肺炎，经全力抢救无效不幸去世。我们深表哀悼，万分惋惜！对其坚守一线抗击疫情表示敬意，对其家人表示诚挚慰问！

2 月 7 日李文亮医生去世当天，经中央批准，国家监察委员会决定派出调查组赴湖北省武汉市，就群众反映的涉及李文亮医生的有关问题作全面调查。

新华视点微博发表微评指出，李文亮尽了一个医生的责任、一个市民的本分。人们说应该还他一个公道。其实，这个公道不仅仅是撤销那份训诫，更在于我们对疫情防控要回归并坚持“实事求是”这四个字！疫情如火，再容不得半点虚伪和傲慢！这一定是李文亮医生念念不忘的，他是在用生命追问。

人民日报客户端发表评论认为，李文亮医生“事不避难、义不逃责的担当，令人肃然起敬。如今，国家监察委派出调查组作全面调查，回应了公众关切，也让人对还原事实真相抱有期待。还原真相，就能稳定人心；呵护正义，就能凝心聚力；捍卫法治尊严，更能凝聚起团结一心的强大力量。”

央视网评表示，作为一名社会公民，在关键时刻，他敢于直言、发出预警，用行动呵护了医德医风。尽管一度被误解、受委屈，但他用自己的良知与道德，也为自己的生命旅程写下了一个大写的“人”字。李文亮医生的遭遇也暴露了一些地方在治理体系和能力建设，特别是在重大突发事件应急管理中存在的明显短板和问题，值得我们深刻反思。此刻，我们哀悼和纪念李文亮医生，不只是要感谢他的善良、英勇与牺牲，更要从此事件中吸取教训，亡羊补牢，不能讳疾忌医、重复教训。

（2020 年 2 月 8 日新华社客户端 《瞭望》新闻周刊记者）

英雄的城市，英雄的人民

——写在武汉疫情防控胶着对垒的关键时刻

黄鹤楼前，江水汹涌；病毒肆虐，疫情如火！

“武汉胜则湖北胜，湖北胜则全国胜。”湖北和武汉是疫情防控的重中之重，是打赢疫情防控阻击战的决胜之地。

痛苦与坚韧，顽强阻击与八方驰援，这座经历过辛亥炮火、抗日烽烟、特大洪水等无数历史考验的城市，此时此刻正处在新冠肺炎疫情防控胶着对垒的关键时刻，展开着一场命运攸关的卓绝斗争。

“武汉是英雄的城市，湖北人民、武汉人民是英雄的人民，历史上从来没有被艰难险阻压垮过，只要同志们同心协力、英勇奋斗、共克时艰，我们一定能取得疫情防控斗争的全面胜利。”

习近平总书记铿锵有力的号召，鼓舞着冲锋在武汉抗疫一线的万千英雄向前，向前，再向前！

英雄无私：“特殊时期，我不上谁上？”

隐瞒身患渐冻症的病情，顾不上照料被感染的妻子，始终坚守在疫情防控最前线，武汉市金银潭医院党委副书记、院长张定宇在与时间赛跑。

金银潭医院，最早集中收治新冠肺炎患者的医院，是这场抗“疫”之战最早打响的地方。

同事们说，平时上下楼必须抓紧扶手、慢慢挪步的张定宇，这些天里，“他拼的时候，我们跟不上他”。

“我必须跑得更快，才能从病毒手里抢回更多病人。” 张定宇脚步匆匆。

★ 1 月 26 日拍摄的武汉黄鹤楼和长江大桥（无人机照片）。（新华社记者　熊琦　摄）

向险而行，还有更多“张定宇”让人们泪目。

这个没有硝烟的战场，是砥砺初心使命的检阅场。党徽闪耀，处处是冲在疫情阻击战第一线的共产党员。

正如习近平总书记所说，要以疫情防控工作成效来检验和拓展“不忘初心、牢记使命”主题教育成果，发挥基层党组织政治引领作用和党员先锋模范作用，把社区居民发动起来，构筑起疫情防控的人民防线。

以生命赴使命，秉初心显担当。

从 1 层爬到 7 层，迈上 111 个台阶，对普通人来说或许不难，对患过鼻咽癌、身体瘦弱的杨端华来说，并不容易。

背起 20 斤重的消毒喷壶，负责每天对小区 5 个单元进行楼道消杀，洪山区司法局干部杨端华从机关办公室来到社区，穿上防护服上厕所非常不方便，更不敢多喝水。

“我是党员，我要在社区给群众做事。”杨端华说。

“我是党员，特殊时期，我不上谁上？”同样质朴的表达，也是武汉江岸区和美社区书记夏志刚的心声。

江岸区一名居民带着肺部感染且高烧 39.5 度的妻子到社区求助，而 120 救护车因繁忙无法及时到达。危急时刻，夏志刚冒着被感染的风险，穿上简易防护服，骑上电动车载着病人奔向最近的医院。

突如其来的防控疫情斗争，既是对党员干部的一次严峻考验，也是一场深刻的党性洗礼。各级党组织和广大党员不忘初心、牢记使命，挺身而出、英勇奋斗、扎实工作，全力以赴打好这场疫情防控阻击战。

1 月 23 日，武汉火神山医院深夜紧急开工。武汉市城乡建设局的

★ 1月22日，在华中科技大学同济医学院附属协和医院，医护人员加入抗击新型冠状病毒感染的肺炎突击队。突击队由该院党委组建，以党员为主体。（新华社记者　程敏　摄）

多支党员突击队、党员先锋队开进施工现场。“我们将不忘初心、牢记使命，发挥党员模范带头作用，勇担重任，确保按时保质保量完成任务。”项目经理张正林带着128名建设工人党员在党旗下庄严宣誓。

一人一站，一人“疫”战——这是500千伏江夏变电站站长李哲的真实写照。

“作为站长，作为一个党员，我申请值连班。”1月23日，武汉“封城”之际，李哲拨通了领导的电话，语气恳切而坚定。

“妈妈，我准备过年这几天就在站里了，因为其他同事出行过来交接班，会增加风险。”跟母亲打完电话，李哲流下泪来。但很快，她又投入工作，清查监控信号、进行常规巡视、详细记录数据……

一名党员，一面旗帜；一个支部，一座堡垒。

2月11日，位于洪山体育馆的武汉大学人民医院武昌方舱医院备受瞩目——首批经过治疗康复的28名新冠肺炎轻症患者从这里顺利出院。

回顾治疗过程，武昌方舱医院院长万军说，除了按照治疗方案科学施治之外，还有一个“秘诀”，那就是发挥党组织、党员的先锋模范作用。

2月5日，武昌方舱医院医疗队成立临时党支部；2月10日，病友临时党支部成立；来自各地的援鄂医疗队也纷纷成立临时党支部……

★ 1月31日，武汉市江汉区西北湖附近高层建筑外墙打出“武汉加油”等字样（无人机照片）。（新华社记者　肖艺九　摄）

在临时党支部带动之下，队员们争分夺秒，与疫情竞速、抢救生命。

共产党员活跃在一线，不仅有效增进了医患之间的配合，更增强了患者们战胜疾病的信心。

“没有共产党，就没有新中国……”

这充满信心的歌声，伴着人们激动的泪水，回荡在医院内、病房里、人心中，响彻荆楚大地，点亮一座城市的希望。

英雄无畏：“疫情不退，我们不退！”

疫情防控异常胶着——截至2月10日24时，湖北省累计报告新冠肺炎病例31728例，其中武汉市18454例。

湖北之外，全国各省份新增确诊病例呈现下降趋势，而湖北，尤其是武汉的数字仍处高位。自2日起，武汉已连续9天新增确诊病例超过1000例。

疾风知劲草，板荡识英雄。

江城武汉，成为英雄汇聚之地——

抗击“非典”、抗击禽流感、援非抗击埃博拉疫情……数次非战争军事行动，解放军传染病防控专家毛青仍然站在“逆行者”的第一排。已近退休年龄的他，大年三十穿好军装、扎上武装带随陆军军医大学医疗队星夜驰援武汉。

“这身军装，是用来战斗的！”毛青嗓门大得仿佛要穿透火神山医院好几层板房。“秉持科学态度和乐观精神，依靠完整的防护体系和专业力量，胜利必将属于我们！”

不计代价，无论生死。

在与病魔的反复较量中，英雄们的样子深深铭刻在人们脑海里，书写着这座城市记忆中荡气回肠的篇章。

人们记住了剪去一头长发的南方医科大学南方医院重症医学科主治医师吴凤——一次性防护帽子难以完全盖住头发，多一分暴露，则多一分感染的风险。她风趣地说，这是人生中最美的发型。

人们记住了在自己防护服上写下“东方徐筠”“武汉加油”八个大字的同济大学附属东方医院护士徐筠——她说：“在隔离病房，这些病人能看见的只有我们这些医护人员，他们看不清我们的脸，但是防护服上的大字能让他们感到满满的加油和鼓励！”

人们记住了一个个原本爱美的护士姐姐——长时间在隔离病房工作，光洁的脸庞被口罩和防护面罩勒得满是红肿的痕迹；纤细的手指，也因为多次消毒而变得红肿粗糙。

……

英雄亦是血肉之躯的凡人。吴凤、徐筠……正是万千名奋战在抗疫一线医务工作者代表，当战斗的指令发出、冲锋的号角吹响，便义无反顾、永不言退。

目前全国各地的178余支医疗驰援队、总计2万多人驰援湖北。其中，4支解放军部队1400人入驻火神山医院，38支医疗护理队2332人入驻方舱医院，其他驰援医务人员分别入驻各定点医院。

“想不想爸爸？”

“想，心里想”。

这是武汉市肺科医院ICU主任胡明忙碌中抽空和儿子视频通话的一幕。元旦以来，他带领ICU团队奋战在疫情防控一线，忙得脚不沾地。9岁的儿子，已经一个多月没有见过爸爸。

这场疫情蔓延速度之快超出胡明和同事们预料，很多情况都是第一次遇到。在为重症患者进行气管插管时，常常遇到一些患者体液、血液喷溅的情况。为减少传染可能，胡明会让年轻的医护人员暂时出去，而自己选择留下。

“我没有路可以退。整个疫情没有结束，我们重症监护室就不能退。”胡明视自己的团队为战役的“最后一道关”：“如果我们都退了，那还能指望谁呢？重症监护室永远是疾病的最后一道关，我们最后一道关守门的都退了，那不跟球队没有守门员一样？”

武汉，是湖北的一道关；湖北，是全国的一道关。

滔滔长江水，滋养出英雄的城市，哺育出英雄的人民。当千万双手紧握在一起，当亿万颗心紧靠在一起，这片土地上的人民，心中升腾起昂扬的斗志——打赢武汉保卫战，打赢湖北保卫战，打赢中国保卫战！

英雄必胜：“没有一个春天不会到来”

隔一座城，护一国人。

为了全国疫情防控大局，武汉这座“九省通衢”的城市“封”了起来，承受着巨大压力，迸发出坚忍不拔、攻坚克难的大无畏气概。

近千万的武汉人民顾大局、为大家，一个个平凡的武汉人，把自己活出了英雄的模样。

历史一再证明，没有什么困难，能压垮这座英雄的城市；历史仍将证明，再肆虐的病毒也压不垮英雄的人民。

这是一座英雄的城市，英雄的人民守望相助——

2 月 5 日晚，在刚刚启用的武汉国际会展中心“方舱医院”，众声

★ 武汉北高速公路收费站出城通道已封闭（1月23日摄）。（新华社记者　肖艺九　摄）

嘈杂中，一位男患者专注地读着一本厚厚的著作。淡定达观的心态背后，是对战胜疫情的坚定信心。

连日来，在方舱医院，在隔离点，甚至在新冠肺炎定点医院的隔离病房，人们看书、玩魔方、打太极拳，甚至跳起了欢快的广场舞。

“坚持下去，才有希望。我一定要好好配合，放松心态、合理锻炼，才有更好的治疗效果。”在一家方舱医院和病友们一起跳广场舞的何女士说。

在武汉“封城”的这20多天，留在城里的人们坚守岗位、守望相助，用自己的实际行动为疫情防控贡献力量。

社区旁，志愿者心心相连。在江岸区汉口花园小区，社区志愿者龚青每天帮助居民团购蔬菜，登记、对接商家、分批发放。一些上了年纪的居民行动不便，龚青还联系物业工作人员将菜送到家门口；

医院里，医护人员倾尽全力。距辛亥革命武昌起义纪念馆不远的武昌区首义路街社区卫生服务中心，中心主任郑艳玲春节前两周就已经进入战时状态，所有医护人员 24 小时连轴转，预检分诊、排查发热病人、上门随访密切接触者；

街角处，亲人们默默守望。深夜时分，中铁第四勘察设计院集团有限公司教授级高级工程师汪莹鹤总是开车跟在妻子后面，用温暖的车灯为她默默护航。他的妻子在武昌医院防疫一线，担心传染家人，坚持住在宾馆，每天步行上下班；

……

每个人都在坚守，每个人都在拼搏。这些天，武汉人互相说着的、听着最多的就是四个字：武汉加油！

这是一座英雄的城市，英雄的人民同舟共济——

后方 80 米是集中收治重症患者的金银潭医院、右方 100 米是武汉容纳量最大的方舱医院武汉客厅，这段时间里，武汉宏图大道加油站经理马婷听到了太多刺耳又揪心的救护车鸣笛声。

“医生在前方救死扶伤直面病毒，他们都不怕，我们怕什么！”克服恐慌情绪，马婷带领全体加油站员工坚守岗位，全力保障周边医院和救护车的油品配送服务。“医生在为生命加油，我们也要为他们加油啊！”

关键时期，一个个平凡的人绽放出英雄的光芒。

还记得，武汉大学中南医院急救护士郭琴在防疫一线不幸感染病毒，治愈出院后不顾大病初愈的身体，再次返回工作岗位。“防疫一线人手紧张，我要把耽误的时间抢回来。”

还记得，一个个收件人为“请交给任何医务人员”“隔离护士姐

★ 2月10日，在武汉客厅方舱医院，医护人员带领患者们跳舞。（新华社记者　熊琦　摄）

姐”“白衣天使们”的外卖包裹在定点收治医院堆成小山，人们用这种方式表达着对医护人员的深深敬意……

这样一座英雄的城市，这样一群英雄的人民，有什么困难不能战胜？有什么风雨不能跨越？

一方有难，八方支援。一路路援兵，正从祖国四面八方向武汉汇集——

中央确定全国 19 个省区市对口支援湖北各省市，各路精兵强将星夜集结、奔赴前线；各地区前往湖北和武汉支援的广大医务工作者、人民解放军指战员以及各方面人员越是艰险越向前，闻令而动，坚忍不拔，不怕牺牲，攻坚克难，连续奋战在武汉防疫第一线，为打赢武汉保卫战倾尽全力。

2 月 10 日，习近平总书记在北京调研指导新型冠状病毒肺炎疫情防控工作时通过视频会议听取武汉疫情防控的汇报，并作出部署。习近平总书记坚强有力的指导，进一步指明了武汉战“疫”的方向：

当前，湖北和武汉疫情形势仍然十分严峻，要采取更大的力度、更果断的措施，坚决把疫情扩散蔓延势头遏制住。

战斗仍在继续——

长江浩荡，黄鹤楼矗立，见证着这座英雄城市的保卫战，记录下这里英雄人民的大爱壮举。

武汉加油！湖北加油！中国加油！

（2020年2月12日新华社微信公众号　记者廖君、邹伟、喻珮、梁建强、王贤、施雨岑、林晖、侯文坤、黎昌政、李劲峰、李伟）